漠上顾烟来

MO SHANG GUYAN LAI

夏艾 著

人民交通出版社股份有限公司
北京

图书在版编目（CIP）数据

漠上顾烟来 / 夏艾著. —北京：人民交通出版社股份有限公司, 2020.8

ISBN 978-7-114-16355-5

Ⅰ. ①漠…　Ⅱ. ①夏…　Ⅲ. ①长篇小说—中国—当代　Ⅳ. ①I247.5

中国版本图书馆CIP数据核字（2020）第034773号

书　　名：漠上顾烟来
著 作 者：夏　艾
监　　制：邵　江
策　　划：李梦霁
责任编辑：李梦霁
特约编辑：刘楚馨　陈力维　苗　苗
营　　销：吴　迪　赵闻恺
责任校对：孙国靖　宋佳时
责任印制：刘高彤
出　　版：人民交通出版社股份有限公司
地　　址：（100011）北京市朝阳区安定门外外馆斜街3号
网　　址：http://www.ccpcl.com.cn
销售电话：（010）59636983
总 经 销：北京有容书邦文化传媒有限公司
经　　销：各地新华书店
印　　刷：中国电影出版社印刷厂
开　　本：880×1230　1/32
印　　张：12.125
字　　数：320千
版　　次：2020年8月　第1版
印　　次：2020年8月　第1次印刷
书　　号：ISBN 978-7-114-16355-5
定　　价：59.80元

目录

庆　功

今晚，是属于顾烟的。

虽然此刻，外面大雨滂沱，但是她的心里，却是阳光明媚、风和日丽。

八年了，从LPT的底层员工，一步一步走到今天公司高端旅行业务VP，主管业务，与死对头——主管财务的江远扬平起平坐，她不知道付出了多少的艰辛和努力。

今天的庆功宴，是公司大老板亲自主持，因此整个公司的人来得较多。顾烟借口去洗手间，终于暂时躲开了纷纷来敬酒的人。她站在洗手间门口，揉了揉已经笑僵了的脸，内心深处涌上一丝疲惫。

不想，刚到洗手间门口，便听到了自己的名字。此刻，她正右手插在裤子口袋里，高跟鞋无聊地滑着地面。干净的地面仿佛镜子似的，竟能模模糊糊地印出自己的轮廓，难怪这家酒店号称江都最豪华的酒店了。

顾烟轻轻地拨了拨耳环，一抹柠檬黄在地面划闪而过，带着一点子亮光。

里面，洗手间的台子上发出淙淙的流水声，两个人的声音不大不小，带着几分嘲笑和嫉妒。

“听说了吧，顾烟新官上任就碰了个大钉子呢。江总死活扣着她那笔款项不放，没看见她今天一整天都脸如冰山吗。”

“分管财务的江远扬江总？”

“哪里还有第二个江总？这可是我亲耳听到的。”

“他们俩不是平级吗？都是VP吧？江总能那么为难她？”

“那有什么用？对，她是新官上任，人家江总可是稳坐这个位置三年半了。论人脉资源，顾烟哪儿比得上江总！”

“看她还天天花枝招展的，有你们财务部门管着，看他们这些业务员能嚣张到什么时候……”

“那是……”

“咯吱”一声，洗手间的门被推开，发出不大不小的声音。两个小姑娘一回头，顾烟正斜斜地靠在门边，眼里似笑非笑。她上身穿着一件白色的衬衣，露出纤细的颈项和一侧瘦削的肩膀，流利的线条修饰出完美的腰身，下面着一条黑色的阔腿裤，越发显得凹凸有致，身材妖娆。像冰山吗？顾烟扯了扯嘴角，露出一个完美的职业微笑。

“顾，顾总……您，您亲自来上……不不不，我们出去了……”

两个人远远地躲开她，顺着门边出去了，连大气都不敢出。

顾烟站在洗手台前，理了理头发，然后朝着镜子里的自己妩媚一笑，自己顶多只是一朵带刺的玫瑰，哪里像冰山了。

几分钟之后，“砰”的一声，洗手间的门再次被推开。

顾烟正欲开口，却是业务部小美一脸惊恐地看着自己：“顾总，出事了！”

顾烟眉心猛地一跳，却又瞬间平静下来：“慢慢说，出了什么事？”

“是，是西山，西山景区那个项目，好像有人在里面失踪了！警方有人找过来了，点名要找大老板，这会儿正在大厅呢。”

“好像？”顾烟看向小美，目光虽温润如水，但小美却已经感觉到了其中的冷意。她连忙道：“已经和西山景区核实过了，确实有一名叫大壮的青年男子在景区内失踪。”

心里“咯噔”一下，偏偏酒劲儿这会上来了，顾烟立刻光再欲上前，被顾烟一把拉住。

对方在她面前站定，顿时一股压迫感扑面而来。他……好高，顾烟嘴角浮起一丝笑意，硬是没有后退一步。

“西山景区项目，是你负责？”

“是。”顾烟抚了抚刘海，耳边的星光在灯光下一闪而亮，“不知道到底出了什么事？”

面前的男人眼底满是寒意：“什么事？西山发生塌方，位置就在你们坚持要建的那个景区内。西山村的一个小伙子失踪了。有村民目击，塌方发生前，他曾在附近出现过。”

塌方？顾烟心头一颤，但脸上却半分神色都未露出，反倒是笑了：“塌方？不可能，每一个景区建设初期，我们和当地的相关部门都要进行仔细考察、严谨论证……”

一部手机伸到顾烟面前，上面的视频画面瞬间让顾烟停下了接下来的话，放在口袋里的手也不由自主地捏成拳：“这是什么时候的事情？”

“不长，也就是你们刚刚开始吃饭的时候。”

顾烟迅速地扫了一眼人群，见公关部几个同事躲躲闪闪的目光便明白了。西山景区发生塌方，导致有人失踪，这件事西山景区肯定第一时间便通知到了LPT，但是底下的人大约以为事情没有那么严重，再加上今天晚上又是大老板亲自为自己庆功，所以将这个事情隐瞒了下来。谁料到，竟真的出了大事！

“你们报警了吗？”

“你以为我是谁？只不过没有项目图，警方搜救难度很大。”对方似乎没有工夫和她废话，直接打断她道，“我需要西山景区项目的施工图，记住，是详细的项目施工图。”

他加重了“详细”两个字的音量。

顾烟看向他，目光微闪。

对方简短地道：“塌方的地段，据我所知，正好是一个在建迷宫。很可能事故发生时，失踪的大壮就在里面。”

顾烟面色凝重，同时脑子却在飞快地转动着。景区施工图属于商业机密，原图都是封存的，想要拿出来，需要大老板的签字首肯。

“陈光，马上给大老板打电话。”

“是。”陈光立刻拿出手机。

但凑巧的是，大老板电话虽然打通了，但是一直都没有人接。

所有人的目光都转向顾烟。

心思流转间，顾烟已不再犹豫：“小美，你原本属于西山项目组。你，陈光，还有小吴立刻一起回公司，将西山项目的所有图纸、施工进度拿来……”

陈光和小吴分别属于业务部和财务部——这两个部门原本便不对付，再加上原属于西山项目组的小美，这样三个人正好可以互相陪同和监督，会更安全。

人事总监夏天双手抱在胸前，站到一旁，静静地关注着事态的发展。她留着一头齐耳短发，穿着一身米白色的职业套装，显得格外的干净干练。夏天比顾烟大六岁，是LPT有名的黄金“剩斗士”，也是顾烟在LPT仅有的好友。

夏天明白，现在大老板不在，经验更丰富的江远扬明显是想将这个烂摊子推给顾烟。

果然，顾烟话未说完，江远扬便打断了她：“等等。”他走近一步道，“顾烟，且不说施工图本就是商业机密，如果说这个项目真造成了人员失踪，那么相关资料更不能这样随随便便地交出去。”

江远扬的声音不大不小，却恰恰身旁的人可以听到。

江远扬只是简简单单一句话，顾烟却已经听清楚了他话里话外的意思。不管这次的塌方事件是什么原因引起的，确确实实造成了人员伤亡，LPT肯定是要负责的。不过，如果因为自身操作不当导致事故的发生，那LPT也是无辜的受害者。这两者，可是有根本区别的。虽然江远扬和自己是死对头，但是LPT是他们共同存在的前提。

“是啊，顾总，万一弄错了呢？”

“对啊……”

大家议论纷纷。

男人看向顾烟，眼里已经带了三分的不耐烦：“两条路，一是你们主动给；二是我立刻给警方打电话，说你们有意延迟救援。”

顾烟不再犹豫，看向江远扬，目光坚定：“弄错了我负责！”

“顾烟！”江远扬大声怒道，“这个责任你负得起吗？赔钱事小，但LPT这块金字招牌抹了灰，你告诉我，你怎么担得起这个责任！”

LPT中国区两个VP对峙，所有人心里都捏了一把汗。

“如果真有人因为西山景区项目失踪，而我们却见死不救的话，”顾烟环顾四周，最后的目光落在江远扬的脸上，嫣然一笑，“那才是给LPT的招牌抹了灰。”

“谁能证明那个小伙子的失踪就是因为西山景区？”

“谁又能证明他的失踪不是因为西山景区？江总，”顾烟上前一步，吐气如兰，“和人命比起来，LPT的金字招牌就是一坨狗屎。”

男人看向顾烟，眼神明亮。江远扬则气结：“你……”

针锋相对，空气一下安静下来，只听得到屋外“哗哗”的雨声，没有人敢插一句话。

“轰——”雷声响起。

顾烟不再和他啰唆，而是沉声道：“时间紧迫，所有人立刻回公司待命。小美，立刻集合西山景区项目所有参与人员，将所有资料整理出来，尤其是塌方区域的详细施工图，直接拿来给我。”

小美看了一眼江远扬，有些犹豫：“可是如果大老板怪罪下来……”

顾烟的声音加重了：“我说了我负责！”

“是。”

江远扬见阻止无果，气得转身离开，离开前还甩下一句：“顾烟，出了事，不要怪我没有提醒你。”

“谢谢江总。”

“哼！”

财务部的人自然跟在江远扬后面离开了，其他部门的一些同事担心殃及池鱼，也离开了一大半，只剩下一小部分，其中业务部和夏天的人事部占了一大部分。当然，原来西山景区项目组的人都没有胆子走。

接下来，顾烟看了一下手表：“西山处于江都郊区，距离江都150公里，需要两个小时车程。工程部派车，派人，跟在……”顾烟看向身旁的男人，抬了抬眉。

“林漠。”

“跟在林漠后面去帮忙。”

“好。”

“另外，”顾烟的目光扫过剩下的几个人，“你们连夜和公关部联系，准备应急公关方案，保持联络。”

“是。”

“最后，景区的施工图涉及迷宫，我需要一位工程师陪同前往。”

大家左顾右盼，面露难色：“顾总，这个太专业了，我们确实没有人能做。”

“我来。”

身侧一个声音道，是林漠。

“你会？”顾烟微微侧身，眉头微皱。灯光下，她侧脸的线条仿佛是大师一寸一寸雕刻好的。

林漠微微颔首：“会一点。”

会一点？顾烟疑惑，这个林漠到底是什么人？不过现在已经没有时间去想这个问题了。事出紧急，无论如何她都得亲自去看一下。

夏天对顾烟道："我陪你去。"

顾烟摇头："你还是留在这边，有什么事情也好第一时间通知我。"

夏天立刻明白了她话里的意思："好。"

"大家各自去忙吧。"

"是！"

林漠看向顾烟，墨似的眼里透着一点亮光。出了这么大的事故，如果是遇到另外一个人，LPT一定会推卸责任。因为如果最后查实，真的是LPT的疏漏，那么项目图纸相当于铁证，相关负责人说不定是要担刑事责任的。而她，竟能斩钉截铁地说，和人命比起来，LPT的金字招牌就是一坨狗屎。

这个女人，有点意思。

刚刚还热闹异常的大厅，此刻却仅仅只剩他们几个人。

林漠看了一眼时间："这里距离你们公司有多远？"

"来回大约三十五分钟的车程。"

也就是说，加上他们上楼，整理相关资料的时间，最起码要四五十分钟。

太久了。

林漠当机立断："你留在这里等图纸，帮忙的人先跟我回景区找人。”说完，林漠微微向顾烟点了点头，便大踏步转身离去。

“等等。”顾烟赶紧跑了两步，高跟鞋在大理石的地面上发出清脆的“咚咚”声，“我跟你们一起去，图纸我让下属自己送过去。”

“你？”林漠从上到下扫了她一眼，脚步未停，“谢了。”

顾烟被他眼里的轻视激怒：“你不怕我出尔反尔吗？”

林漠停下了脚步，转身再开口时，声音里便带了一丝压抑的怒意：“你会吗？”

“说不定。”

“你……”

“既然要一起救人，总该正式认识一下吧。”顾烟伸出右手，目光灼灼，“你好，我是LPT顾烟。”

林漠神色莫测，并未有动作。

顾烟脸上的笑容淡了下来，正欲放下右手。突然，一股粗糙的温热感碰了碰她的手心，却又快速地缩回。抬眼看过去，林漠咳嗽了一声：“林漠，刚才介绍过了。”

矫情的男人，顾烟的心里十分不屑。

林漠的目光从顾烟精致的高跟鞋上划过：“顾总，你最好换一双鞋。”

面对好的建议，顾烟一向都是积极遵从，她立刻找来大堂经理，换了一双运动鞋。

并　肩

雨越下越大，仿佛江都上方的天空被划破了一个大口子，所有的雨水都冲着脚下的这块土地倾泻而下，时不时还有闪电划过天际，好似就在眼前。

林漠和顾烟在前面一辆车上，其他帮忙的人在后面的一辆车上。

越往前走，道路越泥泞，连路灯都没有，仅靠着大灯照亮前方不到五米的距离。

顾烟的心底一阵阵地发凉。身为LPT业务主管，顾烟这些年踩过很多条线路，所有旅行者眼里的人间仙境，在她眼里都只有两种意义：赚钱，或者更赚钱。西山景区这个项目，目前看来，当然是赔钱的。可是这个世界上，善于扭亏为盈的人很多，恰好，她顾烟便是个中能手。更妙的是，明知不能为而非要为之，是她的爱好。只不过，她算漏了这糟糕的天气。

平时只需要一个多小时的车程，今天竟然走了近三个小时。

一道闪电划过，林漠的脸色异常苍白，顾烟不由得有些担心："你没事吧？要不我来开？"

林漠摇了摇头，这种路况和天气，他相信自己开会比她开速度快。

当他们到达西山景区的时候，除了不远处的西山村有着零星的灯光，其他地方都是黑黢黢的一片。西山景区已经全面停工了，只剩大门口一盏大灯亮着——就算不出事，这么大的雨，也得停工。

顾烟看向身后浓黑的雨幕，后面的那辆车迟迟没有跟上来。她的手机在一个小时前，经过一个弯道时，掉进了雨水里，已经开不了机了。

一个中年妇女跌跌撞撞地奔到林漠面前，就差给他跪下了。林漠一把扶住她："陈婶。"

"林漠，你回来了！大壮，你一定得帮我找到大壮。"

"大壮可能还是在迷宫里……"

可能？顾烟柳眉皱起，这才听明白了他们话里的意思。她看向林漠，瞬间满脸怒意："西山景区根本就没有出现塌方？"

林漠看向她，一脸坦然：“是。”

“那视频呢？”

“你说呢？”

“那只不过是你想要借项目图找人的一个幌子？”

“是。”

顾烟在松了一口气的同时，又有一股怒气升起，这个人不仅毁了她的庆功宴，更重要的是，还让她刚升任VP就做出了这么重大的错误决定。

“你们大可以……”

“大可以明说？”林漠看着她，仿佛看着一个傻子，“我们明说了，你就会将项目图拿出来？”

当然……不可能。这种大型项目，项目施工图纸都是商业机密，当然不是谁想借就能借得出来的。

“这位是？”

“LPT项目负责人，顾烟。”

“姑娘，姑娘，求求你救救我儿子。他虽然看起来人高马大，但其实心智才五岁，求求你救救他！”面前的妇人全身上下都湿透了，花白的头发一缕一缕地粘在脸上，那张脸上的皱纹刻满了生活的艰辛。

心底某个隐秘的地方被瞬间击中，顾烟狠狠地跺了跺脚，转身欲走，一只手拉住她的右臂：“你去哪儿？”

顾烟没好气地道：“去一个有信号的地方。”

手瞬间放开了。

雨太大，项目图纸不一定能送到，唯有让陈光他们将图纸发到她的手机上……手机，差点忘了，她的手机已经坏了。

顾烟转身，朝林漠伸出手：“手机。”

雨太大，即便撑着伞，面前的女人依旧全身都湿透了，再也不是几个小时前那光彩照人的模样，只是眼里的倔强还是一模一样。

林漠将手机递给她，不过，山区，暴雨，应该是哪一部手机都没有信号吧。

几分钟后，顾烟一脸挫败地回来。

林漠已经将大家的任务分配完毕，以两个人为一组，每一组人负责一片区域。林漠和贵子负责最重要的迷宫——几个小时前，贵子曾亲眼看到大壮进了迷宫。

头发花白的村主任，颤颤巍巍地拿出几顶带灯的矿工帽分发给大家。

众人接到任务后，纷纷冲进了雨中。

顾烟清瘦的身影挡在了林漠的面前，眉头轻皱：“大家都有任务，那我呢？”

“你？”林漠扣好安全帽，忽略她眼中的不满，“你留在这里等项目图纸。”

顾烟的眼睛带着朦胧的雨雾：“首先，雨这么大，项目图纸不知道什么时候能送到。再说了，这里还有陈婶和乡长，万一项目图纸到了，他们可以第一时间通知大家。我可以帮大家找人。”

“林哥！”风雨里，传来了其他人的催促声。

顾烟不再理会他，径直冲进了雨里。

林漠迅速地跟上她，大声道：“等等，顾烟，这么大的雨，景区正在新建中，会很危险。”

顾烟回头，笑了，有雨水顺着她额头的头发往下淌，然后很快地流到她的脸颊上，最后到她精致的下巴：“会很危险？越危险的地方，我越喜欢。”说着，她转过身，脚下带起一圈泥水，“别啰唆了，我好歹是LPT的VP，论旅行线路中的迷宫，我比你熟。”

林漠有一瞬间的恍惚，在多年以前，似乎也有谁这样对他回眸一笑，说：“越是危险的地方，我越喜欢。”他抹了一把脸上的雨水：“贵子，你跟他们去村头，迷宫我和顾总负责。”

“好。”

迷宫虽还未完工，但也完成了一大半了，顾烟刚一进门，便知道为什么林漠他们非得要这个迷宫的项目图纸了。因为这个迷宫看似简单，实际上却非常复杂。

整个西山景区的定位便是解谜，而这个迷宫更是重中之重。整个迷宫呈卍字图案，每一条路都对应着不同的出口，一不小心就会迷路。也许这个迷宫的设计师是个处女座。

林漠皱眉，这个迷宫比他想象中的更加复杂。在走到第十五分钟时，他转身，眼神明亮：“顾总，我再走下去便是浪费救大壮的时间，不知道你有没有什么办法？”

这么坦白？顾烟也没时间开玩笑了：“幸好我对各个景区的设计图有一定的敏感度。这个项目虽然我没参与细节，但是刚刚跟在你身后，我似乎找到了一点方向。跟我走。”

半个小时后，在某一个出口，一丛野草出现在他们的面前，野草中间有人走过的痕迹，那抹痕迹通往一个小小的洞口——成年人非要趴着才能钻过去。大壮也许是好奇，从这里钻过去了？

顾烟弯腰正欲爬过去，却被林漠一把拉住：“我先来。”

顾烟退后两步，丝毫未感动。这个男人以为是在拍电影吗？洞后面有龙潭虎穴，他得身先士卒英雄救美？

洞口很窄，林漠使尽全力，手臂都勒红了，终于挤了过去。随后，一只大手伸过来，递给顾烟，顾烟犹豫了一秒，将自己的右手放了上去。

洞后是一条乡间小路，顺着小路走下去，竟然是村里的蓄水大坝。这个大坝已经废弃多年了，平时村里的大人都不许小孩到这里玩，担心危险。

此时，天色已经微微发亮，雨也小了很多。放眼看过去，整片山林郁郁葱葱，云山雾罩，好似世外桃源一般。可以想象，这个项目一旦建成，西山景区一定会成为旅游胜地，对当地人的经济条件，也会有所改善。像大壮这样先天残疾的孩子，即便不能治愈，也会有更好的物质保障……

顾烟的目光由远及近，最终落在了大坝上的一抹黑影："谁这么早在坝上……"顿时，她的眼中充满了欣喜，转向林漠，"那人是不是大壮？林漠！"

林漠显然已经看到了，但下一秒，他的心里"咯噔"一下，暗叫一声不好。

这座大坝年久失修，大坝中间是一条可供人走的三米宽的水泥路，两边的坝身呈45°倾斜往下，坝身左侧有一段长达十几米的台阶，台阶延伸向下，直至水中央。而台阶的尽头，距水面的距离足足有十几米！如果一失足滑下去，后果将不堪设想！

林漠的额头上冒出层层冷汗，右手在身侧紧握成拳。他的右腿在沙漠上受伤了，这次回江都，本就是到军区医院治病，想看完腿伤顺便回老家探亲，不料刚到医院躺下，便接到战友的电话。战友分管西山片区，得知大壮失踪，知道林漠正好在江都，于是委托他去LPT拿项目图纸。大壮失踪未到24小时，不予立案，但是所有的救援都争取在第一时间启动。

再加上，他刚刚又在雨中开了那么久的车，行走了近一小时的路，更是加剧了伤势。现在林漠的右手紧紧地按住右腿，忍着疼痛。

在台阶靠中间的位置，有一道铁门，已经生了锈。昨天晚上那场暴雨让水势大涨，铁门已经有一半已没在了水中，极易翻过。

“顾烟，你水性怎么样？”林漠看向大坝，眉头皱得死紧。

“还不错。”

“听我说，”林漠的目光转向顾烟，“台阶的尽头是一个深潭。”

“什么？”顾烟眼里的笑意还未褪尽，立时便蒙上了三分恐惧。她再次看了一眼大壮，很快明白了林漠这句话的意思。

“我待会儿可能需要你的帮助。”林漠带着凉意的手拍在了顾烟的肩上，“别怕，我会一直在你身边。”

原本狂乱的心跳奇异地安静下来，顾烟的目光从大壮的身上转回到林漠严肃的脸上，点了点头：“嗯！”

来不及再多说了，林漠快速地朝大壮所在的方向跑过去，右腿脚踝传来一阵阵针刺般的疼。顾烟紧跟在林漠身后。刚下过暴雨的乡间小路异常泥泞难行，她咬咬牙，直接将鞋子甩掉，跟在林漠后面，深一脚、浅一脚地往前走去。

好不容易到了大坝边，大壮却已经翻过了那道铁门，水已经没过他的腰身了。不知道他前面还有几个台阶，或者已经一个台阶都没有了……

林漠做了一个暂停的手势，顾烟立刻停在了原地。她站在台阶上，死命地抓住栏杆。栏杆表面的铁因经年的阳光和雨水，生出层层的锈，此时仿佛一根根硌人而又冰凉的刺，扎在她的掌心，一直疼到骨头里。

林漠沿着楼梯，一步一步地往下探。距离大壮不到五米时，他伸出手，温柔地诱哄道：“大壮，你在这儿干什么？

你还记得林哥吗？到林哥这里来，林哥带你回家。”

大壮歪着脑袋想了一下，随后脸上露出兴奋的神色：“林哥你回来了！林哥，那里有鱼，鱼！你看，有鱼！”大壮指着前方，兴奋地说着，又往前走了一步！

顾烟顿时深吸一口气，林漠的脸色变得更加难看了。

大壮稳稳地站在水中，只是那水位又往他腰间上升了一点。

“大壮！”林漠的声音带着不易察觉的颤音，“听林哥的话，你先别动。”

大壮回过头，似乎听不懂他们在说什么，只是执着地道：“林哥，有鱼，妈妈爱吃。”

“好，林哥帮你抓鱼好不好？”林漠又往前走了一步，“你别动，站在原地别动，哥哥帮你抓鱼。”

一股酸意从鼻尖涌了起来，直至心底。顾烟的目光扫过林漠的右腿，刚刚在迷宫，无意间发现林漠的脚受伤了，所以他才会说可能需要自己的帮助。

“2004年8月23日，我在巴厘岛拿的潜水证。我下水，成功的概率比你高出百分之五十。”

林漠短暂地犹豫了两秒，在心中飞快地算了一下彼此下水的成功率，随后点了点头。

两个人换了一下位置，顾烟站在前面，尝试着一点一点地靠近大壮。林漠则一边拉着顾烟的手，一边轻声诱哄着大壮：“大壮，等一下哥哥，哥哥和姐姐一起帮你抓鱼好吗？”

天气很凉，可是他的手似温润的玉，带着陌生的暖意和勇气。

“真的吗？”

“真的，林哥什么时候骗过你？”

三米，两米，一米……

顾烟的手终于碰到了大壮的手。她猛地一用力，将大壮狠狠地往回一拉，两个人同时倒在了台阶上。

成功了！

顾烟回头看向林漠，湿漉漉的长发散落在肩上，劫后余生的笑意从她的眼里倾泻而出，仿佛雨过天晴的阳光。林漠心头莫名一颤，下意识地避开她的目光。

“大壮啊！”陈婶的声音突然在岸边响起。原来，她一直没有儿子的消息，急得不得了，非要亲自出来找，这不，刚到水坝上，便看见儿子整个人倒在水里，不由得惊呼起来。

大壮听见母亲的声音，本能地想要站起来。不料，被水泡过的台阶异常的湿滑，他一个趔趄，竟笔直地朝深潭里滑去！

一切都发生在一瞬间，林漠甚至只来得及喊出一声“小心”，便眼睁睁地看着大壮往深水区滑去。与此同时，他们所站的台阶，因年久失修，再加上昨天晚上暴雨的侵袭，居然有三分之一塌方了。

他们三个人几乎同时掉入水中。

“救命！救命啊！”岸上传来陈婶的呼救声。

电光火石间，顾烟已做出了决定。

林漠虽然腿受伤，但是以他的身体素质，应该能够自救。于是，她拼命朝大壮所在的方向游去，死命地拉住正胡乱挣扎的大壮。奈何她力气太小，反被求生心切的大壮死死地抱住，连喝了好几口水……

意识一点点地变得模糊，力气也越来越小，一股恐惧和绝望涌上顾烟的心头。突然，一只大掌托住了自己的腰部，林漠的脸迷迷糊糊地出现在自己眼前。对方正将自己和大壮往上往前推。不过似乎力量不足，他们又继续往下沉去。

“扑通——”有几个人连续跳下水。

援兵终于到了……

脚能触到台阶了。

安全了！

顾烟的世界，终于可以放心地黑了下来。

约是护士来换药了。

来人却半天都没有动作，顾烟转身道：“请问……”

居然是林漠。

他坐在轮椅上，脸上缠着一条绷带，脚上也打了石膏，看起来狼狈极了。

刚刚和任光年吵架的不开心瞬间消失殆尽，她笑了，像是开得盛极了的花：“原来你的皮肤是古铜色的。”

“谢谢夸奖。”

眼前的她一身病号服，没有了昨晚庆功宴上的精明凌厉，倒是眉眼如画，气质清新。

“大壮没事吧？大鹏呢？”

“他们俩都没什么大事……不过害得你受伤了，抱歉。”林漠一脸歉意，“谢谢你。”

“只不过是呛了几口水而已。是我谢谢你才对——你救了我两次。”

“你也救了我和大壮。”

“那我们扯平了？”顾烟笑着伸出右手。林漠愣了一下，也笑了，伸出了右手：“扯平了。”

林漠欲缩回手，顾烟却微微用力，笑得眼里盛满了阳光：“你好，我是顾烟。”

不是昨晚的“LPT顾烟”，只是简简单单的两个字“顾烟”。

林漠轻轻地握了握她的手：“你好，林漠。”

林漠推着轮椅向门口走去，快到门口的时候回头：“刚刚那个是你男朋友？”

顾烟没有回答。

“他很爱你。”

门被带上了。

爱？那个钢铁大直男知道什么是爱？顾烟看向窗外，叹了一口气。大约房间里还有残存的花粉，她又不由得打了几个喷嚏。

最近，一个名为“最美救人小姐姐”的帖子在网上刮起了一阵新闻旋风，连续几天占据新闻热搜榜，被各个微博大V纷纷转载，朋友圈更是被传了个遍。

帖子是由一个网名叫“一闪一闪亮晶晶”的人发的。他声称自己是西山村的村民，几天前的暴雨夜，村里一位实际年龄25岁但心智年龄却只有5岁的男青年溺水，一位小姐姐不顾个人安危将其救起。

帖子的下面还配有几张照片，一张是顾烟拉住大壮的瞬间；一张是大壮滑入深潭，顾烟跳下水的瞬间；还有一张是在水中，大壮因为恐惧死死地抱住顾烟。

因为是抓拍，再加上当时情况危急，每一张照片上，顾烟的脸都照得不是很清晰，面部表情也不大好。但即便是这样，仍然能够看出她眉目如画，气质逼人。

有好事者“人肉”出顾烟的真实身份，将她的私人照片和救人照片放在一起。对比之下，大家纷纷惊呼：这个小姐姐好美！

在任何新闻中，大众对当事人的相貌容忍度都会非常高，长相中等的会称为“美女”，长相偏上的会惊呼“天人”。可想而知，当顾烟这种级别的美人一出来，便瞬间引炸了各大社交平台。

从帖子发布到顾烟醒来的短短几个小时里，跟帖数已经达到了几万条，微博更是一度以“天仙救人小姐姐”登上热搜头条。

虫子爱吃肉：感人，向我们平凡的英雄致敬！

半夜吃鸡：这才是真正的人美心也美！

粮盈：真是危难时刻显身手，巾帼不让须眉！

踏浪之帆：救人一命，功德无量。我们需要这样的正能量！

……

一天后，当这条新闻的热度到达顶点时，又爆出来一则新闻，LPT中国区总裁李淮南对副总裁顾烟的这种行为表示鼓励和赞扬，为了宣扬社会正能量，LPT公司将给予顾烟个人十万元的现金奖励！

希爱的小窝：谢谢LPT培养出这么优秀的人才！以后旅游一定找LPT！

海水里的旺：谢谢大老板的奖励！该奖！

暗夜：各行各业都需要这样的人才！

此言易：给LPT吃鸡！！！

……

当然，也有一些质疑的声音，但相比海浪似的赞扬，很快就被淹没在人群中。

LPT好不容易抓到顾烟这个有颜值又正面的典型，于是大老板亲自开口，让顾烟好好休息，最起码要“休息”一个礼拜。因此，虽然只是左手轻伤，但是顾烟还是不得不在医院里躺了整整一个星期。

一切都刚刚好，唯一让她介意的，是自从上次在医院吵架之后，除了每天的一日三餐都让人按照她的喜好做好送来外，任光年已经几天都没有来过医院了。

相识相知多年，任光年和顾烟已经形成了自己的一套相处模式，即便吵架，多半也是等彼此冷静下来再见面沟通。而且，听陈光说，最近NPT也非常忙，作为财务总监的任光年，更是忙到连喘口气的时间都没有。

也罢，看在他这么忙，依旧每天给自己点餐的份上，顾烟决定等他来道歉，自己就原谅他。

顾烟出院当天是星期一，阳光很好，亮到可以扫除一切的阴霾。

出院前一天晚上，顾烟已经接到公关部经理李宗杰的电话。李宗杰在例行的客套之后，说明天出院时，会有几家相熟的网络平台和电视台记者来对顾烟做采访直播，让顾烟有个心理准备。

“这全都是托顾总的福，如果不是您，我们公关部哪有这么好一个出成绩的机会……您放心，一定不会有什么奇怪的问题……那好那好，明早九点，大家在住院部门前等您。”

虽然隔着手机，顾烟依旧能够想象得出李宗杰一脸笑嘻嘻的样子。虽然他没什么真才实学，但是胜在说话幽默风趣，倒也不惹人讨厌。更重要的是，据传，李宗杰的背景很大，轻易得罪不得。

顾烟看了一眼此刻站在自己身旁的林漠，他是和自己一起接受采访吗？

林漠依旧穿着一身迷彩服，腿上的石膏已经拆了，脸上的绷带已经摘了，留下一条不太显眼的白色印记。他的五官本来便十分的吸引人，再加上军装的加持，整个人更是显得特别的挺拔威武。

顾烟保持着微笑，微微往林漠那边靠了靠，小声道：“几天没有看到你，我以为你早出院了。”

“我好像伤得比你重。”林漠晃了晃右腿。

“你……”顾烟在心头默念“情绪管理、情绪管理”，然后继续保持完美的女神微笑，“你为什么会在这儿？”

“有人邀请。”

“谁邀请的你？”

“不知道。”

顾烟用手扇了扇风，呼了一口气道：“好热。”

此时，住院部旁边的大路上，不时有病人和病人家属经过。几名记者和主播纷纷将手中的话筒或者手机对着顾烟：“顾总，我是江都卫视的记者，想问您几个问题可以吗？”

“顾总，我是翻鱼的主播，请问您救人的时候没有觉得害怕吗？”

“顾总……”

李宗杰笑眯眯地上前：“大家不要着急，今天顾总的时间很多，大家可以一个问题一个问题地来。”

镜头对着顾烟的脸，今天的她化了一个裸妆，但在视觉效果上却好似全素颜。长发披肩，打理得略略凌乱，身着白衣黑裤，简单又时尚。与此同时，镜头的一角，林漠似一棵青松一般，站得笔挺，目光深邃，凝望着前方。

再加上滤镜和美颜，各大主播的手机上顿时有无数的弹幕飞过。

“啊啊啊，小姐姐的颜好耐看！”

“郎才女貌啊。快让开，我要舔屏了！”

到最后，关注林漠的人越来越多。

“那是个兵哥哥吗？好帅！”

“兵哥哥缺女朋友吗？”

“好想给兵哥哥生猴子！”

……

LPT办公大楼。

“顾总的直播采访开始了！”一名男同事举起手机道。

“真的吗？赶快，直接用电视看。”

众人聚拢在电视机前，被放大的屏幕上，顾烟的美貌度也被成倍地放大。

“真羡慕顾总，要身材有身材，要颜有颜。”人事部黄欢看了看自己的“游泳圈”，不无羡慕地说。

“人家那是对自己够狠，晚饭从来不吃主食，每个星期雷打不动三次健身房，你做得到吗？”

“我哪儿有那个‘太平洋’时间啊，每天回去，家里又是老公又是孩子的。”

“你这嘴也太毒了吧，你这不是说顾总是‘剩斗士’吗？”

“我可没有。”

……

一个话筒对准林漠。

“林先生，据西山村村民说，这次救援行动是你主导的，但是最后的风头却全被顾总抢了，不知道你怎么想？”

这是哪家的记者，居然问这种挑拨离间的问题。顾烟担心林漠不会应付这样的场面，用眼神示意他不用理睬。林漠却好像未看见她的小动作，四两拨千斤地说道：“救人这件事，救人成功才是施救者共同的目标，不存在谁抢了谁的风头。大壮最后没事，多亏了顾总。”

“那顾总，在深潭里救人的时候，你不害怕吗？”大屏幕上，一位主播问道。

“你们也看到了，当时情况危急，根本没有时间害怕，我只想尽力将人救起来。”

“顾总，林先生，你们这次住了一个星期的院，看来伤情都有些严重吧？”

林漠：“不严重。”

顾烟：“有一点。”

两个人几乎同时开口，随后又同时看了对方一眼。

提问的记者：“呃……”

“为救人而受伤，再重的伤都不算伤。”顾烟看了林漠一眼，“是吧，林先生？”她加重了最后几个字的读音。

林漠看了她一眼，难得地配合道：“是。”

李宗杰和陈光在旁边听到这一句，暗暗击了个掌：“漂亮。”

这句话是既没有撒谎，也避开了实际情况。

又有一个主播问道：“顾总，LPT公司针对您这次的行动，奖励了您十万元人民币，不知道您准备如何花这十万元钱？”

顾烟将落下的碎发挽到耳后：“老实说，这个，我还没有想好。”

大屏幕上，林漠闻言看了顾烟一眼，随后低下了头。

办公室里，众人面面相觑。这个问题的标准答案不应该是“捐给大壮”吗？再不济，也应该是“捐给更需要这十万元钱的人”啊。

“江总！”

有人一回身，便看到了站在后面的江远扬。他正拿着一杯咖啡，斜靠在门边，同样盯着电视机。

“怎么，看你们的表情，似乎都觉得顾总这个回答不好？”江远扬扫了一眼四周。

有人大着胆子点了点头：“江总，顾总这样回答……”

“很真实，很坦率，坦率到让人忽略了她相貌上的攻击性。”

众人你看看我，我看看你，不太懂江远扬话里的意思。

“还是不明白？”江远扬的眼里露出微微的赞赏。他看向一名戴眼镜的大高个，“付松，旅行旺季时，LPT女性市场占有率是多少？”

“百分之六十二……我知道了！”付松眼神发光，“这是为了加大那些潜在的女性客户对LPT的好感度！”

“只有女人才能看出哪些女人不是省油的灯，尤其当对方是美女的时候，尤其要格外小心——而坦率这种特质，会特别能刷好感度。”江远扬转身离开，顾烟比想象中更聪明，真是，可惜了啊。

“各位主播，今天的直播就到这儿吧，我们顾总也要回去休息了，林先生也累了。”李宗杰拦住还想要提问的记者。

顾烟对着大家微微一笑，转身想要离开。

“顾总，请问你是西山景区这个项目的负责人吗？”

严格说来，LPT现在所有的项目都应该是顾烟负责。

“听说江都突发暴雨的当晚，你曾私自命令自己的下属拿出属于商业机密的西山景区项目图，有这么一回事吗？”一个不知道从哪里冒出来的记者突然提问。

顾烟停住了脚步，私自命令，商业机密……

陈光上前一步，看向提问的人，脸上有些不悦：“这件事……”

顾烟适时地转过身：“……我确实是西山景区项目的负责人，你说的这件事，”顾烟面上的笑容更灿烂了，“也确实存在。”

“顾总……”

顾烟朝陈光摇了摇头，示意他不要说话。

陈光后退一步。

顾烟是那种越生气，反而笑得越灿烂的人。

对方脸上带上了得意的神色：“那是不是可以这样理

解，你拿项目图最初的目的就是为了寻找被你所救的大壮。也就是说，大壮是在LPT负责的西山景区里出事的？你所谓的英雄举动，不过为了掩盖西山景区安全措施不到位的假象？”

一针见血，切中要害。更重要的是，一个不小心，就会背上一个大黑锅。

另外几个主播面面相觑，随后却不约而同地将话筒或手机对准顾烟。李宗杰急得满头大汗。这些记者怎么回事，他明明已经叮嘱过，只许问一些平常的问题，这可是在直播啊。

顾烟正欲开口，身旁的林漠却上前一步，高大的身影挡在她的面前：“请问这位记者同志，你刚刚说的这些话，是你的私下猜测，还是已经有了确切的证据？”

对方犹豫了一下，又反问道：“也不排除有这种可能吧。”

林漠冷笑：“可能？怎么，你们记者这么大一口黑锅扣下来，仅仅凭着‘可能’两个字？”

对方语塞，周围围观的群众也相互交头接耳。

林漠又向前走了两步，看向周围的人：“还有，我是西山村的村民，这次刚好放假，回村里探亲。我可以证明，大壮不是在西山景区出事的，希望你们不要混淆视听。”

太帅了！陈光激动得恨不得冲上前去，抱住林漠。对于这种恶意抹黑的言论，他的一句话，作用顶过顾烟的一百句、一千句话。

对方看向顾烟，依旧不松口："那这个问题是不是这么问比较好，顾总，你为了救人，不顾可能泄露商业机密的危险，决定将西山景区项目图纸拿出来——虽然结果因为暴雨阻挠，没有送出。"

"商业机密？这位朋友很喜欢用一些吓人的词啊。"顾烟向前走了一步，完美的五官在阳光照射下竟美得有些逼人。

"但根据我对贵行业的了解，你的行为很可能为公司招致严重损失，不是吗？"

顾烟抬了抬下巴，眼神中透着一股坚毅："我觉得在生命面前，一切的计较和得失都是浮云。的确，我的这个决定稍稍有点快，毕竟我习惯了LPT高效率的工作流程。我们LPT的所有项目都有着超越国际标准的科学、严谨的论证和高标准施工监管，我们每一个LPT员工都对自己的项目很有信心，没有任何可能发生你所说的可能性。LPT的宗旨是为每一位旅游客人提供筑梦之路。旅途可以定制，人生也可。当然，我不能证明西山景区是不是真的有你所说的'可能'，但是欢迎大家前去体验论证，帮助我们LPT一起进步。”

办公室里掌声响起。

这段话不仅摘干净了自己，还强推了一波LPT，最后顺便还给西山景区打了个广告。

服，不得不服。

人群散尽。

盛夏的阳光透过重重树荫洒下，顾烟站在一地的碎金中，再次向林漠道谢。

“客气了。”林漠脸上并没有太多表情。

“嘟嘟——”

路边停了一辆车，驾驶座上一个年轻小伙子按了按喇叭，跳了下来。他跑过来接过林漠手里的包，然后摸着后脑勺，笑着露出一口白牙，朝顾烟打了个招呼：“顾总。”

“你认识我？”

“当然！顾总是巾帼英雄，救了大壮，你是我们全村的恩人。”

顾烟由衷地笑了。

小伙子转身上车，林漠朝顾烟挥了挥手：“走了。”

“等一下，林漠！”

林漠回过头，阳光下，他的眼神清亮。

顾烟从包里拿出一张卡递给他："给大壮的，密码是大壮的生日。"

这里面是LPT奖励给她的那十万元钱。她从一开始，就想好了这十万元钱的去处。

林漠看向顾烟，刚刚的直播中，她明明说还没有想好。

顾烟直接把卡塞到他的手里："意外之财，帮我花掉。"

林漠不由得笑了："好，我替大壮谢谢你。"

他其实应该两天前就出院的，不过那天无意中在顾烟的病房附近听到有一个人在打电话，擦肩而过的瞬间，捕捉到了几个关键词：顾烟、商业机密、陷害。

至于今天的直播，他只需要表明自己是西山村村民，并且也是施救者的身份，那些主播为了粉丝和热度，肯定会同意的。

"顾总，再见了。"

"林漠，再见。"

彼时匆匆一别，顾烟从来没有想过，他们此生还会有再见面的机会。

圈　套

车门关上的那一刻，顾烟脸上的笑意立刻卸了下去，满脸的疲惫立刻露于脸上。这几天，她笑得太多了。而任光年，顾烟看了一眼手机，他依旧没有来电话。

经过西山景区一事，顾烟在LPT的位置算是稳了。她离自己的终极目标，LPT中国区合伙人的位置，只剩下最后一小步的距离了——VTRM，热带雨林项目。

“姐，你要先回家换一身衣服吗？”

“不用，直接去商场买一套衣服去招标会现场。陈光，VTRM项目尽调做得怎么样了？”

这一个星期，她虽然因为“英勇救人”被困在医院，但是该做的工作却一样都没落下——江远扬应该会失望吧？她的英雄形象，焉知不是他塑造出来的。

陈光信心满满：“资料就在你身边的座位上。放心吧顾总，整个业务部加班加点，一切都按照你的要求，做好各项准备工作。江总大概会失望吧？我听说，就是他和大老板提，要好好抓住这次‘救人事件’，让你在医院里多住两天的。”

顾烟一声冷笑，但依旧面不改色：“没有证据的事不要乱说。”

陈光脸上一热：“是。”

VTRM是一个高端的旅游项目，招标公司是国际旅游业巨头公司DM。DM对VTRM项目总投资高达10亿美金，其中高端私人定制项目招标预算有3.5亿美元。而LPT在国际旅游上的优势便是高端私人定制。甚至可以说，LPT的高端私人定制服务是走在国际旅游业的前沿的。

顾烟翻看着资料，看到竞标的公司中包括NPT。作为LPT最大的竞争对手NPT的财务总监，任光年一定会到场。

四十五分钟之后，自从上次吵架之后，顾烟再次见到任光年。

顾烟看向任光年，两个人的目光隔着人群遥遥相对。不知道他的底价会是多少。

“顾总。”高大的身躯驱步向前，任光年的眼里带着一向温暖的光芒，“身体好点没有？”

顾烟笑道：“托您的福，好多了。”

“有件事我想向顾总请教一下。”

顾烟看了一眼时间，犹豫了一秒之后道：“好。”

两个人走到一个安静的角落里，任光年突然抓住顾烟的手，说：“小烟，我们公开吧，我们结婚吧！”

“你疯了！”顾烟一愣，立即挣开他，随后看向四周，发现没人注意这边的情况，才压低声音道，“这个问题我们不是讨论过很多遍了吗？我们现在不能公开，LPT和NPT的关系你也知道，我们现在怎么能公开？”

任光年看着她，刚刚明亮的眼睛一下子暗了下去，全无光芒。

“光年？”顾烟突然觉得有些不安，“你是不是有什么事情瞒着我？”

“我……”任光年定定地看着顾烟，正欲开口，陈光急匆匆地跑了过来：“顾总，对不起，打扰了，有个数据需要和你确认一下。”

顾烟一脸歉意道：“任总，真是不好意思，我们下次再聊。”

她的身后，任光年看着顾烟离去的背影，神情苦涩。

招标会正式开始了。果然到最后，便是LPT和NPT两家的战场。叫价已经无限接近顾烟的底价，作为NPT代表的任光年却迟迟没有动作。他不叫价，顾烟也就不敢叫价。

“3亿美元第一次，3亿美元第二次……”

“姐……”陈光急了。

顾烟的右手放在膝盖上，手心冒出细密的汗，修长的五指慢慢地张开……

“3.1亿美元。”

众人哗然，NPT报价了。

顾烟猛然抬头，大喜，只要任光年开口就好办了。

“3.2亿美元。”

顾烟举牌。

任光年回头，看了一眼顾烟：“3.3亿美元。”

“3.3亿美元，还有比3.3亿美元更高的吗？3.3亿美元第一次，3.3亿美元第二次……”

任光年的脸上看不出丝毫波澜。倒是他的秘书，双手握拳，已经做出了一个庆祝的手势。

顾烟再次举牌：“3.5亿美元！”

众人纷纷回头看向顾烟。顾烟虽然表面上看起来淡定自若，但是没有人知道，哪怕任光年只加一块钱，她便输了，LPT便输了。

“3.5亿美元第一次……3.5亿美元第二次……”

顾烟轻笑，双手却越握越紧。

“3.5亿美元第三次！恭喜LPT顾烟小姐，以3.5亿美元拍得VTRM的高端私人定制项目！”

“耶！”陈光跳了起来。顾烟也站起身鼓掌，等她接受了众人的祝贺，再看向任光年所在的方向时，却只能看到他匆匆离去的背影。

奇怪，他一向不是如此小气的人。

不过，这丝疑惑很快就被顾烟丢到了脑后。这是她最开心的一天，所有的宏图都即将在她手上打开，她会用旅游改变无数贫困人民的生活，她会将现代化灌输进原生态文明，她会成功，会赚很多很多的钱，过很好的生活，让当年那些看不起她的人狠狠地闭嘴。

只是，这种开心的氛围只持续了很短的一段时间。

风雨欲来。

这天中午十二点半，LPT食堂。

LPT食堂的经营者和公司合作了多年，菜品丰富，且又比较卫生干净，因此，在食堂里吃饭的员工比较多。

不过高层吃饭，都有自己单独的包间，甚少到食堂大厅，除了今天的顾烟。

这会儿正是用餐高峰期，大家选好饭菜，三三两两地找地方坐了下来。所有人都非常有默契地让开了顾烟周围的位置。

顾烟依旧是一袭白衣黑裤，仿佛什么都未察觉，坐在靠窗的位置，专心致志地吃着饭。

财务部小黄看了一眼顾烟所在的方向，小声地说："哎，你们听说了吗？顾总要被派往一线了！"

人事部小张刚吞下一块红烧肉，流着口水道："我也听说了，大老板派她去勘察甘肃南雍线路。那条线路公司多年前就要开发了，听说景点都修了大半了。但是据说，一是路线崎岖偏远，有难度；二是当地居民的反对；三是公司也没有合适的人选，所以这条线路就一直没有大的动静。"

"她不是刚刚升为VP吗？怎么会……"

"还不是因为VTRM那个项目？尽调没有做到位，害公司赔了那么多，没把她辞退就算不错了。"

"是啊，我早就看她不顺眼了。整天一副女王范儿，除了会巴结大老板，还有什么本事？你们以为她是凭着什么上位的？江总如果不是顾忌着大老板，早就……"

几个女人心领神会地一笑。

突然，一瓶饮料泼在她们面前的餐盘里，四个女人尖叫着跳开："啊！"

"陈光，你发什么疯？"小黄一边擦着溅在衣服上的饮料，一边气急败坏地嚷道。

陈光将餐盘丢到她们面前的桌子上："VTRM的资金来源调查是我做的，和顾总没有任何关系。如果下次还让我听到你们嘴巴不干不净，这水泼到的，"陈光往前走了一步，"可不就是你们饭里了。"

四个女人吓得撞上了后面的餐桌，餐具顿时掉了一地，发出清脆的响声。

陈光拿着餐盘，坐到顾烟的对面，一副气鼓鼓的样子。

顾烟没有看他，吃了一口糖醋排骨："我记得有教过你，无论什么时候都要沉住气。"

"明明是她们在背后乱嚼舌根。"一向阳光开朗的大男孩此刻委屈道，这让顾烟想到一个词：小奶狗。

顾烟忍不住笑了。

"顾小姐艳光四射，果然走到哪里都有男人保驾护航。"

一个女人不知何时走了过来，正站在餐桌旁看着顾烟，一脸莫名地气愤。

很小巧，看起来很软萌的一个小女生，米色长裙，过肩长直发，五官虽然平凡，但是凑在一起却格外顺眼。

顾烟并未起身，只是略微抬眼：“谢谢夸奖。”

“你……”女人一滞，随后昂了昂头，“我是任光年的未婚妻，我叫沈青。”

拿着筷子的手停了零点一秒，顾烟收起脸上的讶异，往身后的椅子上靠了靠，双手抱在胸前，冷笑道：“未婚妻？请问，你‘未婚夫’知道吗？”

沈青的脸一下憋得通红，跺了跺脚：“你，你……”

周围的同事纷纷看向这边，已经有不少人在窃窃私语了。

“姐，需不需要我叫保安？”

“不用。”顾烟站起身，整整比沈青高了一个头，“小妹妹，喜欢任光年的女人那么多，我建议你还是先搞定任光年比较靠谱。”

说完，顾烟厌恶地转身。看向这边的目光已经越来越多了，顾烟喜欢听八卦，但是不代表她喜欢成为八卦的主角。

“我爱光年，很爱很爱。光年也很爱我。顾总，你能不能成全我们？”沈青在背后大喊。

光年，我们？

真是狗血。

顾烟不理，只想离开这个地方。谁知背后传来扑通一声，沈青跪在了地上："顾小姐，我，我怀孕了！"沈青似乎非常紧张，笔直的长裙已经被她抓出了细细的褶皱，"我求求你了……"

居然还可以更狗血。

顾烟看向四周，每个人的脸上都流露出兴奋的神色。她们都在交头接耳，议论纷纷，可为什么自己什么都听不到。她脸色苍白，死死地扶住身旁的餐桌才站稳。

这就是上次任光年欲言又止的另一个原因？他背着自己出轨了，所以才那么急切地想要借公开恋情来阻止对方。阻止？

"姐，姐你没事儿吧？"陈光担忧地看向顾烟。

顾烟摇了摇头，笑了，似一片羽毛落在平静的湖面上，连一点涟漪都未起："你该找的人是任光年。"

说完，也不管背后议论纷纷的人群，顾烟头也不回地离开了。闭上眼睛，这盛夏的阳光竟让她觉得骨头缝隙里都是凉的。再睁开眼，眼底已是一片讥诮。果然，这个世界上除了自己，没有任何人可以依靠。

陈光亦步亦趋地跟在顾烟身后，顾烟并未回头："陈光，我想一个人静静。"

"姐……"陈光本能地往前跟了两步，欲言又止。

顾烟停下来，长长的睫毛下，向来明亮的眼里似乎罩着一层薄霜："不准再跟了。"

"是……"

当天下班前，人事部的通知便已经下来了——顾烟被派往一线，负责甘肃南雍古镇项目。

LPT整栋楼一片哗然，所有的社交工具上，如QQ、微信、MSN，大家都在隐秘地讨论才升为副总裁的顾烟被调去一线的事情。虽然说起来是让顾烟负责南雍项目，但是大家都心知肚明，这是VTRM项目的后遗症。毕竟，业务能力最强的VP被派往偏远的一线，实在是大材小用。

而且，顾烟升职为VP才没有几天，想不到这么快便明升暗降了。整个LPT，几家欢喜几家愁。顾烟主管的业务部自然是愁云惨淡，人人担心以后的前程。而江远扬那边，可谓是春风得意。

陈光一看到这则通知，便微红着眼冲向22楼。这个时候，顾烟肯定在办公室。

陈光深吸一口气，敲了敲门。

"进来。"

推开门，顾烟的头发高高地挽起，正挽着袖子站在办公桌前。桌上有一个纸箱子，是一些已经收拾好的东西。顾烟的私人物品并不多，箱子里多数都是一些书或者资料。

顾烟看了陈光一眼，手上的动作没有停："有事？"

"顾总，这次VTRM项目出错，责任在我身上，是我……"

"打住。"顾烟拿起杯子，转身倒了一杯白开水。她从来不喝咖啡，喝咖啡只会让她越喝越困，"这次的事情与你无关。"

"可是……"

"时间太短，本身尽调时间便不够。而且，你资历尚浅，有些隐秘的陷阱看不出来很正常。"顾烟拿着水杯，靠坐在办公桌上，"你无须自责。"

"顾总……"

"我还是更喜欢你喊我姐。"

陈光吸了吸鼻子："姐。"他抬起头，坚定地说道，"我陪你去。南雍沙漠线路的勘察，我和你一起去。"

"胡闹。"顾烟柳眉皱起，"你有高端线路勘察证件吗？你有相关经验吗？你去了是拖我后腿，知道吗？"

陈光低下头，直到看得见他发顶的旋。

顾烟在心底叹了一口气，LPT中国区高层被派往一线，说得好听一点是外派，说得不好听是被排挤，被"流放"了，很可能……永远都不会被调回来了。

“陈光，记住，不必要的牺牲在职场中是大忌。”顾烟放下水杯，站直了身子，“你愿意到其他部门吗？我已经和夏总打过招呼了。”

顾烟一走，无论接下来的业务主管是谁，陈光作为上任团队的核心成员，尤其是VTRM项目的资金尽调又是他做的，绝对会遭到打压，甚至会被迫辞职。

陈光出身贫寒，在只招收高才生的LPT，不知道花了多大的力气，吃了多少的苦，才能占据到今天这个位置。这一切，虽然他从未说过，但是顾烟却都知道。

陈光低下头，看着脚尖。

顾烟也不催他，只是慢慢地收拾着自己的东西。

半晌，陈光抬起头，目光坚定：“姐，我不去，我就留在业务部，等你回来！”

拿着书的手一滞，职场多年，顾烟已看惯了人情来往，跟红踩白，得势时多少人阿谀奉承、锦上添花，失势时又不知多少人落井下石、踩上一脚。她喜欢刚入职场的年轻人，还带着那么一点点的透亮。

人性本恶，这是顾烟一直以来所信奉的真理。陈光大约还年轻，年轻到不懂得趋利避害。

“陈光，你可能不大明白，夏天不会为难你……”

“我知道，姐。但是，我就是要待在业务部，等你回来。”话刚说完，他胡乱地抓了抓额前的头发，也不等顾烟回答，便跑了出去。

刚打开门，陈光便与一个人撞了个满怀，是人事总监夏天。

“夏总，对不起。”

“没事，去吧。”

夏天侧着身子，看了一眼陈光的背影：“这个小伙子怎么回事？慌慌张张的。”

顾烟继续清理着东西：“耍小孩脾气，觉得我替他背锅了，吵着要跟我去南雍呢。”

“别是对你上了心了吧。”夏天开着玩笑。

“他？”顾烟哭笑不得，“别开我玩笑了。”

夏天关上门，走到顾烟面前。她神色如常，妆容也是精致得无可挑剔。

经过沈青一闹，顾烟和任光年的事情，别说LPT，整个圈子的人都知道了。

夏天是少数几个最先知道顾烟和任光年在一起的人。这次VTRM的竞标，LPT看似赢了，但其实却输得一塌糊涂。更要命的是，作为LPT最大竞争对手NPT的财务总监，任光年肯定是知道内情的。

VTRM项目资金来源有问题，本身就是个烂尾楼，中标的LPT骑虎难下。若加入VTRM项目，除了前期的3.5亿美元，还有后期一系列的人力、物力、财力投入，还不知道这个项目到底能不能赚钱。可放弃这个项目的话，竞标又已成功，在行业内不仅留下一个出尔反尔的名声，还得净赔6000万美元。

不管怎么抉择，LPT这个亏都吃定了。及时止损当然是最明智的抉择，只是这个责任便自然而然地落到了顾烟的头上。

现在看来，VTRM的竞标会更像是一场预谋，而目标就是LPT。NPT像是提前得知内情，不管是VTRM的资金项目来源，还是顾烟的底价，所以任光年才在最后关头喊停……

理智上，顾烟知道任光年这样做，是基于自己的职业道德。自己在同样的位置，面对同样的问题，一定也会做出同样的选择，但是在主观情感上，又觉得自己遭受了背叛。

办公桌上，手机亮了又暗，暗了又亮，顾烟目不斜视。三秒钟之后，手机再度亮起，顾烟看着屏幕上“任光年”三个字，狠狠地将它丢进抽屉里。

下一秒，夏天的手机响起。看了一下在屏幕上闪动的名字，她没有接：“你和任光年怎么回事？他电话都打到我这儿来了。”

“没什么。”顾烟抬头，目光里波澜不惊，“我们分手了。”

夏天似乎并不意外，点了点头，神色之中还有些愤慨：“分了好！我还担心你舍不得呢。娘希匹，他劈腿就罢了，还敢搞出人命。这种男人，爱哪儿滚哪儿。我真是瞎了眼，以前还觉得他千好万好……”

顾烟揉了揉太阳穴：“夏天，抱歉，我不想谈他。”

“好，不谈他，那我们来谈谈工作，”夏天有点担忧，“你去一线的事情，大老板在董事会上一直都未明确表态，只要他不同意，那就还有……”

顾烟打断她，却问了一个不相干的问题：“夏天，你是什么时候进LPT的？”

“2008年3月7日。我还记得第二天大家都有妇女节的礼物，就我没有，所以我记得比较清楚。”

顾烟的目光仿佛透过层层的迷雾，迷离中带着一丝怀念：“记得吗？我们是同一年进的LPT，今年是我来LPT第十年了。我一步一步走到今天这个位置，不知道花了我多少力气。夏天，”顾烟的目光变得清亮起来，“VTRM这个项目不简单，我一定得查出这件事背后的真相。就算我留下来，也会有人在背后说三道四的。对于我来说，大老板的决定已经不重要了。我只有离开，才能够堂堂正正地回来。”

以夏天对顾烟的了解，顾烟就像弹簧一样，越压得重，反而越弹得高。这是夏天这么多年以来，第一次看见顾烟遭受算计，却连战都未战，直接服从高层的安排。顾烟虽然话说得热血励志，但其实相当于是落荒而逃。任光年对顾烟而言，比夏天想象中的要重要。

夏天沉默了片刻：“可是，我听说甘肃南雍古城那条线路，属于荒漠区，很难开发。偏险不说，几年之前，听说还死过人，所以LPT暂停了这个项目。”

“夏天，越偏险的地方才越具备开发的价值。”

看着顾烟虽然失落，但依旧跃跃欲试的样子，夏天终于明白，顾烟是靠着什么才一步一步地站在了LPT的顶尖。

“早日回来。”

“当然。”顾烟仰起精致的下巴，阳光照进她的眼里，似钻石一般璀璨。

“我送你下楼。”

“好。”

顾烟抱着箱子下楼，除了夏天、陈光和小美，竟然再没有人相送。

“姐，他们太过分了！”陈光十分愤怒。

“是啊，顾总。”小美也愤愤不平。

别的部门也就算了，居然连顾烟一手带起来的业务部也没有人出来。

“叮——”的一声，电梯门缓缓打开，江远扬的脸出现在顾烟的面前。顾烟正欲往前的脚停住了，朝着江远扬微微一笑：“江总。”

江远扬扶了扶眼镜，按住电梯键：“顾总，不介意我送你一程吧。”

“当然。”顾烟进了电梯。陈光欲跟上去，却被夏天和小美一把拉住。

电梯慢慢地合上了，隔绝了夏天眼里最后的关切。

再见了，22楼。

偌大的电梯内，就江远扬和顾烟两个人。电梯不停地开开合合，但等待电梯的人一见电梯内的情形，都不进电梯，而是自觉地站在电梯门外接着等候。

8，7，6……顾烟专注地看着电梯里缓缓跳动的数字。明亮的电梯内，江远扬正微微偏头，看向顾烟：“顾烟，我很欣赏你。”

自从五年前顾烟升为业务部部长之后，江远扬就从未叫过她的名字，只喊她“顾总”。

“我应该说谢谢吗？”顾烟笑了。

“是我该说谢谢你。”江远扬也笑了。

“是吗？那真是我的荣幸了。”顾烟笑得精致、完美。

“叮——”的一声，电梯门打开了。

顾烟向前走了一步，然后回头：“江总，南雍那个项目，我一定会做起来。咱们，回头见。”

一抹光亮从江远扬的镜片上滑过，江远扬笑道：“顾烟，再见。”

顾烟抱着纸盒，穿过大厅，穿过同事们探究的目光，也穿过自己这十年来努力过的地方，站在门口回望，LPT的标志在阳光下闪闪发亮。顾烟转过身，快步疾走。她一定会再回来的。

遇　　见

甘肃兰城南雍县，一个比十三线还十三线的偏远城市。它紧靠星海沙漠，气候炎热，经济条件非常差。

顾烟光是从江都到南雍县，便花了近两天的时间。她先是从江都飞到兰城，随后从兰城机场叫了一辆的士，颠簸了三四个小时，才到了南雍县城。

到了县城，顾烟找到当地最好的一家酒店，也来不及挑剔那糟糕透顶的卫生情况，倒头便一直睡到第二天上午十点，才彻底清醒过来。

穷、脏、乱，是顾烟对县城的第一感觉。整个街道给她的感觉仿佛还停留在二十世纪八九十年代，街道是沥青的，且有些不平，街道两旁有破旧的门面，还有附近的农户拿着自家种的菜蹲在马路两边叫卖。

整个县城青壮年少，多是老人幼童。老人黢黑的皮肤，幼童迷茫的眼神，看起来都让顾烟觉得心酸。

这个地方，落后、原始，急需外来文明的介入和帮助。

下午三点，感觉阳光没有那么强烈了，顾烟做好防晒措施，带好设备，找当地的老乡问了一下路，好不容易找到一辆三轮车，往南雍星海民宿去了——当然，这是建成以后的项目名，因靠近沙漠，沙漠又叫星海，当地人就叫它星海屋。

顾烟下车，叮嘱师傅道："师傅，您等我一下，我马上就跟着您的车回去。"

三轮车师傅答应了一声。

顾烟看了一眼时间，星海屋距离县城大概有一个小时的车程，不远不近，不会过于喧哗，也不会过于僻静，很合理。

星海屋就在前方，占地大约上千平方米。很大的院子内，有上十栋浅蓝色的二层小楼。楼房的外观上有些风化，但是整体看起来还是非常的现代化和漂亮。

太阳烤在人身上火辣辣的。幸好她准备充分，涂了厚厚的一层防晒霜，还戴了墨镜，另外再套一件防晒衣。

这里黄沙十里，放眼望去，似是看不到边。天上的云极薄极透，仿佛踮踮脚就能够到。

顾烟拿出钥匙，打开了锁，厚重的铁门发出"吱呀"一声，开了。

虽然当时建造这座沙漠中的度假村时，所用的材料都考虑到了沙漠的风化和侵蚀，但是这几年并未进行维护，外观还需要重新修缮，屋内当年本就未彻底完工，此刻里面更是狼藉一片。这个项目真要启动，整个度假村都必须重新装修。

顾烟一边仔细查看着，一边拍照做笔记，不知不觉，大半个小时竟已经过去了。等她意识到三轮车师傅还等在外面的时候，才急匆匆地跑了出去。可是，人家已经走了，只留下一个远远的小黑影，和隐隐可听见的“哒哒”声。

“师傅！师傅！”

自然是没有回应。

顾烟拿下墨镜，狠狠地跺了一下脚。这么远的路程，这么热的天，方圆几里，别说车了，连个人影都看不到。看来，自己得走着回去了。

突然，不远处的灌木丛动了一下，似是有什么在里面。不会是蛇吧，顾烟不由得恶寒了一下。她拿出随身携带的可伸缩的登山杖，如临大敌地同灌木对峙着。灌木动了一下，一个毛茸茸的小脑袋正躲在灌木丛中，滴溜着一双圆溜溜的大眼睛好奇地看着顾烟。

沙漠狐？天呐，这里居然可以看到沙漠狐！全身雪白的肉丸，让顾烟忍不住想要摸一把。她小心翼翼地靠近，生怕惊跑了它。沙漠狐似是听到了响动，抬起头听了两秒，随后又低下头，安心地吃着什么。

顾烟蹲下身，慢慢地伸出手，还差十厘米，五厘米……不想这里的动物居然不怕人，沙漠狐叫了一声，然后朝着顾烟冲了过去！顾烟猝不及防，吓得连忙躲闪。顷刻之间，一个黑影从她的脚底窜过，而她退让之间，右脚也从一个土堆上踩空了，崴了一下，当下便是一股钻心的疼。

不好！

顾烟蹲下身子，小心翼翼地脱下鞋子，崴的地方已经有浅色的红肿。她看了看四周，只剩大漠孤城，别说人，连只鸟儿的影子都没有。此时已近黄昏，她心里不由得一阵阵发凉。

这些年，顾烟走过各种极端的路线，很多在未开发之前偏远不说，也极险峻，也不是没有过露宿野外的经历，但是今天不一样，她的身后没有团队，没有设备，而且在南雍县一个人都不认识。

更要命的是，她的右脚还受伤了，虽说勉强可以走几步，但是想要走到县城，简直就是天方夜谭。她一只手在包里翻找着手机，另外一只手轻轻地按压着伤口。

嘶——真疼。

“喂？”

手机不知道什么时候拨通了，传来一个女人的声音。

顾烟拿起手机，发现刚刚不小心碰到了快捷键“1”——那是任光年的号码，还是当年任光年抢过她的手机硬要存的。即便如此，她也很少用，以至于都忘了手机里有这么一个快捷方式。

眼色一暗，顾烟将手机放到耳边：“喂？”

“顾总，不知道找我们家光年有什么事？他正在睡觉，还没有起……”

脚上的伤似乎更痛了，顾烟看向地平线上的落日余晖轻轻地笑道：“本来想找他帮点忙。不过，他既然在睡觉的话，那就算了。我晚点再打给他。”

对方急了：“顾烟，你不准再联系光年！”

“你可以不接啊。”

“你……我和光年马上就要结婚了！我们一家三口会非常幸福的……你不要再……”

沈青的声音在一瞬间似乎变得非常地远。顾烟苦笑，在决定和任光年分手的那一刻，那个男人已经和自己的生活再无半点关系，但是没想到，此刻听到沈青的话，还是会觉得刺痛：“是吗？恭喜你们。”

说完，也不等沈青说话，顾烟径直挂掉电话，大口大口地呼吸着。太阳已经有一半跌进了地平线，她感觉自己心口似乎破了一个洞，在这烈日黄沙下，扯心扯肺地疼。

既然要断，就断得彻彻底底，顾烟将任光年的联系方式统统拉黑，把手机塞进了背包里，同时将背包里无用的东西都丢了出去，减轻背负的重量。挣扎着站起来，没有时间伤感，她得赶快回去。沙漠里，昼夜温差很大，且蛇虫鼠蚁很多，她并没有带过夜的装备，最起码得走到有人的地方。

拄着伸缩登山杖刚走了两步，右脚只是微微地落地便钻心地疼，额头上的汗密密地冒了出来，像连串珠子似的往下落。她咬紧牙关，坚持再走了两步，却无论如何也走不动了。

天色慢慢地暗了下来，太阳渐渐地落到了地平线下，彩霞漫天，映着十里黄沙、野草荒漠，真是难得的美景，顾烟却无心欣赏。

难道得打110？正当顾烟焦虑时，不远处竟走来两个人。两人当地人的打扮，年龄都在三十岁左右。

“哟，美女，这个点在沙漠里，需要帮忙吗？”其中一个“小胡子”，叼着一支烟，一双眼睛骨碌碌地瞅着顾烟乱转。

“看样子是脚崴了。我们有车，送你吧。”另外一个板寸穿着一件小背心，左膀右臂上分别文了一条飞腾的龙，目光落在顾烟已经肿起来的右脚上。

顾烟不着痕迹地后退一步：“不用了。”

“你走都走不了了，什么不用了。”“小胡子”说着，上前一步，想要拉顾烟的手。顾烟拿起登山杆，精准地朝“小胡子”的手臂打了过去。

“哎哟！”“小胡子”吃了一杆，后退了一步。

“板寸”冲上前来，满脸怒意：“我们好心来帮你，你倒打人！我看你这娘们欠揍！”说着，“板寸”举起了拳头。顾烟回身就想跑，全然忘了脚上的伤，当右脚重重地踩在地上时，一股钻心的疼直灌脊背，瞬间便摔到了地上。

“跑啊，我看你能跑到哪儿去。”“板寸”笑着。

一丝惧意涌上心头，顾烟强撑道：“你想干什么？”

“我想干什么，你说我想干什么？”“板寸”朝顾烟伸出拳头。

顾烟本能地闭上眼睛，只不过这拳头却未曾落到顾烟的身上。

睁开眼，一个高大的背影正背对着她，手紧抓着“板寸”的手腕，厉声道：“滚！”

“好汉不吃眼前亏。你给我等着！”

“小胡子”和“板寸”立刻转身就跑了。

“你没事吧？”

彩霞映照着一个高大魁梧的男人，剑眉星目，古铜色的皮肤显得格外的健康，一身迷彩服让人特别有安全感。他蹲下身子，小心翼翼地按了按顾烟受伤的右脚：“是这儿疼吗？”

他手掌上厚重的茧摩挲着，顾烟一颤，疼得缩回脚，“嘶”了一声。

男人边说着，边微微抬头，露出帽檐下一双沉静似水的眼，下一秒，那目光里便有一抹愕然：“顾总？”

“好久不见。我还在想，你到底什么时候会认出我来。”顾烟叹了一口气，一屁股坐在了地上，刚刚高度紧张，这会儿看到一个熟人，身体放松了下来，才觉得后怕，右脚上的疼也仿佛被千百倍放大了似的，疼到她整个人都感觉有些承受不住。

“你这是外脚踝受伤。忍一忍。”

还没意识到他所说的忍一忍是什么意思，一只温热的大掌便覆在她的伤处，随后一股不大不小的力度按压了下来。

“疼，疼疼疼疼疼！”顾烟一边叫着疼，一边挣扎。

“这里距离医院还有一段距离，先紧急处理一下。”林漠按住她的脚，并未停下手上的动作。

最初的疼痛之后，有一股暖意自脚踝升起。月光下，林漠额头上有细密的汗水流下，顺着他的侧面落到她的小腿上，似乎有些烫。

顾烟缩回腿，林漠疑惑地看向她。

顾烟清了清嗓子：“我已经好多了。”

林漠了然地点了点头，然后蹲在她的面前：“上来吧。”

顾烟也不矫情，她现在这个样子也没法走。避开伤处，顾烟小心翼翼地趴在他的背上。

一股属于女性特有的香味，混合女性的柔软贴到自己的背上，尤其是她胸部的柔软……林漠顿时觉得全身僵硬，脸上一片火热。他拉低了帽檐，往前倾了倾身子，小心翼翼地拉开与顾烟的距离。

刚走了两步，顾烟回头道：“哎，哎，等等，我的包。”

林漠回头，一把捞起她的背包，随手跨在了脖子上。

走了两三步之后。

“那个，我还忘了一个东西……”

顾烟扭动着身体往后看。

“别动！”林漠的声音似乎有些咬牙切齿，一把将顾烟放在地上。顾烟不备，撞到了右脚，“哎哟”了一声。林漠却已然回身，捡起她的登山杆。不仅如此，他还四处仔细看了看。顾烟不由得有一些脸红，她向来都不够细心，比如工作上只擅长攻克最难最艰巨的部分，细节性的东西永远都做不好。

大漠千里，月亮慢慢爬上来，银色的月光洒在山上、树上，以及他们两人的身上，不远处的村落里竟有袅袅的炊烟升起。

“现在还有人用柴火做饭吗？”顾烟好奇。

“不是所有人都装得起现代化的厨具的。”

本能的礼貌属性上身，顾烟下意识地道歉：“对不起。”

“不用。而且柴火做的饭更香，下次你尝尝就知道了。”

也许是月光下的大漠风光别样的美，也许是劫后余生的兴奋之情，顾烟突然起了玩心：“你这是在邀请我，要请我吃饭的意思吗？”

身下的人脚步一顿，慢慢地，竟有浅色的绯红爬上了林漠的耳朵。他微微侧身，眼中似有愠色，高挺的鼻梁在月光下，竟让顾烟忍不住想摸一下，怎么会有人的鼻子长得这么好看，尤其是侧面，简直可以媲美那些偶像明星。

“不是。”

“什么？”

林漠认真地重复了一遍：“我不是在邀请你。”

“我只是在开玩笑。”

“不要开这种玩笑，不好笑。”

无趣。

“林漠，你是在这儿工作吗？”

林漠点了点头，想着她看不到，又轻轻地“唔”了一声：“我在南雍县林业局环境监察大队工作。”

环境监察大队？那星海沙漠岂不是正好在他的管辖范围之内？

“你呢？我记得你刚升职吧，为什么会一个人来沙漠？”

顾烟看向远方的村落，神色有些黯然，嘴里却自嘲道：“你忘记了吗？越是危险的地方，我越是喜欢。”

“那你来错地方了，星海并不是一个能让人心情放松的地方。”

“那你就别管了。对了，你为什么会在这儿？上次救大壮的时候，你不是说你老家是西山吗？”

林漠没有回答，只剩月光清冷，余晖一片。

林漠驱车到县城的卫生所时，已经晚上八点了。县城的人休息得早，街上的灯早就黑了一大半，连行人都没有几个。林漠在卫生所门口将顾烟抱了下来，然后扶着一瘸一拐的顾烟到值班室。

今晚的值班医生是宋医生，四十多岁，虽然医术高明，但是有些结巴，所以被留在了这个小地方。他和林漠相识多年，却第一次见林漠身边站着一个姑娘，惊讶得下巴都快掉了。

“你，你，你你你你……”

“在星海屋捡到的一名游客，脚崴了。”林漠打断宋医生的话，扶着顾烟坐下。

顾烟看了他一眼，他却置若罔闻。也对，人家也不算撒谎，自己确实是被他“捡”到的。

宋医生脸上明显露出可惜的神色：“哦哦，姑娘，哪哪哪，哪里……”

宋医生哪了半天，也没哪出个所以然来。顾烟觉得自己的喉咙一阵阵地发紧，连忙拉起裤脚，露出已经红肿的右脚踝：“这里，不小心崴到了。”

“已，已经，紧紧紧紧急处理过了，”宋医生动手检查一下后，点赞道：“不，不错。”

宋医生简单地给顾烟处理了一下，然后叮嘱她接下来一段时间不要用力，不要走路，饮食方面也要注意。

顾烟这下犯难了，她刚到南雍县，人生地不熟，也没有人帮忙，而且此地物质匮乏，不像江都什么事情都可以一个电话搞定。

灯光下，顾烟的目光有些黯然。她的睫毛很长，眼睛很大，黑白分明的眼里似含着水汽似的，有一层朦胧的雾。

她眉头轻蹙着，仿佛有些为难似的看向林漠：“林队，你住哪儿？”

“单位宿舍。”

“能不能……”

林漠打断她：“不能。”

“我还没说完呢。”

“没说完我也听明白了，孤男寡女不方便。”

“怎么会孤男寡女呢？你不是住单位宿舍吗？那应该还

有别的同事啊，你……”

林漠已经毫不留情地转身了：“走吧，我送你回酒店。”

顾烟缓缓起身，灯光下，她低垂的眉眼如画，自言自语似的道：“我行动不便，不知道南雍县城会不会有什么坏人……”

宋医生看了一眼林漠，于心不忍了：“林，林漠，你就帮，帮帮人家。”

林漠回头，见她站在自己身后一米处，脸色苍白，头发披在肩上，有一点点的无助，不免有一瞬间的恍惚，这和一个月前他所见到的那个“白骨精”顾烟是同一个人吗？

最终，他还是叹了一口气：“你能走了就马上离开。”

“成交。”顾烟立即笑颜如花，林漠突然有一种上当受骗的感觉。

“走吧，陪我去酒店拿东西。”

晚上九点，雍南县城最好的酒店里，前台大婶看了看林漠，又看了一眼坐在大厅里的顾烟，最后满眼故事地给顾烟退了房。

“同　　居”

顾烟与林漠开始了“半同居”的生活。

林业局环境监察大队就在县城，站在监察大队的楼顶便可以看到沙漠中的星海屋。它是一个不大不小的院子，门口有一块牌子，写着“兰城南雍县林业局环境监察大队”。

车子还未开进门，就能看见一栋粉刷一新的四层小楼。

“公务员就是公务员，看来你们的住宿环境不错。”

林漠目不斜视：“这是办公楼，各个职能科室都在这儿。”

“啊？这不是宿舍楼？”

车已经开过了，顾烟还掉头去看。拐了个弯，车停在一排略显破败的两层小楼面前。

顾烟试探性地问道：“宿舍楼？”

林漠点了点头，肯定道：“嗯。”

大约是时间太晚，宿舍楼仅有一两个房间亮着灯。

林漠打开一楼的一个房间，按开了墙上的开关，顿时房间内一片明亮：“算你运气好，我住在一楼。”

顾烟环顾四周，房间非常简陋，但是胜在干净。水泥地，木板床，靠窗的位置摆了一张书桌，上面放满了书籍，外加一台笔记本电脑，台灯放在床头的板凳上，没有衣柜。

林漠拿出干净的床单、被套和枕套给顾烟重新换上，然后将换下来的床单、被套、枕套放到桶里提走：“你暂时凑合住几天吧。”

“那你呢？”

“我和同事挤几天。”

“那个，”顾烟又试着问道，“请问厕所在哪儿？”

“出门右拐，一直走到尽头。”

“那，那我晚上怎么办？”

“出门……”

“打住。”顾烟扶着桌角，无力地坐在床上，随着“吱”的一声，一只老鼠突然从床底下溜了出来，擦着顾烟的脚背爬了过去。那种细密绒毛的触感，让她浑身起了一层的鸡皮疙瘩。顿时，她尖叫着单脚跳到林漠的身后，“老鼠，老鼠！有老鼠！”

此刻，她纤细的手指正抓住他腰侧的衣服，大约因为害怕的缘故，似乎还有些发抖。

林漠貌似无意地往前了一步，避开她抓在腰间的手，然后往地上剁了两下脚：“好了，它走了。”

顾烟狐疑道：“真的吗？”

林漠答非所问：“老鼠并不吃肉。”

“什，什么？”

“你就算和它睡在一起，它也不会咬……唔……”

“闭嘴！它会听到的。”顾烟立刻上前，一把捂住林漠的嘴，同时担忧地看向老鼠离开的方向，“小时候我爸说过，动物是能听懂人的话的。它如果真来咬我怎么办？”

“这种骗小孩的话你也信？”

“宁可信其有，你懂不懂。”

温热而细腻的触感停留在林漠的唇上，再加上顾烟靠近时的香味，让林漠的眉头不由自主地皱了起来。他往后退了一步，不着痕迹地躲开顾烟的身体接触：“早点休息吧。”

“哎，等等。”

林漠疑惑地看向她，顾烟面不改色：“那我怎么洗澡？”

林漠咳嗽一声，别开脸，简单扼要地道：“厕所和淋浴间在一起。”

“不是吧。”顾烟一整张脸都挤到一起。

“咱们这儿环境就这样，你可以选择不洗。”林漠说完，转身离开。

“哎，你这人……等等，林漠。”

林漠回头，橘色的灯光下，顾烟的眉眼如画，还带着抱怨的眼神露出一丝诚意：“你的房间让给我，谢谢。”

林漠愣了一下，目光微闪：“不用。”

“黄昏也是，谢谢你。”

这次，林漠没有回答，只是轻轻转身，带上门，但是嘴角却牵起了浅浅的弧度。

顾烟坐在床上，愣了好一会儿，才拿出手机。微信界面上，十几个人的消息涌了出来。

陈光：姐，董事会通过决议，江总暂时监管我们业务部。

夏天：安全到达了吗？

……

最后，有一个眼生的微信请求加好友，好友验证里只有三个字：对不起。

任光年。

对不起？将人砍死再说对不起有用吗？

顾烟冷笑，果断拒绝。

洗澡，睡觉。

拿好换洗的衣服，顾烟准备按照林漠所说，“出门右拐走到头”。她一跛一跛地走到门边，刚打开门，赫然看见门口已经有一桶水，用手摸一摸，还是温的。

顾烟笑了，笑着笑着，却哭了。

VTRM被设局陷害时她没有哭，沈青说她和任光年快要结婚时她没有哭，黄昏时在沙漠中差点出事时她也没有哭，但是此刻，在这个万籁俱静的午夜，面对着一个不算熟识的人提的这一桶温水，所有的心酸、不易似乎从五脏六腑里跳了出来，压都压不住。

流言四起。

自从昨晚，林漠深夜陪顾烟到酒店退房后，关于南雍县城最帅的监察队长有了女朋友的消息便像风一样地传开了去。

第二天一大早，监察大队办公室。

二胖一脸神秘地说：“你们听说了没有，林队昨天救回来一个女游客。”

“真的假的？”其他人一脸八卦相。

“不信你问小万，林队昨天可是和他挤在一个房间的。”

大家都求证似的看向小万，小万无奈地点了点头，随后又解释道：“林队说了，那只是个游客……”

二队的小陈也加入了进来：“是个大美人呢。”

“你怎么知道？”

小陈一脸憨笑地摸了摸后脑勺：“小姐姐早上上厕所的时候，我碰到了。她还对我笑了呢。”

“这至少说明我们林队的性取向是对的。这么多年了，咱就没见过他身边有过一个‘雌性’。”

“是啊，这至少证明了咱们林队是喜欢女人的。看其他队那群小崽子以后还说不说……哎，二胖，你眨眼干什么？眼睛迷了？”

“呃哼。”背后传来一声熟悉的咳嗽声。

众人连忙挺起胸脯，一个个站得笔挺笔挺的。

“林队！”

“林队！”

“这么闲？”林漠手里拿着一份文件夹，在桌上轻敲着，发出一声声清且脆的声音。他目光似冰，扫过每一个人，“正好，星海沙漠南区发现污水违规排放问题，一队，走一趟吧。”

办公室里哀号声一片："不是吧，林队，今天外面可是四十多度的高温。"

才短短几天，一传十，十传百，大半个县城的人都知道：林漠有女朋友了，还将人带回宿舍了——虽然不是住同一间房。

顾烟看着肿得像馒头大的脚踝，只能暂时放弃对星海屋的调查计划，每天过着饭来张口的日子——林漠每天从食堂打饭过来。

这里的日子过得极慢，天空比江都的高，比江都的蓝，就连树叶都是翠绿翠绿的，不似江都所有的绿都蒙着一层灰尘。连风里空气的味道都是香甜的，没有那些汽车的尾气和雾霾的味道。除了那些八卦的七大姑八大姨之外，日子还是很惬意的。

林漠的人缘好像不错，这几天不时有大妈、大婶结伴而行，借着上厕所之名，在经过宿舍时偷偷地打量着顾烟。其中，还有两个中年妇女上上下下将顾烟扫了一遍，然后痛心疾首地摇着头，一脸嫌弃的样子。

任谁每天被这么"参观"都受不了，于是一个星期之后的某天傍晚，当林漠来送饭时，顾烟十分坚定地表达了要和他一起出勤的愿望。

“我是去工作。”

“我知道。我保证，我就坐在车里等着你，绝对不会打扰你。”顾烟举起手，做发誓状，一双杏眼清亮地看着林漠，仿佛沙漠无云时的天空。

大约是因为腿伤的原因，顾烟这段时间一直都是穿裙子。今天，她穿了一件柠檬黄的连衣裙，脚上则穿着林漠的拖鞋。拖鞋很明显地大了一截，不过刚好能将她肿起来的右脚塞进去。自己的拖鞋穿在顾烟的脚上，林漠有一种很奇妙的感觉。

注意到了林漠的目光，顾烟貌似才想起来：“不好意思，我的拖鞋有点小，所以穿了你的拖鞋，你不介意吧？”

“当然。”

“谢谢……”

顾烟的“你”字还未说出，林漠接着道：“送给你了。”

那不就还是介意。小气！

林漠看向书桌，上面放着一本翻开的书：“你今天看了一天的书？”

顾烟点了点头，抬起自己的右脚：“我这个样子现在是哪儿都去不了。”

夕阳西下，金色的阳光透过门窗斜斜地射了进来，照在顾烟的脸上。她没有化妆，自然卷的长发也只是松散地挽在脑后。整个脸部的线条都柔和了下来，没有在江都时那种凌厉的气势，显得很软很小。

“六点半……”

“啊？”顾烟抬起头。

“六点半我来接你。”林漠转过身。听到她在背后的轻笑声，林漠嘴角牵起一个细细的弧度。

六点二十九分，林漠走到顾烟的宿舍门口，正准备敲门，门已经从里面打开了，顾烟正一脸笑容地看着他。

经过这几天的观察，顾烟发现林漠有轻微的强迫症。每天早上六点，他会准时起床锻炼；七点三十分，准时敲响自己的房门，给自己送从食堂打来的早餐；八点钟，会准时到办公室。总之，林漠是一个守时守到近乎严苛的人。

对于顾烟这种完美主义的工作狂而言，轻微的强迫症真的是一个加分项。

此时，顾烟扶着书桌，微微抬眼看向林漠。大约是刚刚洗过澡，她换了一条裙子，似乎化了个淡妆，很清新自然，仿佛一株盛开的向日葵。

林漠莫名地觉得喉咙发干，咳嗽了一声道：“准备好了吗？”

顾烟拿出一副墨镜准备戴上："好了。"

林漠皱眉，伸手拿掉她的墨镜："大晚上的，戴什么墨镜。"

"还不是因为你，偷看我的人那么多。"顾烟小声嘀咕着。

"你说什么？"

"没什么。"

"走吧。"

顾烟伸出手，欲挽住林漠的胳膊。还未接触到他的衣服时，林漠猛然后退一步，脸色似乎有些暗红："你，你干什么？"

"你得扶着我啊。"顾烟抬起肿得老高的右脚踝，"不然你背我？"

"背啊，林队！"背后不知道谁喊了一声。

林漠回头，宿舍楼顿时响起一片此起彼伏的关门声。

"这群小兔崽子们。"林漠的耳朵微微发热，想来脸上可能也是红的。他立刻背对着顾烟上了驾驶座。

见林漠丝毫没有帮助自己的意愿，顾烟只得自己爬上车。她一只手抓住座椅，一只手撑在门上，以一种非常奇怪的姿势，终于艰难地坐到了副驾驶座上。扣上安全带后，她气喘吁吁地看向林漠：“看到女士有困难，伸手帮助是绅士的品格。”

“可惜我不是绅士。”

“你……”

“抓紧了！”

来南雍县的第一天，顾烟便在沙漠崴了脚，连这个县城长什么模样都不知道，这还是她第一次认认真真地在县城溜达。

车速并不快，时不时会有小动物挡在路中间，林漠也不按喇叭，等它们慢腾腾走过去之后，才继续往前行。南雍县城的绿化覆盖率比较高，随处都可以看到防风固沙的鸡冠刺桐。

看来监察大队的工作做得还不错。

公路沿线零散地分布着一些村庄，虽然房屋众多，但却多数都是空屋子，年轻人出去打工了，留在家里的是些孤寡老人和孩子，和很多贫穷的农村一样。

林漠正职是林业局监察大队副队长，但是据顾烟这一个星期的观察，在下班时间，他也担任消防员的工作。比如，帮李奶奶家寻找丢失的老花猫；谁家的小孩调皮，头卡在窗户里，要林漠去解救；甚至谁家夫妻吵架，也是找林漠去调停。不知道他今晚是去干什么。

县城的主干道上，路灯已经亮起，三三两两的人坐在路边，拿着大蒲扇乘着凉。这种传统的乘凉模式，让顾烟不由得想起了小时候。

林漠的车沿路经过时，不时有纳凉的人和他打着招呼。

“林队，吃饭了吗？上家里吃点饭？”

“吃过了，谢谢李婶。”

过了人群，车子速度又快了起来。

顾烟扭头看向林漠：“你的人缘很好。”

“我在这儿待了好多年了。”

林漠专心地看着前方的路，他侧面的线条在金色的夕阳下异常的耀眼而柔软。

车子穿过县城，竟在一处农田边停了下来。农田里有十来棵小树苗，傍晚的阳光洒在这些绿色的植物上，带着一股勃勃的生机。

林漠下了车，弯着腰在田间，一棵一棵仔细地观察着小树苗，边观察还边用手机语音做着笔记。

顾烟扶着车门下了车，不一会儿，成群的蚊子便将她腿上咬了十来个红包，挠都挠不及。

太阳一点一点地落到地平线下，慢慢地，天空由橘色变成了浅青色。广阔的天幕上，星星一颗一颗地冒了出来，一闪一闪的，一弯新月斜斜地挂在天边。

这条路上没有路灯，四周黑黢黢的，只有不远处的农田里林漠手机的光亮来回晃动着。大半个小时后，当林漠披着一身凉意上车的时候，顾烟怀疑自己腿上的包大约已经有二十多个了。

“我下次再也不跟你出来了。”顾烟一脸愠色。

“谢谢。”

“你……”

车子在顾烟的门前停下，顾烟单脚跳下车，慢慢地朝房间走去。

“喂。”

良好的礼仪习惯让顾烟回头。

一个绿色的小瓶子递到了顾烟面前：“治蚊虫叮咬很有效果的。”

“……谢谢。”

情　愫

第二天一大早。林漠刚进办公室，便收获了无数的注目礼。

“林队，昨晚玩得开心吧？”

“是啊，我妈可都看见了，你和顾姐一起去压马路了。”

唯独小万一脸诚恳：“你们别瞎说，我可以证明，林队昨晚九点就回来了。”

“九点回来又怎么样？九点之前也有八点、七点好吗？”

林漠置若罔闻，打断众人道：“上次东坝化工厂污水排放案怎么样了？”

一说到工作，大家纷纷收起了玩笑的表情。小万回复道：“已经给东坝化工厂发了自查整改通知了。”

“结果？”

小万一脸愤懑："东坝化工厂负责人坚持说他们并未排污，一切都是按照环保法进行的。还说我们环境监测大队乱扣帽子，污蔑他们。"

看来是个硬茬。

林漠的脸上露出玩味的表情："嘴这么硬。小万，通知弟兄们，今晚加加班，抓他个现行。"

"是！林队！"

凌晨一点，林漠看了一眼腕间的手表。这是污水排放的"黄金时间点"，很多企业为了躲避环保局的检查，都会选择在半夜偷偷通过隐秘管道排污。东坝化工厂的隐蔽管道倒是不难找，现在就等它排放污水了！

南雍县城靠近沙漠，昼夜温差极大，虽是盛夏，但是这个时间点依旧能感觉到一阵阵的凉意。周围黑黢黢的，只剩他们身后这一家名为东坝化工厂的企业灯火通明。

林漠和几个同事已经蹲守两个晚上了，今天是第三天，东坝化工厂依旧什么动静都没有。

二胖跺了跺脚，赶了赶身上的蚊子："今晚不会又白守一夜吧？"

小万死死地盯住化工厂隐藏在草丛里的管道："林队说这化工厂有问题，它就一定有问题！"

“万一队长说得不准呢？”

“不可能！”

“哎，我说小万，是不是林队说什么你都相信？”

“来了！来了来了！”

管道突然“哗哗”排出褐色的废水，空气中弥漫着一股浅浅的、刺鼻的气味。

二胖和小万都十分激动：“终于抓住了!”

大家迅速拍照、摄像、取证，都忘了已经两天没怎么合眼休息。

“看这帮孙子明天怎么抵赖！”

林漠回头看了一眼依旧灯火通明的化工厂：“收工！”

回到宿舍的时候，已经接近两点了。林漠扫了一眼顾烟的房间，有温柔的橘色透过门缝射了出来。这个时间点，她应该睡了，大概是看书看到忘记关灯了。

林漠转身往楼上走，刚踏上第一个台阶。

顾烟的门“吱呀”一声开了，顿时那片橘色洒到了走廊上，顾烟略带倦音的声音传来：“林漠？”

林漠回过身，看到顾烟身着睡衣，披着一头长发，正迷蒙着双眼站在一片光影中。

刚伸出的右脚又踏了回去，林漠往上走了一个台阶才开口：“怎么还不睡？”

“你没回来，睡不着。”顾烟打了个哈欠。

心脏猛然跳动了两下，在如此安静的夜里，声音大到林漠猛然按住胸口。

顾烟又打了个哈欠：“我看了一本恐怖小说，害怕死了。”

心跳一下子平缓下来，随之却又有一股莫名的气闷感，林漠回过头，他的房间里没有恐怖小说：“谁借你的？”

“什么？”

“恐怖小说，谁借你的？”

“苏辰？不大记得名字了。挺好的一个小伙子，他下午抱了一堆书给我……”

话未说完，林漠已经越过顾烟进了房间。刚进门，便能看到书桌上有一大摞的书，言情、武侠、恐怖、悬疑，什么类型都有。

林漠眼神一暗，抱起桌上的那一摞书走了出去。

“哎，哎——”

“封建迷信，没收。门关上，早点睡。”

“你，哼——”门被狠狠地关上了。

林漠看了一眼顾烟紧闭的房门，刚刚拿书的时候没有想到手上这堆书该怎么处理。

一大早，监察大队几个小组的人脸上都喜笑颜开的，东坝化工厂污水排放案眼看就要破了，这几天大伙轮班日夜蹲守，又喂蚊子又熬夜的，努力总算是没白费。

检验科。

“咚咚咚。”

周芳抬起头，林漠正侧身站在门边。

“林队。”

“怎么样？东坝化工厂的污水监测结果出来了没有？”

周芳摘掉检验用的眼镜：“你来得刚好，不过不是个好消息，东坝化工厂的排污是否超标很难通过单纯的检测认定，而且排污取证也不易保存……”

林漠挑了挑眉毛：“证据不足？”

“对，证据不足。”

“谢了。”林漠朝周芳挥了挥手，转身离开。

“林队。”周芳在背后喊道。

林漠微微侧身，金色的朝阳打在他的侧面上，让周芳有一瞬间的愣神：“林队，证据可以慢慢找，千万不要，嗯，不要操之过急。”

“我们等得了，星海沙漠里好不容易长起来的那些绿植可等不了。”

门轻轻地合上了，周芳轻轻地叹了一口气，随后又笑了起来，也是，忍气吞声向来都不是林漠的个性。

林漠带着小万和二胖到东坝化工厂的时候，已经接近午饭时间了。化工厂机器轰鸣，一片繁华忙碌的景象。

林漠眼神微暗，这一台台轰鸣的机器背后，不知道有多少污水会被排出，流向农田，流向河流，流向沙漠……

“林队长！您好您好！”一个中年发福的男人快步走了上来，双手握住林漠的手，“我是东坝化工厂的总经理郑明。”

“你好。”林漠微微碰了一下他的手，马上就缩了回来。

“林队，不知道您过来是？”

二胖正一肚子火没处发：“少废话，你们化工厂半夜排污，被我们逮个正着！”

“林队，这话从哪里说起？”郑明面上笑嘻嘻的，但是那话却不软不硬，“如果说我们排放的污水超标了，想必你们监察大队应该有证据吧？”

“你……”二胖差点开口骂人。

林漠轻迈两步，直接挡在了二胖的面前，似笑非笑：

“我们有没有证据，郑总不是应该最清楚吗？”

郑明微微一愣，随后立刻又是一脸的笑：“林队，我们绝对没有违法排污，您一定要相信我们。”

“我相不相信没有用，法律相信才有用。只要法律确定东坝化工厂确实没有违法排污，我不信也得信。”林漠的目光似盛夏暴雨欲来前的阴霾，但却又漏着一点微光，“是吧，郑总？”

郑明不由得背心一阵发凉，虽然大厅里开有冷气，但额头上却抑制不住地有细密的汗水流了下来。他本能地抬起右手想要擦汗，但是看到站在林漠背后的二胖和小万的笑容，便讷讷地放了下去。

“郑总，麻烦你一下，将你们几个主要部门的负责人请过来走一趟吧。”林漠神色平静，仿佛一切只是郑明的幻觉。

“好的好的。”郑明连忙点头，转身就走，这才敢偷偷擦了擦额头上的汗。

“还以为底气多硬呢，还不是被林队一句话就吓得汗都出来了。”二胖不屑地看向郑明的背影。

“还是林队厉害。”小万一脸崇拜地看着林漠。

不一会儿，工厂几个部门的负责人都来了。但是他们都一口咬定，东坝化工厂绝对没有排放污水。不仅如此，他们对相关法律法规很清楚，也深知个人所需要承担的法律责任，因此，林漠他们怎么问，都没有问出个所以然来。

无奈之下，林漠他们只有先行离开。

“林队，再见。”

林漠越来越觉得，东坝化工厂排污案并没有表面上看到的那么简单，背后应该有及其复杂的利益网。

“林队，咱们接下来怎么办？”二胖一脸不忿，“这帮孙子绝对有事！”

林漠回头看了一眼东坝化工厂冒着黑烟的烟囱：“回去吃饭。”

“吃饭？林队，哎，等等我，林队！林队！”

“今天星期几？”林漠突然停下脚步。

“星期三，林队。”小万立刻回答道。

“哦，那得快点。”

快点？快点啥？小万和二胖两个人对视一眼，不明白一向对吃都不怎么讲究的队长，怎么突然对食堂热爱起来。

紧赶慢赶地回到监察大队，正好是午饭时间。

食堂星期三的菜单里，难得的有糖醋排骨，林漠念着顾烟嘴巴叼，也就这个菜她能多吃一点饭。一边快走，一边看着腕间的手表，想着去晚了，那帮小子可就抢光了。

“陈婶，两份糖醋排骨。”

陈婶的表情有些为难：“林队，糖醋排骨没有了。”

“这么快？”

“是啊，今天不知道怎么回事，小苏一个人打了好几份糖醋排骨……”

小苏？林漠薄唇抿成一条线，综合科苏辰，给顾烟送书的那位。

林漠一下子食欲全无，草草地吃完饭，便往宿舍楼走去。

距离顾烟的房间还有几米时，他放慢了脚步。

顾烟房间的门窗都是敞开着的，她趴在窗前的书桌上，似是睡着了。米色的薄纱窗帘随便摆动，时不时打在她乌黑透亮的头发上。一台小电扇放在床上，正吹着悠悠的风，她小腿的裙摆不停地飞起，又落下，擦着她白玉似的脚踝。

林漠不知道自己看了多久，也许只是一会儿，也许是很久。

“林队。”有同事回宿舍楼，同林漠打招呼。

“哎。”

顾烟眉头皱了皱，然后睫毛轻颤，最后那双杏眼才慢慢睁开，犹开又未完全开时，还带一丝未睡醒的迷蒙，直至完全看清林漠，眼里便立刻盈满了笑意：“你回来了。”

大约因为还未完全清醒，她依旧趴在桌上，声音也有一些慵懒。微风吹来，薄纱窗帘随风轻舞，轻轻抚过顾烟的脸。透过那层薄薄的纱，顾烟看见林漠目光深沉地看向自己，于是人彻底清醒过来：“不好意思，刚刚睡着了。”

林漠不置可否，转身准备上楼。

“哎，哎。”顾烟单脚跳了出来。

林漠担心她摔着，刻意放慢了脚步。

“咚咚”，拖鞋在水泥地上发出单调的声音，在林漠刚刚踏上第一个台阶时，一股力道轻轻地拉住了他的衣角。

林漠回头，顾烟正拉着他的衣角，微微仰头看着他，一双杏眼里满是得意：“你吃饭了吗？我给你留了好吃的。”

心中了然，林漠微微用力挣开她的手：“我已经吃过了。”

“啊？那……那么多糖醋排骨我怎么吃得完？”

林漠眉头跳了跳：“你打的？”

顾烟一副“不然呢”的表情：“我让苏辰小朋友帮我打的。放心，我给钱了的。我还多给了他跑腿费呢。”

“他收了？”林漠明知故问。

“他敢不收。”顾烟杏眼一瞪，随后又道，“我为了等你还没吃呢。”

于是准备往上迈的脚不由自主地放了下来，林漠的声音也带了一层薄薄的笑意：“以后不用等我。”

顾烟见他同意了，便一跳一跳地往房间里走：“没办法，没人陪我，我吃不下饭——以前在江都从来没有这个坏毛病的。”

顿时，林漠嘴角的那丝笑意消失不见了。

“哎哎哎，林队，林队，你别走啊，我开玩笑，开玩笑的！要不你就坐我对面，不然我一个人真吃不下。”

“那你前几天是怎么吃的饭？”

虽然嘴上吐槽，但脚还是朝着顾烟的方向走去。

“前几天我减肥。”

“你……”林漠哭笑不得。

顾烟给林漠夹了两块排骨，也给自己夹了几块：“林队，听说东坝化工厂排污案进行的不是很顺利？”

“嗯。”

今天的排骨，似乎做得有些老。

“怎么个不顺利法？”

林漠看了顾烟一眼，眼神黑亮：“吃饭。”

“行，吃饭，我只不过是关心关心你。”

林漠不语，抬眼看向顾烟。她正低着头认真地啃排骨，于是林漠的眼里难得露出些许温柔。

凌晨两点，东坝化工厂外。

林漠半躺在后面打着盹。二胖坐在前排，一边打着哈欠，一边不停地抓着胳膊上被蚊子咬出的红包。不远处，小万依旧倔强地、一动不动地蹲守在那根隐蔽的排水管前。

他们三个人轮班，已经连守了东坝化工厂几天了。

二胖看向不远处依旧灯火通明的东坝化工厂，有些不明白，为什么队长坚持要拍东坝化工厂排污现场的视频，上次不是抓了现行吗？

“哗啦啦——”一阵流水的声音隐隐传来。

化工厂排污了！

后排的林漠已然翻身坐起，冲了过去。二胖也拿着手电筒，飞快地跟在林漠身后，跑到小万身边。

二胖将光打到最强，小万一丝不苟地录下每一个节点，连同不远处灯火通明的东坝化工厂也拍了进去。

几分钟后。

“收工。”

“这，这就完了？林队，要不多录一点？”

他们好歹蹲守了两个晚上，结果就这么几分钟给对付了，感觉非常不值啊。

“嗯。”林漠点了点头。二胖刚回身走了两步时，他又加了一句，“无论录多长，都只需要那么几分钟。”

“林队，哎哎，小万，你等等我啊，这黑灯瞎火的。”

……

十分钟后，林漠又吩咐将车绕到了排污管道附近，不过这次没敢靠太近。

远远看过去，几辆白色的货车一字排开，几个化工厂的工人不知道正在忙什么。

林漠眼神中有精光闪出。

“队长，这是……”二胖一脸愕然。

“污水运输。”一旁的小万难得开口。

“这化工厂老板背景挺深啊，居然还有污水运输车，难怪他们死不承认自己排污！他们这是将污水运到哪儿？”

林漠拿出摄像机：“跟上去就知道了。”

夜半时分的南雍县城，黑暗而又十分安静，只有农田里的虫鸣声一阵接着一阵，空气中有清新的稻香味从车窗外飘来。

他们远远地跟在那几辆污水运输车后，直到到了沙漠片区，才停了下来。

林漠拿着摄像机，小心翼翼地靠近他们。镜头里，几个工人穿着一身白衣，打开货车后门，推倒污水罐。顿时，一股褐色的水流溢满了沙漠，像一条条褐色的毒蛇！

“谁在哪儿？”

突然，背后有两束光照向他们所在的方向，几道人影迅速地朝林漠所在的方向跑过来。

“嗤——”的一声，小万已经将车开到林漠身边。副驾驶的门已经被打开了，二胖急得道：“林……”猛然对上林漠深沉的目光，立刻吞下后面一个字，“快，快上车！”

那几个人影越来越近，林漠快速重新扫了一下视频，证据确凿！这才快速跳上车，低声道：“走！”

踩下油门，掉头，加速，瞬间便将那几个人远远地抛在了身后。

“呼……真刺激！”二胖看向林漠，有些不明白，“林队，我们是正常执法，为什么要跑？”

“为了打草惊蛇。”

“啊？”二胖一脸茫然地看向驾驶座，“小万，咱们林队刚刚说的你听明白了吗？”

小万一丝不苟地看着前方：“队长说的话自然有他的

道理。”

“你，你要是姑娘，那对队长一定是死缠烂打加言听计从。”

往后回程的路上，三个人都没有再开口。

林漠看向窗外，原本以为只是简简单单地一起排污案，却远没有想象中那么简单。

他要重新拍摄视频，是想连同上次的资料一起提交给公诉部门，由公诉部门介入调查。所有人都知道，东坝化工厂排污证据确凿，只是，法律意义上的证据却暂时无法成立。既然这样，就请上级部门介入。

风　波

不料，第二天一大早，还未等林漠将材料交上去，已经有人将他给告了。

队长办公室里，宋重将桌子拍得震天响：“我说过多少次了，让你不要单独行动，不要单独行动。这下好了，你不找人家，人家都主动找上你了！”

林漠张嘴，话还未说出口，宋重便做了个手势，打断他道：“我不想听你那些大道理。你给我听好，对方告你贪污受贿，还提供了相关视频。这件事在网上造成了非常不好的影响……”

“视频？什么视频？”林漠皱眉。

“就知道你这小子不见棺材不落泪。”宋重一脸的恨铁不成钢，将办公桌上的电脑屏幕对准他，“这是别人匿名发给我的——现在网上到处都是，你自己看。”

视频是俯拍的，类似天花板上的镜头拍到的感觉。

画面不是很清晰，但是正对镜头的那一张脸，可以清晰地看出是林漠。接着，一个男人的背影走进镜头，他提着一个黑色的塑料袋，和林漠说了几句话后，将塑料袋放在了桌子上，拉开袋子，露出几捆粉红色人民币。林漠接过袋子，朝男人点了点头，然后两人握了握手。

视频到这里就截止了。

林漠觉得太阳穴突突地跳动着：“队长，这个视频是谁发给你的？”

宋重眉心一跳：“你别管谁发给我的，我就问你，有没有这么一回事？”

林漠看向宋重，没有回答。

宋重先是大惊，然后大怒，猛地一拍桌子：“你别告诉我，还真有这事儿！”

林漠神情淡然：“队长，视频是真的，但是绝对不是表面上看到的那么回事。”

“那是怎么回事？”

“我不能说。”

“你不能说？你不能说，你……”宋重气得心脏病都要发了，“我告诉你，上级领导已经决定了，在这件事情还未彻底查清楚之前，决定暂时对你停职处分！”

宋重话音刚落，队长办公室的门突然“砰”的一声被推开了，二胖、小万他们几个人跌跌撞撞地摔了进来。

宋重铁青着一张脸：“干什么？”

小李讪笑道：“队长，您说林队犯别的错误有可能，受贿那是绝对不可能的！”

其他人纷纷点头：“是啊是啊，再说视频是可以后期制作的。”

林漠目光一凛：“别的什么错误？”

众人纷纷往后退：“哦，林队，不要在意这种细节。我们的重点是，以您的为人，绝对不会犯错误！”

“是啊是啊！”

宋重用力拍了拍桌子：“是什么？你们以为自己是相声演员吗？在我这儿一唱一和的！”

“队长……”

“不用再说了。”他转向林漠，“林漠，服从安排吗？”

林漠站得笔直，行了一个军礼：“服从上级安排。”

“队长！”一直站在最后面的二胖一个箭步冲到宋重面前，脸绷得紧紧的，“队长，这件事是我的错，林队绝对是被人陷害的。如果不是我在蹲点时喊出队长的名字……”

一只温热的大掌按在二胖的肩膀上，然后用力将他往后一拉，二胖趔趄了两步，林漠顺势挡在他面前：“队长，我们先出去了。”

宋重有气无力地挥了挥手：“出去出去，赶快给我滚出去！”

虽近傍晚，阳光依然很刺眼。

这是顾烟第一次站在宿舍楼门前等林漠。

监察大队的大院里，零零散散地种了些法国梧桐。此时正值盛夏，那些梧桐树浓密的叶子，仿佛一把把张开的小扇子。太阳的光线透过重重叠叠的树叶射下来，映出斑驳晃动的树影一片。

从办公楼到宿舍楼之间有一个拐角，正好被一棵梧桐树姿势妖娆地盖住。当林漠的身影出现在树荫下时，顾烟正准备开口喊他，却见他斜斜地靠在墙壁上，做了一个拿烟的动作。斑驳的阳光打在他的侧脸上，带着一股莫名的距离感和疏远感。

于是顾烟脸上的笑意淡了几分。据她所知，林漠是不抽烟的。

刚刚小万在微信里告诉自己，林漠被停职了。

小万的微信还是林漠推给自己的。当时他说，万一自己有事出去了，有什么事情可以找小万。没想到，她和小万之间的第一句对话竟是：顾姐，林队被停职了。

顾烟知道林漠最近一直在追查一起排污案，在证据确凿的当口，林漠被爆出受贿，明显是有人在背后陷害他。可是看他这个表情，似乎又不仅仅是被打击报复这么简单。

在职场中被冤枉，还是有嘴都说不清那种，明明知道是谁在针对自己，却毫无办法，这种滋味，顾烟不知经历过多少次了。不过，不正是在那些流言中伤中，她才一步步地走到今天这么高的位置吗。呵，顾烟苦笑，差点忘记自己现在已经是自身难保了。

林漠将烟头丢在地上，然后踩熄掉，才刚刚转身，便见顾烟正站在宿舍楼前的树荫底下，身着一袭过膝长裙，一脸思索地看着自己。

也许是天空的霞光太美，林漠心头的那一点点阴霾一扫而空。他缓缓地走到顾烟的面前，不赞同地道：“这么热，你怎么出来了？”

顾烟回答得无比自然：“等你啊。”

林漠抬头，目光似深沉的大海：“等我干什么？”

顾烟弯腰，提起地上的袋子，语气轻快：“等你喝酒。”

林漠不语，墨似的目光更加暗了几分：“为什么突然想喝酒？”

顾烟一脸向往：“听说星海沙漠的夕阳很漂亮，我一直都想去看看。”

林漠的目光从她的脸上转到她的右脚踝上：“你的伤怎么样了？”

顾烟微微提起裙摆，低头看着自己明显消肿的伤处：“好多了，已经可以慢慢地落地走路了。你看……”

她背后的天空上，霞光一片。

她头顶的发旋很可爱，微微画过的眉，略略低着的眼，似广阔无垠沙漠里的一幅动人的简笔画，简单，却又美得惊心动魄。

“等我一下。”

“啊？”

五分钟之后，一辆摩托车“吱”的一声横在顾烟的面前。

“给。”林漠的手心里拿着一个绳子一样的东西。

“这是什么？”顾烟接过，有些好奇，“做什么用的？”

林漠看了顾烟一眼，然后拿过她手心的绳子，下车走到她的身后。顾烟正欲转身时，背后一个厚重的男声道：“别动。”

接着，一只带着厚茧的手指擦过她的颈项，撩起她的长发。

顾烟一愣，那个绳子竟是发圈，和她平时看到的不太一样。等等，林漠竟在替自己绑头发，顾烟有些不自在地动了动脑袋：“林漠，不用……”

“我可不想你回来抱怨头发里全是沙子。”

哦……

顾烟能感觉到林漠每一根手指穿梭在她发间的温度，耳后，额头，脸颊……他笨拙地、一缕一缕地将她的头发理到脑后，最后才用那个绳子一样的东西绑住她的长发。

明明是很生涩的动作，但是不知道为什么，却让人感动。想不到这么粗犷的男人，竟也有这么细腻的一面。

“好了。”林漠满意地看向自己的杰作。

“谢了。”顾烟接过林漠手中的头盔戴在头上，同时拉下前面的护脸道：“好了，走吧。”

头盔太大，显得她的脸越发地小了。

林漠笑了，语气莫名上扬：“出发！”

“出发！”

摩托车像是一支离弦的箭向前飞去。顾烟只觉心跳加速，肾上腺素激增，双手下意识地抓住林漠的衣服。

“抓好！”

迎着风，林漠的声音有些模糊。

犹豫了一秒，原本抓在林漠身侧衣服的手，改成轻轻环住他的腰，随着车速的增加，环住他腰的力度也随之加大。林漠感觉身后温热的身体往前倾了一点，接着紧紧抱住了他的腰。

头盔下露出的薄唇，勾起一个向上的弧度。

沙漠广阔无垠，仿佛整个世界只剩他们两个人。摩托车向着前方飞驰，带起一条长长的灰尘带。

刚刚还带着白光的太阳，此时已橘红一片，远远地挂在天地交接处。

不远处的村庄里，有袅袅的炊烟升起。

车速慢了下来。

顾烟松开林漠，张开双手，激动地喊道：“‘大漠孤烟直’，原来这烟真的是直的。”

刚刚绑起的头发，已经有些松了，有短发和碎发打在顾烟的笑眼上。林漠大笑着回头，恰好撞见她一双笑眼。两下对视，林漠突然觉得喉咙干得厉害。

“扶好！”

方向一偏，摩托车车身微微向右倾，顾烟大叫着抱紧林漠的腰。

一圈又一圈，摩托车在沙漠上画出一个个大大的圆，带起的灰沙飘在空中，似在半空中跳动的音律，高低不齐，却又尾音阵阵。

夕阳一点一点地往下沉，整个沙漠安静而又美丽。

星海屋就在前方，一栋一栋的房子在安静的沙漠里静静矗立着，有一种静谧的美。

摩托车横在一旁，顾烟斜坐在摩托车的后座上，林漠靠在她旁边，两个人一人手里拿着一瓶白酒。两个瓶子一碰，顾烟浅浅地喝了一口，随后眉头皱得死紧：“好辣。”

林漠拿过她的酒瓶，放在地上：“你伤还没好。”

顾烟倾身，可惜胳膊太短：“喂，这可是我好不容易拜托苏辰买到的。”

她本来是想买鸡尾酒，可是这个偏远县城，别说鸡尾酒了，就连啤酒都是稀缺资源，最后只买到了这种很烈的白酒。

林漠起身，从摩托车的后备厢里拿出一瓶罐装的果啤，丢给顾烟。

顾烟一脸惊喜："哪儿来的？"

林漠转过脸，貌似无意地说："朋友寄过来的。"

似远又似近的地方，橘红色的太阳已经和地平线相接了。

顾烟看着广阔无垠的大漠，说："林漠，你知道我为什么会来南雍吗？"

"你说过，越危险的地方，你越喜欢。"

顾烟歪着头看向林漠，眼睛亮晶晶的："我来南雍，是因为我不得不来这里。"

林漠目不斜视，喝了一小口白酒："失恋了？"

"不仅仅是这个。"

如今再提起任光年，就好似是一个和自己不相干的人。奇怪，明明那个人和自己在一起很久很久了，虽然聚少离多，但是当她听到沈青说"一家三口"时也非常难受，可现在竟觉得那像是上辈子的事了。

林漠看向别处，嘴角微微翘起。

顾烟单脚跳下车来，看向半空中慢慢爬上来的月亮："我工作这么多年，从来都没有好好地休息过。像现在这样，整个人放松一段时间也挺好。"顾烟指向前方，"这大漠黄沙，落日余晖，真美，真想让更多的人看见。"

林漠碰了一下顾烟的果啤罐：“那就在这儿好好休息一段时间。”

“那是，人生得意须尽欢。”

“莫使金樽空对月。”

“干杯！”

“干杯！”

月光清冷，不远处，星海屋一片安详。

顾烟的脸在朦胧的月色下越发的轻灵。从她说自己要喝酒的那一刻起，林漠便知道，她知道自己停职了。

皓月当空，夜色已浓。

林漠打开摩托车的大灯，明亮的光线下，很多小虫子飞来飞去。

“顾烟，那个视频……”

林漠刚刚开口，便被顾烟打断了：“我相信你。”

既然他连宋重都不肯告诉，那就一定有他不想说的理由。

林漠嘴张了张，最后只吐出两个字：“谢谢。”

一个小时后。

车停在顾烟的门口，林漠下车，拿着帽子，然后扶着顾烟下车。

廊下，路灯昏黄。

顾烟急着解头盔，不料一缕头发被卡在头盔上。她猛地一拉，顿时“哧”的一声，疼得眉头皱得死紧。

“慢一点。”

一股男性的清香味靠近，林漠微微弯腰，右手接过她的头盔。他的脸颊和她的脸只隔几厘米的距离，他的鼻息就在她的颈项边。

太近了，近到可以听到彼此的心跳声了。

顾烟下意识地往后退了一步：“我自己……”

“好了。”

头发已经拿下来了。

“谢谢。”顾烟回身，林漠的“小心”还未说出口，她的右脚已经重重地踩到了地上：“哎哟！”

“没事吧？”林漠扶住她。

顾烟眉头皱得死紧：“一下忘记脚伤还没完全好。”她单脚往房间跳去，背朝着林漠挥了挥手，“行了，你回去吧。”

林漠笑了笑，然后翻身上车，这车还得还回去。

听到响声，顾烟拉开窗帘的一角，刚好看到摩托车的尾巴，一晃就不见了。

打开移动网络，微信上，一堆人给自己留言，她都径直跳过。

忽略掉那些烦人的“滴滴”声，顾烟打开一个视频网站，搜索“林漠”，马上就有一条视频推送弹出来，正是林漠“受贿”的场面。拍成这样，正主又不出来澄清，真的很难不让人怀疑。

毫无意外的，视频下面一堆留言，都是骂林漠的。

我们的生活：就这还人民公仆？人民的蛀虫还差不多！

哈密瓜：他知不知道“丢人”两个字怎么写？

痴心花等待：不要脸！怎么会有这种人！

大呆雪：去死吧！

……

看到最后一条留言时，顾烟气得将手机摔到了床上。只是一个视频片段而已，没有前因后果，谁能知道他们当时到底什么情况？这些网友也太武断了，全部跟风而起。

几分钟后，顾烟冷静下来，拨通了一个号码，电话好半天才被接起。

“喂，徐局长，您好您好，我是LPT顾烟。”

对面的人语气立刻热络起来：“顾总，你好啊，前段时间就听说你到了南雍，我早就想约你吃个饭了。”

“徐局客气了，是我应该先拜访您才对。我刚到这边身体便出了点问题，所以耽搁了几天。不知道您什么时候有空，我去拜访一下您。”

对方也不再客气：“大名鼎鼎的LPT顾总来访，我们随时恭候，随时恭候。”

“好的，那我就预约您明天上午的时间了，明天我会提前联系您的。徐局再见。”

放下手机，顾烟推开窗户往外望去，干净的天空上繁星点点，才大半个月的时间，江都繁华喧闹的生活似乎已经离自己很远很远了，如果能永远这样就好了……顾烟猛然摇了摇头，一把关上了窗户。

第二天，顾烟起得很早，特意赶在监察大队上班之前出去。临出门前，她看了一眼楼上小万的房间，房门紧闭，也不知道林漠晨跑结束了没有。

好在她脚伤好了很多，走路已经没有什么问题了，只要不走太多的路。

刚到监察大队门口，一辆车一下停在顾烟面前，车窗摇了下来，竟是二胖：“顾姐，这么早你去哪儿？要不要我送你一程？”

才大半个月，大家都混熟了，看到她，都喊一声“姐”。

顾烟浅浅一笑："不用了。"

二胖不由得在心里感叹一声，真是倾国倾城貌啊，队长的眼光真是好啊。

"你这脚伤还没好利索，要不我喊林队陪你一起？"

"我自己去就成。对了，二胖，"顾烟慢慢走到他的车窗边，"你们林队停职的事，严重吗？"

"怎么不严重，据说东坝化工厂后面的关系很硬。小万昨天去找队长求情，正好听到队长打电话，队长也正为了林队停职的事情到处求爷爷告奶奶呢，结果还是不行，也不知道林队能不能复职……"说到这件事，二胖一脸悔恨愧疚，"那天晚上蹲守时，如果不是我一时情急，喊出了林队的名字，人家也不知道是咱们，林队也就不会被停职了。"

"就算你们神不知鬼不觉地回来，等污水运输车的视频一出来，别人也知道这件事是林漠做的，所以你不用愧疚。"

二胖猛地一拍掌："神了，姐，你和林队说得一模一样。"

顾烟眉头轻蹙，看来林漠已经知道对方是谁了。

"嘟嘟嘟——"后面有车在按喇叭，二胖道："姐，我先回去了，有事电话联系啊。"

“好。”

南雍县招商局。

刚进招商局大门，一股冷气扑面而来，徐局长带着下属，亲自站在门口迎接顾烟。

顾烟快步上前，脸上堆满了笑：“徐局，您太客气了，哪儿要您亲自迎接。”

徐局长上下打量着顾烟，一身白衣黑裤，淡扫蛾眉，头发高束，显得非常职业。

“网上所言果然名不虚传，顾总真是有才有貌。”

“网上那是过誉了。”

“顾总，里面请。”

“徐局请。”

下午一点多钟，正值午休时间，一辆黑色的宝马停在环境监察大队门口，一个西装革履的年轻男子打开车门，顾烟慢慢地下了车。本来她不想让招商局的人送她回来的，但是不知道是不是因为今天走动过多，右脚上的伤好像又严重了一些，即便此刻虚虚地踩在地上，也还是有些疼。

后者微微弯腰：“顾总，再见。”

“再见，谢谢。”

“顾总客气了。”

黑色的宝马拐个弯便不见了。

顾烟刚转过身，便见林漠双手抱胸，站在办公楼二楼的走廊上看着自己。阳光正盛，楼前的法国梧桐已经高过二楼了，从上到下留下一地碎金。林漠站在一半阳光一半阴影中，眼神似乎有些晦涩不清。

“呃，你没午休？”顾烟选择这个时间点回来便是想避开所有人“关注”的目光。

“被车声吵醒了。”

倒是一点不迂回。

“我上午去见了一个朋友，他……”顾烟正在想给徐局编一个什么样的身份，林漠一眼便看出了她为难的表情，冷冷地打断她道：“你的事情没必要向我报备。”

说完，他赫然转身，门“啪”的一声被关上了。

“哎，我说……”

顾烟愣在太阳底下，心里有些忐忑，他不会是猜到自己干什么去了吧？

接下来的两天，林漠对顾烟都是一副冷冰冰的样子，饭照常给她送，洗漱用的水照旧给她提，但就是不理她。

心　动

第三天，好消息传来，林漠复职了。

队长办公室里，宋重拍了拍林漠的肩膀："拍视频的人出来承认视频是后期剪接的。虚惊一场，虚惊一场啊。"

林漠皱眉："宋队，为什么这么快？"

"什么为什么这么快！臭小子，休息了几天你还没休息够是吧？"宋重从办公桌上拿过几份文件递给林漠，"最近在沙漠南区发现有企业进行重金属垃圾掩埋。这个案子，你负责跟一下。"

林漠接过文件，又问了一句："宋队，咱们监察大队一般受过停职处分的，最短是多久就复职了？"

宋重回忆了一下道："最短的也有几个月吧。几年前，咱们这边有一个旅游项目，其中某个部分环境检测不达标，但当时那个同事坚信旅游能带动咱们南雍县城的发展，不肯错过这个机会，所以，他在环境检测报告上造了假。当然，也有人传言，他是收了对方的钱……”大约是因为想起了往事，宋重的神色有一些黯然，他点着一支烟，好半天才继续道，“自从那件事情之后，上级领导便格外关注各部门人员弄虚作假、贪污受贿。小林，停职这件事，你也不要有想法……”

“队长，那位前辈后来怎么样了？”

林漠来监察大队这么几年，还从未听说过这件事情。

“后来？后来他就离职了，不知去向。”宋重重重地抽了一口烟，烟雾缭绕间，他的眉头锁得死紧。

一阵沉默。

“队长，那个视频是真的——当然，它并没有涉及行贿受贿。”

“你个臭小子！”宋重气得顺手一个玻璃杯砸向林漠。玻璃杯里有热水，林漠稳稳地接住，竟滴水未泼。

“你知道我们费了多大的劲，才帮你把这件事件解决掉吗？你还……”

“我们？”林漠准确地抓住了其中的关键词，“我们是谁？”

宋重一时语塞：“这个你就别管了。”

“那个视频明明是真的，为什么对方那么痛快地承认视频是后期剪辑的？还有，上级部门肯定知道视频的真伪……”

宋重将烟按熄在烟灰缸里：“小林，有些事情，不究其根本就是最大的聪明。你是从野战部队转业的，相信在这一点上，你应该比我明白。”

“队长……”

“出去。”

“队长……”

“我让你出去！你出不出去，你个臭小子！”

“哎哎哎，我走我走。队长，别脱鞋，别脱鞋。”

门“砰”的一声被带上了，林漠摸了摸差点被撞到的鼻子。岂料他刚一转身，便与人撞了个满怀。

“林队！”

“林队！”

是小万和二胖。

林漠转身下楼，他们两个跟在他身后，一脸热切地道：“林队，听说你复职了，是真的吗？”

走在前面的身影突然停住了，林漠转过身，眼神似无风的海面：“你们俩怎么知道的？”

小万正欲开口，却被一旁的二胖扯了一下袖子：“我，我们是瞎猜的。”

林漠向他们走了一步，二胖拉着小万往后退了一步。

“几分钟之前我才知道自己复职。我怎么觉得，你们比我还先知道？”林漠眼神犀利。

“林，林队，我还有事，我先走了。”二胖扛不住，丢下小万跑了。

“小万，你说。”

“林队。”小万面对自己的偶像，在对方一问之下，立刻什么都招了，“是二胖告诉我的。他说前几天看见招商局的人接送顾姐，顾姐昨天还去了一下宋队长的办公室……”

小万话未说完，林漠便全明白了，顿时一股怒意从心底升起！他的复职，居然是这么来的，招商局，宋队……呵，他差点忘了，顾烟是LPT副总裁。想必，为了“救”他，她还付出了不小的代价。

“还有呢？”

“还，还有什么？”小万退后两步，避开林漠的眼。

小万有个习惯，一撒谎就结巴，看来他们还真有事瞒着自己。

林漠故意黑着一张脸：“你说还有什么？”

“那个，顾姐找我们打听过星海屋几年前停工的情况，不知道这个算不算……”

星海屋？林漠皱眉，他差点忘了，顾烟是LPT的高层。一个高层，不住酒店，却非要住监察大队，为什么？一阵莫名地刺痛穿透他的心脏，林漠只觉得自己连气都喘不过来了。

“林队……”

林漠朝小万摆了摆手，然后转身拨通顾烟的电话，冷着嗓子道：“你在哪儿？”

顾烟的声音传来：“我在星海屋。”

林漠立刻挂了电话。两分钟后，院内最大的一棵梧桐树下，一辆小皮卡发出巨大的轰鸣声，然后一阵风似的开走了。

前面便是星海屋了。

今天无风，明晃晃的太阳挂在天空，洒在地上的光都是白色的。他最开始碰到顾烟便是在星海屋，她的脚最近好得差不多了，也经常往沙漠跑……

“吱——”的一声，林漠猛地踩刹车，眉头紧皱。以前他从未细想，现在看来，她来南雍的最终目的，原本就是为了重新启动星海屋。

不远处，顾烟戴着帽子和墨镜，正拿着一个奇怪的仪器测量着什么，一切都仿佛是第一次见面时的样子。不同的是，今天的她应该不再需要自己救了。

林漠下车，一步步朝着顾烟走过去，浅浅黄沙，留下他一步一个脚印。在他离顾烟还有三四米的时候，大约是感应到了什么，顾烟起身回头，见是林漠，摘下墨镜，开心地看着他。

在对上林漠冰冷的眼光时，顾烟嘴角的笑意慢慢消失了。以前觉得沙漠广阔，毫无遮挡真好，现在却连躲避一个眼神的理由都没有。

他知道了，知道自己的复职和她有关了。

顾烟站直了身子："林漠……"她很想开玩笑地说"不用谢"，可是他的眼神却明明白白地告诉她，他在生气。

"招商局？"林漠笑，可那笑仅仅停留在嘴边，"我想知道，你和他们达成了怎样的协议，才换来了我这么快的复职？"

顾烟神情坦然："我告诉招商局徐局长，LPT会尽快重启星海屋项目，这个项目将会给南雍县带来一个亿的投资，但是，作为交换，当地政府要尽快调查你被冤枉的真相……"

"一个亿。"林漠薄唇紧抿，"还真是诱人。"

"林漠，你不要这样……"顾烟往前走了几步。

"不要怎样？"

顾烟眉眼上挑，带了几分怒气："你是冤枉的。"

"我知道我是冤枉的。可是顾烟，冤不冤枉，只有证据说了才算。"林漠一步步走近她，直到能看到她微微发抖的唇，"警方只要查过我所有的经济往来，那个视频就算是真的，也不会构成我受贿的证据！你用投资作为交换，在别人眼里，这和判定我受贿了又有什么区别？我要的是堂堂正正的清白！"

"堂堂正正？那个视频的真相到底是怎样的，你会告诉众人吗？"

林漠不语。

顾烟又急又痛："既然当事人连真相都不说出来，你指望警方怎么给你找证据？我只不过是和徐局做了一个资源交换而已，这样互惠互利、双赢的局面不是很好吗？结果最重要不是吗？你为什么非要介意我用了什么方法。"

林漠似是不认识她的样子："结果最重要？顾烟，在我心中，用什么样的方法得到那个结果，也是同样重要的。我谢谢你救了我，但是你的手段，我无法苟同。"

"手段？"顾烟浑身发抖，不知道是气，还是怕。她的语速飞快，"你身在南雍县，你不知道舆论要毁了一个人多么容易！有多少人根本不在意真相，只是跟风。他们跟风骂你，跟风咒你，到时候，他们就是所谓的‘民意’！是，你是被冤枉的，查案需要时间吧，舆论的发酵谁能控制得了？一个月，两个月，乃至半年以后，就算查清了你是冤枉的，你的未来也会受到牵连，受到影响的！你就算还在监察大队，但是你可能会永远地坐冷板凳，你可能就只能做一个普普通通的守林员！”

“我不在乎！”

“你不在乎，我在乎！”顾烟几乎是脱口而出。她的背后，沙漠无边，发着白光的太阳照在星海屋浅色的城墙上，给人一种古今交融的错觉。

林漠心脏一窒，眼神炙热幽暗。

“你救过我两次……”

刚刚的欢喜变成了刺在心头的针，林漠的内心升起一股无名之火。他看着顾烟的眼，讥诮地打断她道：“在乎？你真正在乎的到底是什么？”

“你什么意思？”

林漠笑着，可那笑根本未到眼底。他面对着顾烟，手却指向星海屋：“你来南雍根本不是散心，最终目的是它对吧？你的脚伤早就好得差不多了，身为LPT的高层为什么还一直住在监察大队不走？”

“那你呢？既然你知道我的脚伤好得差不多了，为什么不赶我走？”顾烟为他话里的深意气得浑身发抖，右脚踝处的伤口也隐隐作痛。

“我……”

“你想知道是吧，我统统告诉你！”顾烟走到他的面前，眼底带着灼灼的火苗，“我来南雍县，是被LPT高层排挤，我是被赶到这片沙漠的！我必须重启星海屋项目才能回到LPT，才能拿回属于我的一切！”

林漠愣住了，他不知道，她竟是被赶出来的。

“最开始，的确是我脚伤，我在这儿人生地不熟，我需要一个信得过的人的帮助。”顾烟语气嘲讽，“可是到后来，我是真的喜欢上这个地方了！再说了，星海屋几年前停工的原因，众人皆知，还需要我舍身住进监察大队打探内情吗？”顾烟抬起眼，看向林漠，目光如炬：他竟如此看我！

骄阳似火。

他们两个人相向而立。

对视。

沉默。

时间仿佛彻底停滞了。

黄沙漫漫，他们身后，已近完工的星海屋在阳光的直射下，带着经年的沉重感。

他们最开始的争吵，是因为林漠的复职，但是到后来已经不仅仅是这件事了。

从林漠的眼里，顾烟能看到此刻自己的表情。心跳莫名加速，她转过身，背对着林漠。

“顾烟，对不起。”

“你复职的事，对不起。”

两个人同时开口，却又同时安静了下来。

林漠咳嗽一声：“是我错怪你了，对不起。”

顾烟看向远处的天空，语气里带着一丝凉意：“我只是……我只是担心你而已。”

“我知道。”

两个人半天无语，只剩这烈日黄沙，悠然独立，广阔无边。

林漠摸了摸鼻子，站到顾烟身旁：“星海屋，已经确定要重新启动了吗？”

“是。”说到这个项目，顾烟眼神里的光芒一点一点亮了起来，“星海屋简直就是西北沙漠里的一颗明珠。无数人都会为之疯狂的！林漠，过不了多久，这里便会有座座高楼，大家的日子都会好起来。”

“据我了解，星海屋项目上次暂停，就是因为其中的一项环境检测不达标。”林漠看向顾烟，“你们准备重启这个项目，对沙漠的影响有预判吗？还有，对沙漠的保护措施考量到位了吗？”

顾烟微微一愣：“我差点忘了，你是南雍林业局环境监察大队的副队长。”

林漠看向远方：“是啊，我是环境监察大队的副队长，我在南雍的职责，”林漠侧过头看向顾烟，“便是守护生长在这片土地上的每一个生灵。”

顾烟目光闪闪，生灵，他用这样一个词来形容生在这片沙漠里的每一种植物和动物。

她没有正面回答，也就是没有了。

林漠薄唇紧抿，第一次这么清晰地觉得，他和顾烟之间横着一条跨不过去的鸿沟。

她是盛名在外的LPT副总裁，他是偏远山村一个小小的监察大队副队长。

她的衣服，她的化妆品，都是他听都没听过的牌子，而他这辈子，大约只会待在南雍县，拿着固定的死工资。

她觉得结果比过程更重要，她有能力，有魄力，随随便便就能拿上亿元的项目和招商局交换，挽救自己的职业生涯。可是他，从来觉得过程和结果一样重要，只想守护这片沙漠和生长在这片沙漠上的一草一叶，栖息的各种生灵。

月亮穿过云层，沙漠里朦胧一片，只有微风吹过。

“林漠，我要搬走了。”顾烟的语气很轻。

林漠一愣：“什么时候？”

“明天。我原本想早点说的，可是……”

“太好了。”林漠飞快地打断她，笑道，“太好了，我终于不用和小万挤在一个房间了。什么时候？”

顾烟看着林漠的眼睛：“LPT南雍团队的其他人已经到了南雍，我待会儿回宿舍就会有人来接了。”

林漠喝了一口酒：“LPT的副总的确总不能住在环境监察大队的宿舍里。”

“林漠……”顾烟欲言又止。

林漠却已转身，走向驾驶座：“走吧。”

顾烟打开副驾驶的门，坐了上去。

车速飞快，一路风驰电掣，平时一个小时的车程，今天不到四十分钟便到了。

林漠刚刚停稳车，顾烟便已推门下车了，弯腰便是一阵干呕。林漠立刻拿起手边的水下车，却赫然看见了一个只见过一次的脸。

那是……顾烟的前男友任光年，林漠的动作瞬间僵住了。

白色的衬衣，蓝色的牛仔裤，再配上那张温文尔雅的脸，就连林漠都觉得任光年是男人中的极品。此刻，他正配合着顾烟，弯着腰，递给她一瓶水。

“谢谢。”顾烟接过水喝了一口，味道不对。这种水，南雍没有卖的。她抬起头，任光年的脸赫然出现在了自己的面前。

“小烟，我终于见到你了。”任光年满脸的疲惫里带着一丝欣慰。

顾烟迅速地站直身子，满脸惊愕地道：“光……任总？”

她立刻回头看向林漠所在的方向，只见后者嘴角一挑，朝她扯出一个笑脸，然后转身离开了。

“你怎么来了？”顾烟皱眉。

“你把我所有的联系方式拉黑，我只能特地来找你了。”

顾烟和他拉开一定的距离，眼里满是嘲讽：“任光年。”

他向来都进退有度，绝对不是千里追前女友的痴情人。

任光年叹了一口气：“NPT在兰州有一个项目，我只是顺道过来看看你。”

这就对了，顾烟双手抱在胸前：“现在你看到了，可以走了。”

“小烟，让我帮帮你吧？”

“任总，我们已经分手了，麻烦你叫我顾烟。”

任光年眼神一暗：“好，顾烟。顾烟，让我帮帮你吧。”

顾烟笑了：“好啊，我想要VTRM项目重新竞标。另外，让你的……那一位当面向我道歉。怎么样，不难办吧？”

任光年黯然，沉默了两秒道：“我懂了。”

他转身离开，走了两步之后停了下来：“我的电话号码没有变。在南雍，任家还是有一些亲朋故旧的。顾烟，你在这儿人生地不熟，星海屋那个项目……要是有什么为难的地方，记得和我联系。”

司机将车停到任光年的面前，月光打在他的身上，带着薄薄的一层凉意。他侧了侧身，终究没有回头。

“光年。”

任光年的左脚已经迈进了车里。这是自从那件事之后，顾烟第一次叫自己的名字。他下车转身，眼底充满了狂喜：“顾……”

“你站在那儿，听我说完。”

任光年的脸色一点一点地沉了下来。

顾烟笑了，不愧相知相交多年，她一个眼神一句话，他便猜到她的深意。

两个人隔着几米的距离，好似那些年相爱过的旧时光。

“我接受不了背叛。”

“……我知道。”

她有感情洁癖，当年得知他家的背景，便一再拒绝他。后来两个人在一起，对他也只有一个要求：在一起时，要彼此忠诚，一心一意。

“我过不了这个坎。”

“……我知道。”

她是个死心眼的人，认准一个人、一条路，便会一条路走到黑。和他在一起，即便他父母再不喜欢她，她也从未在他面前抱怨过。爱上高端定制，即便再危险的地方，也亲自去踩线。

“光年，我刚刚的语气，对不起。”

“小烟……”

“我以为我还在生你的气，但是刚刚在骂完之后，我却只觉得抱歉。”

心底一凉，任光年突然觉得心脏某个地方扯心扯肺地疼。

“光年，我们还是朋友吧？”顾烟看着任光年。

“朋友？”任光年凄苦地一笑，“顾烟，你永远都不可能是我的朋友。”

说完，他立刻转身上车。

任光年的离去就像他的到来一样，迅速而突然。

顾烟突然觉得释然了，那些不甘、背叛，那些所谓亏欠的浓烈的情感，已经淡似大漠高空的云，在无意中拨通任光年电话的那一刻，其实早已放下了。她一直介意的是自己那么多年的心心念念，居然是以这样一种惨烈的方式结束。

好在，一切都不晚。

重启

第二天，LPT南雍项目团队到达南雍县城的时候，天气正好。

说是项目组，其实也就过来了两个人，一个人是陈光，另外一个是顾烟之前的秘书小美。

“顾总。”小美一看到顾烟，便眼泪汪汪的。她上下打量了顾烟一眼，“顾总你瘦了，也黑了……顾总你好可怜！”说着“哇”的一嗓子，抱住顾烟哭了。顾烟的身体瞬间一僵，小美这才意识到自己逾越了。她的这位上司，一向都不喜欢别人的接近，“那个，顾总，对不起……”

小美正欲推开顾烟，顾烟却虚虚地拉住她，拍了拍她的背：“谢谢。”

顾总变了！

小美惊喜地看向陈光，随后又眼泪汪汪地看向顾烟：“顾总，我一定会努力的！咱们好早日杀回LPT，回到江都。”

项目组在南雍租了一栋楼房作为办公地点。顾烟的办公室在三楼，站在三楼的走廊上，远远地可以看见大漠中的南雍古城，同时也能看见林业局监察大队那栋破旧的二层小楼。

这个县城太小了，小到随便一个地方都盛满了和另外一个人的回忆。

“顾总？顾总！”

“啊？哦。”顾烟回过神来，走到办公桌前，看向陈光，“怎么样？”

才几个月不见，陈光由一个大男孩已赫然地成长为一个能独当一面的男人，脸上的青涩和稚嫩已消失不见，剩下的只是破茧而生的冷静和成熟。

顾烟没有问他们项目组在江远扬的带领下，做得怎么样。从陈光的身上，她已经清晰地看到了整个项目组的状况。她必须加快星海屋重启的速度。

星海屋重启，顾烟原本不同意陈光过来，因为这个项目，她也不知道最后的结果是好是坏。如果项目成功，她有可能重返LPT。可是如果这个项目失败了，她大约就要离开这个行业了——被LPT变相赶出的人，同行业内哪个公司敢要？

是陈光坚持要来，他在电话里慎重地道：“姐，南雍县的这个项目对你来说至关重要，你总需要人帮忙吧？”

至于小美，是死皮赖脸跟着陈光过来的。

陈光说得对，这个项目与顾烟的职业生涯生死攸关，她急需信得过的人帮忙。

“我已经和南雍县的县长约好了时间，明天上午顾总会正式前去拜访。”

“嗯。”顾烟点了点头，拿着桌上的钢笔轻敲着，“我让你调查的事情怎么样了？”

“来之前，我找过几位同事，他们几年前参与过星海屋项目。但可惜的是，他们并不知道更多的内情，只说是因为当时古城直升机停机场建设违规，未批先建，才导致这个项目停工。”

南雍县地处偏僻，当年LPT为了星海沙漠里的这个项目，不仅仅是花重金修建了星海屋，更是想要建设一个私人机场，以此打通外界和星海的联系，但是没想到，星海屋和星海机场都烂尾了。

林漠昨天还提到一个环境监测不达标的原因。不过，这两个原因都是可以修正的。

顾烟摇了摇头：“如果只是这个原因，这个项目不可能停摆这么久。”

“是啊，我也是这么想的。后来我才打听到，”陈光看了顾烟一眼，“星海机场在建设过程中，出过人命。”

人命？顾烟心脏猛地紧缩了一下。

这就对了，如果只是一个机场建设违规，按照环保监察部门的要求整改就是了，LPT不可能舍大放小，但是如果再出过人命，而且事态还闹得比较大，一切就说得通了。

“死的那个人是谁？”

小美快人快语地道：“他是南雍县的居民，一个叫老石的。五年前，LPT为了星海屋项目，花了很大的力气建设星海机场。当时，LPT在南雍当地外包了一个建筑队，老石是其中的一个建筑工人。在某天夜间工作时，他因心脏病突发，死在了施工现场。”

“心脏病。这么巧？”

陈光点头:“是，这件事当时闹得很大，公司坚持要求验尸，但是老石的家人坚决不同意。双方僵持不下。最后不知道怎么的，双方又达成了一致。但法医最后给出的结论是，死者死于心脏病突发。可是老石之前并没有过心脏病史，所以他的家人都不相信这个死因，坚称LPT收买了法医，认为老石致死的真正原因是建造机场劳累而死。”

“像这种情况，于情于理，都得做出相应的赔偿。”

“是，LPT出于人道主义，给死者家属赔偿了二十万元，但却又被当地人认为是LPT理亏，想要花点钱息事宁人。”

顾烟挑了挑眉，一语抓到重点：“你的意思是，星海屋项目只是这个老石一家反对，人数再放宽一点的话，是老石这一族人反对？”

“如果是这样，这个项目还没有那么难办。”陈光深深地叹了一口气，“听说老石死后的两年里，南雍县连续两年连降暴雪。”

顾烟“啊”了一声，终于意识到问题的严重性了。南雍县地处沙漠，高温天气居多，本来就少雨少雪，而老石死后，连续两年连降暴雪，确实很容易产生谣言。

小美看着平板上的分析数据道：“还有，顾总，当年专门为星海屋所建设的机场，没有通过环保监察部门验收。现在如果要整改，重新启动的话，需要另外追加5000万元投资。”

5000万元，顾烟的眉头皱得死紧，这不是一笔小数目。江远扬是LPT的财务总监，他绝对不会让自己负责的星海屋项目拿到一分钱。

第二天上午，南雍县政府，县长办公室。

县长是一名五十多岁的中年人，眉眼和蔼，上身穿着一件白衬衣，下身穿着一件黑西裤，和电视新闻里的那些领导很像。

他一看到顾烟，便紧紧握住顾烟的手，语气有些激动：“顾总，终于把你们给盼来了！你不知道，我等这个项目等了好多年了。”

一阵寒暄之后，顾烟一针见血地说道：“县长，听说几年前，星海屋的这个项目中，有一个工人因为心脏病突发去世了。他死之后，南雍连续两年降大雪？”

县长还未开口，正在倒水的李秘书道：“是的，顾总。老石死后的那两年的冬天，那雪大的。这前后十来年，我都没有见过那么大的雪。咱们当地人都说，这是老石……”

“不过只是普通的自然灾害而已。”县长看似温和地打断了李秘书的话。

李秘书看了县长一眼，立刻笑着对顾烟道：“是，只不过是普通的自然灾害而已。至于其他的，都是我们不懂，随意乱说的，顾总不要在意。”

顾烟低头喝茶浅笑，看来县长非常希望促成星海屋项目，这就好办多了。

突然，门外不远处传来一阵叫喊声。不一会儿，有人来敲门，李秘书推门出去了。过了几分钟，李秘书进来了：“县长，许大爷带来同宗同族的十几个人堵在了大门口，声称……”

李秘书有些犹豫。

“声称什么？”

“声称您要是同意重启星海屋项目，他就让大伙砸了县政府……”

“这个老爷子！”县长一脸哭笑不得，“走，看看去！”他又转向顾烟，“顾总，你在这儿坐一会儿。”

顾烟站起身：“既然涉及星海屋项目，我和您一起去。”

县长摆了摆手：“顾总，你有所不知道，这许老爷子是我们当地的一个人物，德高望重，但是又固执己见，改天时机合适了我再安排你们见面。”

顾烟不再坚持。县长和李秘书匆匆离去。

县长办公室外是一个长廊，站在长廊的窗口边上，正好可以看见县政府门口。只见一个拄着拐杖的花白胡子老头坐在大门口，他的旁边站着十来个人。不一会儿，县长带着几个人下去了，那十几个人一拥而上……

“不会打起来了吧？”顾烟紧张地自言自语。

“不会。”背后一个声音突然道。

顾烟吓了一跳，右脚往后一迈，但高跟鞋太高，整个人堪堪地往右边歪过去。完了，她的右脚脚伤可是刚好……

一股男性的气味靠近她，然后一只大手适时地扶住她的右肩，用力往回一带，顾烟便站稳了。她拍了拍胸口，转过身：“谢……”

剑眉星目，高鼻梁，薄嘴唇，是林漠。

顾烟不由得后退一步，腰抵在了窗棂上，心跳得有些快：“你怎么会在这里？”

林漠看着她，眼神微亮：“监察大队有一个案子需要找县里要一份资料。你怎么会在这儿？”

顾烟向旁边走了两步，小心拉开和林漠的距离：“我来找县长有事。”

“哦。”林漠并未多说，转身欲走。

“哎。”顾烟叫住他。

林漠回头，眼里波澜不惊。

顾烟飞快地找了一个理由：“那个老爷子，你知道是怎么回事吗？”

林漠回答得异常迅速：“不知道。”

“你……”

林漠拐个弯就不见了。哼，看他的样子，明明就知道，顾烟气得踢了一脚墙，下一秒，却疼得脸挤到了一起。

大门口的声音越来越大，顾烟隐隐地听到“星海”两个字，犹豫了片刻，提着裙子向大门口走去。还未走近，便听到一个老人颤颤巍巍的声音：“星海屋想要重新启动，有我在，想都别想！”

“许老，这对咱们南雍来说，是个很好的发展机会……”县长苦口婆心。

“我不管什么机会不机会。沙漠上动工，会破了风水，坏了规矩。几年前老石死在那里，接着又连续两年天降大雪，你们都不记得了吗？”

“许老，您这都是封建……”

“是啊，我大哥死得那么惨，大伙儿可都忘不了！”一个体型彪悍的中年人瓮声瓮气地嚷道。他是老石的亲弟弟，“我大哥可是代替大家去死的！如果星海屋项目重启，他的死有什么意义？”

他口中所说的，应该就是几年前，星海屋停工的真正原因了。

“就是她！”人群中，一个黑瘦的年轻人突然指向顾烟，“她就是LPT星海屋项目的负责人。小杰，你爸爸的死，就是他们公司造成的！”

人群一阵骚动，还未等顾烟反应过来，一个四十多岁的中年妇女和一个十七八岁的小伙子已经满脸凶相地朝着顾烟冲了过来。

“顾总，快回去！”县长急得大喊。

无比后悔今天穿了一双高跟鞋，顾烟飞快地估量了一下大门口到办公楼的距离，然后强装镇定地站在原地，等着那两个人朝自己冲过来。

见她一脸云淡风轻，那两个人脸上反倒有些惧意，但那惧意也只是一闪而过。中年妇女一只手指着顾烟，满脸恨意地嚷道：“咱们家男人就是被你们害死的！”

“大姐，你冷静一点，我当时还没有负责这个项目呢。”

“不是你，也是你们的人，你们是一伙的！我男人当时还不到四十岁，他死得有多惨，你们知道吗！”

“我知道，我知道。”顾烟一面附和着她，一面看了一眼县长，他那边也正被一堆人包围着，根本无暇顾及她。

“你根本就不知道！”女人脸上的神情越来越激动，情况不妙。

顾烟一边好言相劝，避免激怒她，一边双脚挪动着，试图甩掉碍事的高跟鞋。谁知，她今天穿的是一双系带子的鞋，越挣扎，它反而系得越紧。

“听说你是来重启星海屋项目的？”那个名叫小杰的小伙子目光似刀。

“……是”顾烟点头，又接着摇头道，“可是……”

“那我爸爸不是白死了吗？”

小杰的这句话，一下刺激到了女人，她凄厉地尖叫一声，立刻朝顾烟扑了过来。顾烟本能地往旁边一躲，不想却正好撞上了小杰。他的目光中写满了愤怒，紧紧地控制住顾烟，让她动弹不得。接着，女人一个耳光狠狠地朝着顾烟的脸打了过来。这一巴掌下去，她的脸估计几天都不能见人了。

来不及细想，顾烟微微往后退了一点，然后死命地往地上一踩。幸好，尖细的鞋跟扎扎实实地踩在了一只柔软的脚上。

小杰疼得一下子松开了手，顾烟立刻往旁边一躲。“啪”的一声，女人那一巴掌重重地落在了顾烟的脖子上。顿时，脖项处一阵火辣辣地疼。还未等顾烟反应过来，紧接又是两拳落在了她的肩上、背上。顾烟立刻用双手抱住了头。

“住手，你们这样打人是犯法的，知道吗？”县长的声音隐隐约约地传来，“住手，住手！”

保安终于来了，强行将打人的两个人拉开了。中年妇女眼神狠毒地看着顾烟，嘴里犹自骂骂咧咧的。

县长和李秘书也冲了过来，扶起顾烟道：“顾总？顾总你没事吧？”

顾烟摸了摸脖子，笑道：“不过挨了几下，没事。”

县长一头汗：不过，挨了几下……

李秘书：这顾总果然是女中豪杰……

保安们排成一堵墙，将顾烟护在身后。县长正竭力控制着局面，对着坐着不动的许怀先又是鞠躬又是作揖的：“许老，您让大伙先回去……”

“顾总，我陪您先进去。”李秘书扶着顾烟，慢慢地向办公楼走去。

不料，刚走两步，斜对面老石的弟弟凶神恶煞地朝着顾烟冲了过来。保安都在前面，此刻就剩顾烟和李秘书两个人。

“顾总，快走！”李秘书脸色苍白，但还是抢先一步挡在顾烟身前。

回办公楼太远，保安都在的大门口反而是最安全的。顾烟当机立断，向几步开外的保安大哥们跑去。但刚跑两步，顾烟的鞋跟居然卡在了石缝里，怎么拔都拔不出来。顾烟惊恐地回头，只见老石的弟弟已经越过李秘书，冲到了自己的面前，狞笑道："陪我哥哥的命来！"

说着，他抬起脚，狠狠地朝顾烟卡住的右脚踝踩去。

阳光很刺眼，顾烟却觉得她的整个世界都要暗了下来。

右脚脚踝刚刚好，如果被这么用力地踩下去，她会不会以后……再也无法跑高端定制路线，再也做不了旅游？再也无法……走路了？

顾烟绝望地闭上眼睛。

但是，预期中的疼痛却并没有来，一个熟悉的臂膀拥住她，随后一股让她安心的味道包裹住了她。顾烟睁开眼，正好看到林漠棱角分明的下巴。他将自己抱在怀里，右脚正临空挡住了老石弟弟的脚。老石弟弟的脸憋得通红，使出吃奶的劲儿往下踩压。

"对不起了。"林漠对着顾烟轻轻一笑，然后脚下一松，突然换了个方向，踢向顾烟的鞋跟，"咔嚓"一声，鞋跟立刻就断了。老石的弟弟由于收不住力道，往前一栽，眼看着三个人就要撞上了。林漠抱着顾烟一个一百八十度的旋转，避开了老石的弟弟。只听"扑通"一声，老石的弟弟跌倒在地上，满脸通红。

在站定的瞬间，林漠便第一时间放开了顾烟。顾烟脸色苍白，犹自觉得右脚踝隐隐作痛。

“你没事吧？”林漠的眼里写着隐隐的担心。

“我没事。”顾烟弯腰解开鞋带，然后甩掉断掉的那只高跟鞋，一只白玉般的小脚踩在地面上，“林队，看来，得麻烦你送我回去了。”

林漠看了一眼李秘书：“李秘书，我们先走了，后面的事得麻烦县长了。”

李秘书连忙道：“好的好的，您慢走。”

车速很快，后怕则来得微迟。

车窗外，马路两旁的树木、房屋正急速地往后退，顾烟愣愣地看着窗外，右手放在膝盖上，微微发抖。她闯过人烟稀少的野外，爬过白雪皑皑的雪山，但是第一次意识到，原来危险离自己这么近。

余光中，林漠看了一眼顾烟，她的衣服皱巴巴的，大约是被吓着了，此刻眉眼低垂，头发也被人抓散了，发间……林漠突然伸出手，拨开她肩上的头发。顾烟往后一躲，拉过头发盖住颈项上的伤痕：“你干什么？”

林漠脸色铁青，握在方向盘上的双手微微用力：“谁打的？”

她纤细的脖子上竟赫然有着几道指印。大约是因为白，那几道印记越发显得触目惊心。

“一个中年女人，我不认识。”

林漠薄唇紧抿，不再说话，只是笔直地看向前方的路。顾烟知道，他生气了，心中窃喜之余，不由得有些不安。

“哦，刚刚谢谢你。”

没有回答。

几分钟后。

“你来得真及时。”

依旧没有回答，可是车速似乎越来越快，顾烟不由得抓紧安全带。

又几分钟后。

“你又救了我一次，”顾烟低头看着自己的右脚，苦笑道，“幸好，如果不是你，我这只脚大约是要废了……”

“吱——”的一声，一个急刹车。由于惯性，顾烟猛然向前方摔去，随后又被安全带给拉回了座位上。

“你疯了，干嘛突然……”顾烟刚刚转过脸，却突然触上了一个温热的唇，顿时愣住了。

林漠似乎带着一股气，重重地吻着她，用力地咬着她的唇。

他是在发飙吗？顾烟皱眉，挣扎着想要推开他：“疼……”

疼？她还知道什么叫疼。她差点出事，她知不知道？她脖子上的伤，她的腿差点连路都走不了。她还知道什么叫疼。

他的气息就在自己的呼吸间，自己的手正抵住他的胸口，能听到他如鼓的心跳。顾烟安抚地拍了拍林漠的背。也许是因为顾烟的配合，林漠倾身向前，狠狠地在顾烟的嘴上吮吸，似是想吸尽她肺部所有的空气。空气越来越稀薄，顾烟不耐地想要掉头，却被林漠狠狠地按住后脑勺。就在她觉得快要呼吸不过来的时候，喉间一轻，竟是林漠一口一口地将自己口中的空气吐给她。

几秒钟，也许是十几秒钟之后，两个人的额头轻轻抵住，均是气喘吁吁。

顾烟的脸绯红绯红，但眼里的笑意却怎么藏都藏不住。林漠不好意思地轻咳一声，想要掉开头，岂料刚一动，便被顾烟按住了后颈。

她吐气如兰：“该我了。”

顿时，林漠的耳朵升起了可疑的红色。

“羞羞！羞羞！羞羞！”

车窗外，突然响起一阵整齐划一的声音，几个六七岁的小孩子正站在旁边的高地上，朝着他们做鬼脸。面对着小孩子，顾烟还是有些害羞。可还未等她退开，林漠便已猛地往后一仰，不知怎么的，头竟将门撞开了。随后，他头朝地，大半个身子都栽了下去——幸好有安全带扯住。

“林漠！”顾烟慌忙解开安全带，爬到了驾驶座上向下看去，“你没事吧？”

天空很蓝，阳光很亮，她探出头，极美的双目里像是沙漠夏夜中那漫天的繁星。

“顾烟。”

“嗯？”顾烟用力地向上拉林漠的手，想要将他拉上来，但他却赖在地上，一点力气都不出。顾烟好不容易将他的肩膀抬了一点起来，却怎么都拉不动了。她不由得皱眉，“喂，你出点力气啊。”

林漠却只是傻笑：“顾烟。”

“干什么？”

“没事。”

顾烟没好气地松手回身。哪知手上的劲道微松，林漠却用力回拉住她，然后猛地欠起身子向上，双腿在驾驶座上，半个身子却悬空地坐了起来。

顾烟不由得吓了一大跳："你，你……"

他的眼就在她的眼前，两个人隔着不到十厘米的距离。

阳光明媚，从他们的眼睑之间笔直穿过，明亮而又美好。

"我什么？"

"你身体素质真好。"

"是吗？谢谢。"林漠嘴角挑了挑，眼中别有深意。顾烟看得清清楚楚。

"谁要你谢了。"顾烟狠狠地推了林漠一把。

林漠在向下摔去的同时，双腿勾住方向盘，手向前一勾。顾烟不由自主地拥住他，也向下摔去。好在，接住她的不是坚硬的土地，而是林漠的胸膛——不过也够呛，她的下巴磕在他坚硬的胸腔上，牙齿不小心碰到了舌头，她的眼泪立刻流出来了。

这个时候的乡村马路上，并没有多少人。

顾烟气鼓鼓地，高一脚、低一脚地走在前面，地面沙石滚烫，烙得她脚底一阵阵地疼。林漠开着车，也不作声，只是隔着大约五米的距离慢慢地跟在她的身后。

顾烟回过头，明亮的眼里，连愤怒都显得生机勃勃：

“你不准说话。”

林漠无奈：“我什么都没说。”

顾烟偏过头，站在原地。

车子随即停在距离她大约五米的地方。

太阳很大，地面很烫，顾烟将光着的右脚踩在左脚脚面上，然后理智地算了一下此地距离办公楼的距离，随后向林漠招了招手，然后愤愤地拉开了后座的车门。

顾烟以为他们会直接回酒店，但是没想到，车子在县城七弯八拐，最后竟在一家鞋店门前停住了。

老板在门口热情地朝林漠打招呼：“林队，来买鞋？”

“嗯，带个朋友来买鞋。”

林漠打开后座的车门，想要扶顾烟下来。顾烟直接无视他伸过来的手，一个人向店内走去。

“这双，这双，这双，还有这双，麻烦都拿给我试一下。”

老板喜不自胜：“不知道您穿多大的码？”

“37码。”

“好的，这一双鞋有您的码子，您先试一下，其他的我去库房拿。”

顾烟看了一眼四周，林漠不见了。

不管他了，她还在生气呢。顾烟伸出右脚，径直向鞋子里伸进去，不料，“哧——”的一声，脚底不知道什么时候竟起了两个小泡泡，难怪刚刚进店的时候有些疼。

“老板，你们店里有没有拖……”

话未说完，一个高大的身影单膝跪在她面前，随后一双柔软的拖鞋放在了她的脚边。

是林漠。穿过额前的碎发，他低垂的眉眼似淡墨山水，鼻梁高挺光洁。

他拿起顾烟的右脚，轻轻地放在自己的膝盖上，随后，一股冰凉轻轻按在了起泡的地方。原来他刚刚是去买创可贴了。

“这个时候，地面温度很高。”

所以她的脚就烫起了泡泡？也不看看是谁害得她光脚走路的。

细心地脱下她另外一只鞋，林漠将拖鞋小心翼翼地套了进去。

“不好意思，这双鞋没有……”老板拿着几双鞋子走了出来，却又瞬间噤声了。阳光打在那两个人的身上，真是金童玉女一般。

林漠站起身，指了指地上的拖鞋：“老板，不好意思，我们只要这双。”

“谁说的，那几双高跟鞋我都要了。”

林漠皱眉：“高跟鞋很危险。”

“你管我。”顾烟“哼”了一声，“都给我包上。”随后指了指林漠，“他买单。”

老板看向林漠：“这……”

林漠一脸无奈的样子笑道：“没办法。”

于是老板一脸了然，原来林队的女朋友这么凶。

顾烟知道老板误会了，气道：“林漠！”

南雍县林业局监察大队的同事们发现，他们的林队越来越反常了。

首先，是有事没事就傻笑。有一天他对着食堂的大姐傻笑，笑得大姐春心萌动，一勺子青椒炒肉，硬是给她抖掉了大部分的青椒。当然，几天后大姐便发现，林漠的傻笑不只对她，还包括食堂扫地的大婶，于是自家盘子里青椒炒肉的青椒便成几何倍数增加。

其次，以前声称手机只是用来打电话的人，最近时不时地拿着手机狂按，但是只要一有人靠近，便马上一副什么都没有的表情。

最后便是，工作狂林漠居然准时下班了。以前的他，要么在办公室，要么在出外勤，可是最近居然一副居家好男人的样子，准时准点的下班了。

太可怕了！

小万看着林漠的背影，一脸迷茫地担忧：“林队怎么了？”

二胖一副知晓万事的表情：“看样子，是有进展啊。”

宋重在背后突然出现：“真是怀念年轻的时候啊。”

别　　离

晚上八点，LPT办公楼。

陈光敲了敲顾烟办公室的门。

“进来。”

桌子上放满了资料，顾烟正在将星海屋项目和世界上已经成功的高端定制路线做比较。

陈光将手上的一份文件递给她：“顾总，有一个不好的消息。”

顾烟抬起眼。

“星海机场重建，需要再追加的那5000万元投资，总部前几天同意放款，但是我今天再打电话到财务部，财务部却说还未接到通知。”

“江远扬。”顾烟冷笑一声。

“是，我和小美也觉得，肯定是江总在中间动了什么手脚，导致财务部门迟迟不放款。”

顾烟双手撑在桌上：“陈光，星海屋这个项目，现在就如同一块鸡肋，总部越是不想追加投资，我们就越要将可以看得见、抓得着的利润摆到桌面上来。当务之急，便是星海机场重建，还有星海屋的再装修。我们可以……”

“砰”的一声，阳台门突然一震，像是被什么东西砸了一下。

“谁？”楼下传来小美的尖叫。

陈光迅速打开阳台门，只见不远处，一个黑影已冲进了黑暗里。

“小美，没事吧？”陈光站在阳台上往下喊。

“没事。”小美拿着一个拖把冲了出来，一脸愤然，“刚刚有个黑影冲出去了。”

顾烟也跟了出来：“村民？”

“应该是。”

自从上次县政府被围攻之后，LPT办公楼就时不时会被丢一些奇怪的东西，起先只是臭鸡蛋，后来变成了各种各样的垃圾，昨天又收到一封恐吓信——说恐吓信其实也不太准确，只是某位匿名的居民要求LPT项目组滚出南雍县，不然他就会怎样云云。

顾烟原本以为星海屋的项目一旦启动，便会得到南雍县所有居民的支持，毕竟是利于当地经济发展的一件事，南雍县的家家户户都可以受益。现在看来，她想得不够全面。

“顾总，要不要告诉一下林队？”

顾烟摇了摇头：“我自己的问题，我自己解决。”

林漠在南雍县多年，县城大部分的人都认识他，她不想他因为自己而和县城的人闹得不愉快。

陈光猜测：“会不会是许老太爷。”

顾烟摇了摇头：“许老太爷虽然为人固执，但是他光明磊落，不会做这种偷偷摸摸的事情。”

“那会不会是……”

“陈光。”顾烟打断他，“没有证据的话不要轻易说出口。”

小美已经跑了上来：“顾总，我们得想个办法，让居民看清真相。”

“真相？”

“哎呀，就是星海屋重启之后，将会给他们带来的好处啊。”小美一脸鄙夷地看向陈光。

好处？顾烟猛地一拍桌子，“我们来办一次演讲吧。”

“演讲？”

顾烟决定在南雍县城举办一次公开的演讲，要将她对南雍县所有的规划、期许都讲给居民听。她要让居民们知道，星海屋项目将是他们难得的改变生活状况的机会。她想开诚布公地听听大家的意见。好的不好的，她都接受。

南雍县城还是保持着古老的赶集模式，明天是星期天，正好又逢集市，人会很多。

顾烟将演讲地点选在南雍县城最大的一个超市“好又多”门前，那是南雍人最集中的地方。

这是生死一战，事关星海屋项目的重新启动，事关顾烟的事业，更事关整个南雍县居民的未来发展。

顾烟站在办公楼顶，遥望静静矗立在沙漠中的南雍古城。

“顾总，已经七点二十分了，我们该过去了。”陈光敲了敲办公室的门。

“知道了。”顾烟转身，回眸前，余光扫了一下东南方向，那是林业局监察大队那栋小楼。林漠说他今天要出外勤，最近沙漠深处发现了几具动物的遗骸，可能有人偷猎。

演讲台布置得简单干净，整个台面从地面抬高了两到三米，台子上铺满了红毯，另外摆放着一张书桌，台下则入乡随俗地摆放了多条长宽凳。

还未走近，便能听到震耳欲聋的音乐，不少人站在一旁观望，真正坐在凳子上的却没有几个。

简单的自我介绍之后，顾烟拿着麦克风上台。

她在金碧辉煌的大厅演讲过，在清新雅致的户外演讲过，但是第一次在某个超市的门口对着南雍的居民做项目报告。

台下多是老年人，也有很多放暑假的年轻人。

“大家好，我是LPT南雍项目星海屋负责人顾烟，相信不少人已经认识我了。

“我们LPT将在沙漠中建一座城。它会成为南雍最耀眼的光，它会吸引着无数人的到来，它会带动整个南雍县，甚至是兰城经济的发展，它将会给大家提供几百甚至上千个工作岗位，让大家不用出家门就有工作。而星海机场的建设，更是加大了南雍同外界的联系。只要这个项目启动，就会有无数的游客来到南雍县，他们会给南雍县带来巨大的改变和发展……”

台下的人越聚越多，顾烟讲得慷慨激昂，大家听得热血沸腾，眼里满是对未来生活的渴望和希冀。

与此同时，在沙漠腹地深处，林漠头顶烈日，蹲在一只动物的还带着热气的残尸前，狠狠一拳打在了滚烫的沙地上。他终究还是来晚了一步。

根据群众举报，最近沙漠腹地发出腥臭的味道，监察大队以为是有人偷偷排污，没想到竟然是偷猎。

地上到处都是血，林漠的眼中冒着噬血的光：这群偷猎者将珍稀动物身上最有价值的东西硬生生地割走了，甚至是在这些动物还活着的时候……太残忍了！

小万和二胖也是看着眼睛发酸：这群人渣！

林漠拿起铁锹，就地挖了一个坑，将刚刚死掉的沙漠狐就地掩埋。漫漫黄沙，它生于此，葬于此，也算是死得其所了。

最后，林漠蹲在小小的土堆前，拍了拍土堆顶："好好睡吧。"

烈日刺眼，林漠用力地眨了眨眼睛，最后看了一眼那个小土堆，才戴上墨镜："走吧。"

他一定，一定会抓到那群偷猎者。

当天下午，林漠刚刚回到办公室，便有同事道："林队，队长找你。"

监察大队楼里，队长办公室。

宋重正在接电话。

林漠敲了敲门："队长，你找我？"

宋重做了一个进来的手势，继续在电话里道："徐局，我明白，好的好的，您放心，这件事我一定做好。好的，再见。”

放下电话，宋重坐到林漠的对面：“刚才的电话你也听到了吧，招商局徐局长的。政府希望尽快重启星海屋这个项目，以此来带动南雍经济的发展。几年前，LPT为星海屋这个项目所建造的星海机场，它的停工是你经手的吧？”

林漠点了点头：“建设项目在动工之前，都会向当地环保部门提交一份环境影响报告书，当年，经过我们的技术评估，星海机场的修建并未通过环保部门审核，需要整改重建——现在也是一样。”

“现在政府和投资商都想重启星海屋项目，由于时间紧迫，你看能不能……”

林漠眉眼严肃，打断宋重道：“不能。”

“林漠，我话还没有说完，你这……”宋重语重心长地道，“非常之时，当效非常之法，政府现在就指着星海屋这个项目拉动我们当地的经济。连招商局都同意，星海机场可以一边整改一边动工，你又何必非要坚持让人家整改完毕再动工？”

“《中华人民共和国环境影响评价法》第二十五条规定，建设项目的环境影响评价文件，未依法经审批部门审查或者审查后未予批准的，建设单位不得开工建设。星海机场如果未批先建，就会违反《中华人民共和国环境影响评价法》的有关规定。我只不过是按照法规办事而已。”

宋重拍了拍林漠的肩，起身拿起茶杯喝了一口：“是，你是按照规矩办事。不过现在呢，顾烟……”

林漠神色微变。

宋重咳嗽了一声，知道他向来公私分明，于是改口道：“LPT这边明确向招商局，以及我们监察大队表示，愿意接受环保部门的建议，星海机场一定按照规定进行整改。连徐局长也同意了，可以一边动工一边等待……”

“这件事情只要我负责，我就不可能同意。”林漠站起身，“队长，对我来说，环保没有折扣可以打。对不起。”

还未等宋重回答，林漠便拉开门出去了。

“哎，哎，你……”

宋重的声音被关在了门里。

林漠脸色铁青，右手狠狠地打在了墙上，顿时，一股剧烈的疼痛顺着五指一直钻到心底。

微信声音响起，林漠拿出手机扫了一眼，是顾烟。他没有理睬，径直下楼向办公室走去。一路上，微信声时不时地响起。几分钟之后，他刚进办公室的门，接连四五条微信提示音连续响起。林漠拿出手机看了一眼，将手机丢到了桌上。

“林队，快回吧，顾姐该着急了。”二胖转过头，笑嘻嘻地道。

“是啊，小心回去顾姐让你跪键盘。”

……

“都没事干了，是吧。”林漠冷冷地看向他们，“要不要给你们安排点事情做？”

“不用不用。”大家连连摆手，开玩笑，就他的工作量谁能受得了。

犹豫了几秒，林漠还是拿过手机，点开了对话框。

你回来了吗？结尾配了一个期待的表情。

为什么不回我信息？又是一个委屈的表情。

你没有网络吗？要不要我分你一点？

我今天累死了。

你什么时候回队里？

……

最后一条信息：你在干吗？

简简单单的四个字，却让林漠眉眼一颤，每当他想念她的时候，心里都会默默地问：你在干吗？

他的手指落在屏幕上，犹豫了两秒，最后还是将手机丢进了抽屉里。

晚上十二点，LPT南雍项目组办公楼三楼的灯依旧亮着。

顾烟正坐在电脑前全神贯注地做着星海屋的策划方案。在项目启动之前，相应的策划就应该发到下面各级旅行社，既是为星海屋做宣传，也是培养相应的潜在客户。

LPT对星海屋的定位，在几年前便是针对资产上千万的高端客户，自然不指望旅行社里能有什么人报名，但是，对潜在客户的培养是顾烟的一个习惯，也是她认为需要长期坚持的工作，有时候回报就在不经意间。

“叮咚——”微信声音响起。

顾烟的目光依旧停留在电脑上，随手拿起手机晃了一眼。

是林漠。他终于回来了。

她点开微信界面，上面就两个字：出来。

由于起身得太快，顾烟的膝盖撞到了桌沿上，疼得她轻叫一声。她正欲出门，想了想，又回身照了照镜子，理了理头发，最后拿出口红涂了一点，这才出了门。

皓月当空，满地银辉，林漠正背对她站在门口，披着一身清冷的月光。不知道他正在想什么，连她走到他身后都没有发觉。

“呃哼。”顾烟咳嗽一声，林漠这才回过神。他看了顾烟一眼，随后移开目光：“你最近瘦了。”

明明是很平常的话，却自带着一股温柔的关心。

“嗯，最近有些忙。”顾烟语调放软。

“忙？”林漠笑道，面上带着一丝疲惫，“是啊，忙着星海屋的重启。”

不对劲。

时间有点晚了，这个时候街道上已经没什么人了，只剩路灯昏黄，月光清冷。

她径直坐上了副驾驶座，神情一下子淡了下来：“有什么事我们出去说。”

林漠也不言语，径直上车，出发。

车速飞快，明亮的月光下，马路两旁零落的村庄，高大的树木快速往后退着。

一路风驰电掣。突然，一轮明月出现在前方不远处的天空，好似发着光的玉盘，且触手可及。他竟把车开到沙漠里来了。

林漠猛地一踩刹车，然后开门，下车。

顾烟花了好几秒，忍住喉间的恶心感后，才慢慢地下了车。

入眼处，满月当空，无尽的黄沙似雪。星海屋就在那一片光与雪的深处，安静、独特，而又自由自在。

两人相向而立，两侧清影。

还是顾烟先开口：“你什么时候回来的？”

“下午。”

下午？她先前还想，他有可能在沙漠中，手机没有信号……

顾烟抬眸：“为什么不回我信息？”

林漠看向她：“你上午做过演讲了？”

“是，我只不过把选择权交给全县的居民而已。”

“选择权？选择权的前提是知情权。”林漠面沉如水，“你只不过是给大家描绘了一幅美好的画面，但是却丝毫未曾提及重启星海屋的开发会带来的负面问题。”

他加重了“丝毫未曾提及”这六个字的音量。

顾烟又气又急：“我只不过是两利相权取其重。”

“那你能不能按照法律法规办事？”

心思流转间，顾烟明白了这句话背后的意思，于是抬高下巴。月光打在她的脸上，照得皮肤似上好的白瓷。她上前一步，眼里流露着讥诮的神情：“你以为我这么急着找你，是想让你网开一面，同意星海机场可以一边根据环保局的要求整改，一边建设？”

“顾烟，你不会为了这种事找我。你找了徐局长就已经够了。”

“是，我知道你不可能违规，让别人替你做决定，这不是很好吗？”

“顾烟，这就是根本问题所在了。”林漠后退一步，像是不认识她一样，“你觉得星海机场未批先建，是可行的。你们把经济发展，放在了‘环保法’的前面。只要能带动经济的发展，‘环保法’是可以往后推的。可是在我这里，不行！”林漠指着自己的心口，目光刚毅，“法律的意义，便在于它的同等性和强制性。”

顾烟张了张嘴，却什么都没有说。

如果说，她是现实主义者，那么林漠就是理想主义者。当现代都市的现实主义者遇上边远沙漠的理想主义者，他们之间仿佛隔了一个“撒哈拉”。

冷战来得理所当然，却又莫名其妙。

可怜南雍林业局监察大队的同事们，最近觉得副队长又变成了往日的工作狂，甚至比以前更甚，整天黑着一张脸，全身上下散发着一股子生人勿近的气息，让人不敢靠近。

大家找他汇报工作都是隔着一定的距离，并且一个字都不多说。上次二胖汇报完沙漠重金属垃圾排放案的进度，出门时不小心碰倒了一把椅子，副队长那冷冰冰的眼神像一把刀一样地丢过来，把二胖吓得够呛。自此以后，监察大队办公室私下流传着一个口号：珍爱生命，远离林队。

宋重：年轻人的吵架也是令人怀念的。

二胖：林队你也有今天。哈哈哈哈。

小万：林队这么好的人，顾姐为什么要和他吵架？

……

关掉最后一盏灯，林漠才觉得颈椎有点疼，揉了揉脖子，走出办公楼。

已经凌晨一点了，夜色很好，天空中，云层似薄雾一般飘逸，点点繁星在它的背后明亮、闪耀，浓密的梧桐树下空气似乎都比别处清新。

林漠摸出一支烟，放在鼻子下闻了闻，最终却还是丢进了垃圾桶。自从当年那件事之后，他已经好多年不抽烟了。

宿舍就在眼前了，宿舍楼黑黢黢的一片，看来大家都睡了。他的房间门口似乎坐着一个人……林漠停下脚步，竟是顾烟，正抱着膝盖，愣愣地坐在他的房门口，也不知道等了多久。

显然，顾烟也已经看到他了。两个人隔着几米的距离，沉默不语。

夜半风起，虽是盛夏天气，却依旧带着一股沁骨的凉意。

顾烟站起身，一双黑白分明的眼里却没有丝毫笑意：“监察大队已经这么忙了吗？”

“是啊，不遵纪守法的企业太多，只能加班加点。”

顾烟拍了拍手上的灰尘：“是吗？那辛苦林队了。”

林漠不理会她：“都已经这个点了，你找我有事？”

“现在没有了。”

也就是之前有？

顾烟看着林漠的眼：“我只是来告知林队一声，如你所愿，星海屋项目暂时停工了。”

停工？

“那你呢？”

会不会……受责罚？

“我？我自然是回江都啊。从哪里来，到哪里去，不是吗？”

三个小时前，顾烟接到了LPT总公司的电话。大老板李淮南亲自给她电话，让她暂停星海屋项目，马上回到LPT中国区总部。

大老板已经知道南雍所发生的一切：星海机场的批文迟迟未见下来，属未批先建，也未得到当地环保部门的支持。

同时，南雍县居民集体抵制星海屋项目。这一切的一切，都让LPT中国区总裁李淮南大为光火。更甭谈，这个项目想要重启，还要投入大笔的资金和大量的人力与物力。权衡利弊之下，LPT高层决定暂停南雍星海屋项目。

接完那个电话，顾烟脑子里一片空白，等反应过来的时候，已经到林漠的宿舍门口了。可是，她等了他两个多小时，却只换来他一句“你找我有事？”

顾烟上前几步，姿态从容：“林队毕竟对我有救命之恩，还曾帮过我的大忙，于情于理，我离开南雍，都得和你打一声招呼。”

“所以你的意思是，这里所有的一切，”林漠也向前走了几步，语气冷得像冰，“都只是为了感谢我的救命之恩。”

“是！”顾烟抬高下巴，笑得无懈可击。

“那好，顾总，慢走，不送。”林漠侧身，往旁边让开。

“再见！”顾烟头也不回地离开了。

林漠铁青着一张脸，拿出钥匙开门，却接连几次都未插进钥匙孔。最后，“哐”的一声，他一脚踢在门上，门应声倒下。

认　爱

顾烟离开的第一天。

林漠还是照常的上下班，只不过大家发现，一向一丝不苟的副队长，在工作时，竟会偶尔走神。

顾烟离开的第二天。

据二胖称，他和林漠一起出外勤，在经过LPT曾经租借的办公楼时，林队的目光停留超过了三秒。

顾烟离开的第三天。

小万不经意说了一声“顾姐”，然后便被副队长用寒冷似冰的眼神追杀。

……

顾烟离开的第七天。

星期三，食堂里有糖醋排骨，林漠不由自主地打了两份。看着盘子里的排骨，他终于意识到，他也许，可能，大概，已经爱上顾烟了。

林漠站在办公楼的楼顶。监察大队的地势比较高，站在这里可以很清楚地看到星海屋，也能看到LPT南雍项目组的办公楼。

身后有人走了过来，竟是宋重。

宋重拍了拍林漠的肩："小林，听说你最近心情一直不太好。"

林漠没有回答，却反问道："队长，星海屋项目暂停……"

"你只是按照规章制度办事，不是你的原因。"宋重打断他接下来的话，"星海屋这个项目，在顾烟接手的时候就是一个烂摊子。你看啊，首先，是以许老太爷为首的咱们当地人的反对；其次，是星海机场后期整顿需要大量的资金；再者，这个项目估计后期还得投入一大笔钱吧，所以这个项目到底赚不赚钱，到底能赚多少钱，还是个未知数。所以LPT暂停这个项目，也能理解。"

林漠看向沙漠中的星海屋，沉默不语。几秒钟之后，他问道："队长，你和嫂子结婚多少年了？"

"二十多年了。"

"那你是什么时候决定和嫂子在一起的？"林漠转头看向宋重。

“什么时候？”宋重笑了，看向林漠，“说出来也不怕你笑话，那个时候，我们的日子可是比现在穷多了，你嫂子就在镇上机关食堂里帮忙。那个时候是真穷啊，连口吃的都没有。你嫂子到我家吃饭，那个时候有一道菜，叫豆腐丝，可是那个时候条件不好，于是我妈便将野菜梗切得和豆腐丝一样，企图鱼目混珠——你嫂子没有嫌弃，反而很喜欢吃那个野菜梗。那个时候我就在想，能吃到一块儿的人，这辈子估计没跑了。”

林漠突然就想到了糖醋排骨，也不知道顾烟会不会怀念南雍县城的糖醋排骨。

与此同时，江都，LPT办公大楼，顾烟突然打了一个喷嚏。

“感冒了？”夏天拿着咖啡杯，出现在顾烟办公室的门口。

顾烟顿时笑了：“哪儿那么容易感冒。”

夏天坐到她的对面，脸上带着探究的表情：“刚刚开会，你是怎么回事？你不要告诉我，你没有听出江远扬话里话外的意思。他分明是想用南雍县的那个项目，将你彻底挤出LPT高层。你竟然一声不吭？”

顾烟脸上的笑容淡了下去。

夏天放下咖啡杯，倾身向前："顾总，你这次回来，我便发现你变了很多。你向来都不是坐以待毙的人，尤其是江远扬，你们斗了这么多年，没理由在现在这个生死攸关的时刻，你突然对他妥协。"夏天看了一眼顾烟，往后一靠，跷起二郎腿，"说吧，在南雍发生了什么？"

"妥协？夏天，我的字典里可没有'妥协'这两个字。"

"那是为什么？"

顾烟看向窗外："我也说不太清楚，可能只是某个瞬间，突然有点厌倦这样的生活，厌倦江都的高楼林立，厌倦这里的尔虞我诈，厌倦说句话都要思虑再三才开口……"

夏天站起身，一脸严肃："身在职场，便是这样，尤其是站得越高，人情越凉，要顾及思虑的东西也更多。你所说的那种生活，谁都想要，可那只是物质丰裕下的消遣。顾烟，想清楚你自己要的到底是什么，你真的舍得放弃这么多年奋斗所得来的一切吗？"

夏天离开了。

现在，整个LPT，怕是只有夏天会和自己说两句真话了吧，所有的人看见自己都唯恐避之不及。就连底下的那些员工，虽然表面上不敢对自己怎么样，但是私底下，她能想象出他们会怎样八卦自己。

站在高高的二十二楼，顾烟看着江都的钢筋水泥，满城烟火，想象着这个时候的南雍，已近黄昏，定然是彩霞漫天，炊烟袅袅，村子里的孩子们纷纷到路边抓萤火虫，而林漠……顾烟摇了摇头，想那个男人干吗？

门外，有两个其他部门的员工经过，边走边议论着什么。顾烟嫌吵，走过去想将门关严实，却不经意听到飘过来的几句话。

“好羡慕啊，你下个星期可以休一个星期的年假。快说快说，你准备去哪儿？”

“还没定呢，像我们这种穷老百姓，只能去周边的城市走走了。”

“什么穷老百姓，徐姐你有车有房，怎么着也得算是中产吧。”

“快算了吧，说起来有车有房，可还不是每个月都有房贷、车贷，连一分钱都不敢乱用……”

顾烟脑中灵光一闪。

她知道星海屋的问题出在哪里了。定位，星海屋的定位有问题。

顾烟坐在电脑前面，经过精密的换算之后，然后兴奋地叫了起来。

顾烟叫来陈光和小美："之前，我们一直将星海屋的受众群体定位在高端群体，想要做到沙漠定制之最。现在看来，这个定位是错误的。如果单就沙漠旅行而言，更适合高端群体的沙漠在世界上有很多。而且，高端群体对沙漠周边的配套设施也要求更高，而南雍县地处偏僻，暂时没有这个条件。"

而且，想想在沙漠上建高尔夫球场，建游泳馆等，那个男人绝对会反对到底吧。

"那我们的受众群体是？"

顾烟双眼放光："星海屋这条路线更适合为中产阶级用户私人订制。我已经算过了，如果为中产阶级客户私人订制，那么我们的投资回报期足足缩短了一半。在现在这个时刻，我们的目的是赚钱，而不是争行业第一。"

陈光激动地站了起来："如果是这样的话，星海屋很多高端的配套设施都可以去除，与之相应所会产生的生态、环境，包括其他的问题都会大大地减少。"

"是。星海屋，它可以满足中产阶级想要暂时逃离现实的愿望，它就是沙漠中的'桃花源'，负责给人们提供一个YY的地方。陈光，这一仗，我们非赢不可。"

LPT高层董事会上。

顾烟和江远扬就星海屋重启计划书2.0版唇枪舌剑，最后顾烟的计划书得到了李淮南的高度认可。李淮南批给星海屋项目一个亿的启动资金，并且给了顾烟一个真真正正的团队，帮助她重启星海屋项目。

散会之后，李淮南语重心长地拍了拍顾烟的肩："顾烟，不要让我失望。"

顾烟信心满满："不会的，李总。"

江远扬走在最后，镜片上的反光打到顾烟的眼上，冷冰冰的。擦肩而过间，他低声道："顾烟，我真是小看了你。"

"谢谢江总夸奖。"

"哼！"

星海屋2.0版前期的准备工作，计划缩短在一个星期内，以最快的速度完成。一个星期之后，南雍项目团队将正式再进大漠。

不成功，便成仁。

会议之后，顾烟一个人提前飞往南雍。李淮南对顾烟如此心系工作赞赏有加，还特地在集团例会上点名表扬了她。

飞机马上就要起飞了，空姐已经在催促乘客关掉所有的电子设备。

微信界面上，是一条已经编辑好的信息，内容很简单，只有一个航班号和时间。

“小姐，请关掉你的手机好吗？”

“好的，马上。”

顾烟不再犹豫，按下发送键，然后马上关机。

此刻，南雍暴雨倾城。这雨是从昨天晚上开始下的，已经下了整整一夜了。

此刻，南雍林业局监察大队办公室，大家都围在二胖的电脑前，收听新闻里主持人正在播报着天气预报。

“……此次强降雨乃十年之最，已造成本市5个县市区超过10个乡镇受灾……南雍防汛四级应急响应……预报水位还将继续上涨……请各相关单位、居民按照当地防汛预案做好防汛工作……”

“这么大的雨，可千万不要发生什么地质灾害，像山体滑坡、山洪暴发这种……”

“呸呸呸，你个乌鸦嘴！”

“我这不是担心吗？这么大雨，不知道多少动植物得遭殃……”

人群外，林漠却独自盯着手机出神。

二胖回头看了一眼副队长："林队，你看什么呢？"

他凑到林漠跟前，好奇地看向他手中的手机。

手机界面一暗，林漠将手机放进了口袋里，对着大伙挥了挥手道："我今天请假。"

"请假？不是林队，外面这么大的雨，你去哪儿？"

林漠的声音夹杂着沉闷的雨声自门外传来："机场。"

"机场？"众人面面相觑，纷纷冲到了门口。林漠打着伞已经冲进了雨里。可这么大的雨，打伞和不打伞已经没有区别了，才两分钟，他已经从头到脚全都淋湿了。

"林队，这么大的雨，去机场很危险的！"

没有回声。

二胖看向林漠所在的方向，叹了一口气："看来是顾姐回来了。"

"爱情真是让人冲动。"

一路上大风大雨，雨水打在挡风玻璃上，白茫茫地连成了一片，雨刮完全没有用。大白天，路上的能见度却不过几米。林漠看了一下时间，距离顾烟乘坐的飞机到达机场不过三个小时，可是这个路况，到机场最起码要四个多小时。

岔路口，林漠透过雨帘，扫了一下另外一个方向，那边是一条近道，不够安全，可是能够尽快赶到。

兰城机场门口。

顾烟坐在大厅，看了一眼时间，此时距离她发给林漠的时间已经超过半个小时了，半个小时已是她的极限，也是她最后的自尊。顾烟拖着行李箱，转身向出口走去。

大厅里，人来人往。外面的雨让顾烟想起来她和林漠相遇的第一天，那一天也是这么大的雨，他们冒雨去西山景区寻找大壮……

“好吓人！”

“是啊，这么大雨，这小孩怎么一个人？”

身后的人不小心撞了顾烟一下，匆匆道了声“对不起”之后，便站到了电视机前。顾烟看过去，发现电视机前挤满了人。

“就在刚刚过去的二点四十五分，南雍县城通往兰城的雍城老路上……”

雍城老路？顾烟不由自主地停下了脚步，微微侧身，仔细听着主持人的话。

“一位七八岁的小男孩不幸落入举水河中，幸好一位驾车经过的年轻人，当机立断，跳下了水，将小男孩救起。气象机器人在监拍此段洪峰时，无意拍下的这幅感人的画面，感动了无数网友，大家纷纷为这位热心的青年点赞。”

似有所感般，顾烟退后两步，看向电视屏幕。

画面里，河水湍急，一个大概七八岁的小男孩突然掉进了河里。不远处的马路上，有一辆车停了下来，从车里跑出来一个年轻人。

旁边的当地人议论纷纷："雍城老路？这条路旁有一条举水河，这个小伙子怎么会在这种天气走这条路？很危险的。"

另外一个人道："这条路离机场是最近的，也许人家着急赶航班，或者着急接人也说不定。"

顾烟心里"咯噔"一下，拿出手机，强装镇定地按着林漠的电话号码，但是，光是解锁密码，她便按了好几遍。

"您好，您所拨打的电话号码暂时无法……"

她不死心地再拨一遍，同时，死死地盯住电视画面。

电视新闻里，小男孩在河水里沉沉浮浮，看得让人十分揪心。而年轻人几乎是立刻跳进了水里，但由于雨势太大，两个人又相隔太远，年轻人努力了好几次，都无法到达小男孩的身边。在画面的倒数几秒钟，已经明显看得出年轻人体力不支了，他深吸一口气，然后猛地扎进了水中，一秒，两秒，三秒，都没有看到年轻人上来的影子。

即便知道最后年轻人救起了男孩，大家仍然是一阵惊呼。

“天啊！”

“太可怕了！”

顾烟死死地抓紧手机，盯着电视画面，拨打林漠的电话，依旧没有人接。

突然，茫茫的大雨中，小男孩身边突然冒出一个人头，是那个年轻人。

机场里顿时爆发出一阵热烈的掌声。

顾烟扶住行李箱，全身上下不由自主地发着抖：“混蛋，混蛋！林漠，你混蛋！”

两个小时后，机场大门口，一位三十多岁的女人拉着一个七八岁的孩子从林漠的车上下来。两个人身上都是湿漉漉的，孩子脸上是一脸的后怕，妇人则是一脸的感激：“谢谢您，谢谢您，如果不是您刚好从那条路上经过，我儿子他……”妇人将孩子推到林漠跟前，“快跟叔叔说谢谢。”

“叔叔，谢谢。”

林漠蹲在他的面前，左边脸颊上有一道狭长鲜红的伤口。他拍了拍男孩的头：“答应叔叔，以后无论去哪里，都要告诉妈妈，妈妈答应了你才能去，好吗？”

“嗯！”男孩重重地点了点头，然后小手摸向林漠脸上的伤口，在快要碰到时却又缩回了手，“叔叔，疼吗？”

“疼。可是，没有这个伤口就没有你了，所以值得。”

“谢谢，谢谢您。”女人犹自不停地感激着。

“以后即便是夫妻吵架，也不要放孩子一个人出去。”

“我记得了，谢谢您。”

女人带着小孩离开了。

林漠冲进机场。兰城机场很旧，也很小，距离南雍县城的距离也比较远——这就是为什么LPT急需建造属于自己的私人机场的原因。

小小的机场里，到处都是人。有人因航班延误正在大发脾气，有人因暴雨困在机场，大家都在打电话想办法。林漠狠抹了一把脸上的雨水，不甘心地四处张望，人头攒动，却始终都没有他要找的那个人。

大约看惯了这样的匆匆分离，所以大家并没有注意到，一个高高瘦瘦的年轻人一脸焦灼地在机场里来回奔跑。

林漠的目光不经意扫向门外，那个背影是……

“顾烟！”

林漠激动地冲进雨里，前面打着格子伞的女人应声回头，满脸诧异。

林漠脸上的笑容在瞬间褪去，涩声道：“不好意思，认错人了。”

雨很大，打在林漠脸上，一直凉到心底。他站在原地，任由瓢泼大雨倾盆而下。

几秒钟之后。

“那个女的明明和我一点都不像。”突然，背后一个熟悉的声音传来，带着几分不满。

林漠猛然转身。

大雨滂沱，顾烟身着一袭黑色长裙，撑着一把透明的雨伞，站在离他几米开外的地方，正微微偏着头看着他。也许是他的错觉，他竟觉得她的笑，像现在兰城的雨，带着一股湿意。

人来人往，林漠一步步地走向顾烟。他全身上下都湿透了，额头的湿发隐隐地挡住他的眼，只剩眸间星光闪耀。

“你的脸……”顾烟这才注意林漠脸上有一道新鲜的血痕，应该是刚刚救人时伤的。

话未说完，面前的男人微微弯腰，随后一个温柔的唇堵住了她接下来未出口的话，一股男性的气息铺天盖地而来。

雨一下子歪了一个小小的弧度，雨水打在雨伞上，滴滴答答。

伞檐的雨滴顺着顾烟光洁的额头落下，然后滚过林漠如峰的眉眼，最后才落到了地上。

整个世界一片寂静，风声、雨声全都听不到了，只剩彼此如鼓的心跳声。

几秒钟之后，意识回笼，顾烟退后一步，推开林漠，眼底眉梢带着一抹绯红：“我正准备离开。”

“抱歉。”

“为什么这么久才来？”

“雨太大了。”

“是吗？”

林漠拿开伞，偌大的雨滴顷刻之间打在他的发上眉间。他抹了一下脸，眯着眼道：“你看。”

顾烟分了半边伞给他：“车在哪儿？”

林漠接过她的行李箱，眼黑似墨：“车一直都停在出口。”

不知道是不是顾烟的错觉，总觉得他这句话别有深意。

由于雨势过大，所有的人都被困在了兰城。

附近所有的酒店都已经爆满，几经周转，林漠和顾烟好不容易才找到一个破旧的小旅馆。

前台大婶上下审视着他们俩：“只有一个大床房，要吗？”

顾烟犹豫了两秒，身旁一个男声已道：“要。”他搂住顾烟的肩，“老婆，怎么了？还是不舒服吗？”

顾烟了然，立刻按住额头道：“是，昨晚儿子吵得我没有睡好。”她看向前台大婶，抱怨地说道，“我儿子，刚刚三岁，闹人得很。”

大婶的脸色一下子好了起来：“那可不，我家小子三岁时，我家的狗都不理他。”

大婶很快帮他们办了入住手续，还细心叮嘱他们什么时候有热水。

门被关上了。

顾烟刚刚转身，便被林漠按住双手，压在门上了。

“儿子三岁了，嗯？”

他的鼻息在她的颈项边。

“好痒，你走开。”顾烟一边笑，一边扭动着身体挣扎着。

“别动。”林漠的声音一下子低沉了下来。

顾烟瞬间懂了他话里的意思，不由得有些尴尬：“那个，你先去洗澡。”

林漠看了她一眼，眼中似有小火苗在燃烧。

“洗澡？”

听起来似乎比平常沙哑一点的声音，让顾烟不由得耳朵一热。她从林漠的身下钻了过去，脸红红的，一双杏眼里满是笑：“你全身上下都湿了，赶快先去洗个澡。”

浴室的门被打开，随后“咔嚓”一声，关上了。

顾烟这才松了一口气，随后也不由得傻笑，自己也不是第一次谈恋爱，但是不知道为什么，在林漠面前，总是有一些不知所措。

浴室里，水声隐隐约约地传来。顾烟打开电视机，企图压过那股声音。新闻频道上，主播正在告知大众，雨势太大，注意安全。

“咯吱”一声，浴室的门开了。

“你这么快就洗好了？”顾烟回头看去。

林漠竟围着一条浴巾就出来了。

心跳瞬间加速。

他头发全湿了，越发显得面白如玉，眼神清亮——只是那一道伤痕也更加的触目惊心了。发尖滴下的水珠顺着他的肩膀往下，顾烟的目光也顺着往下：他竟有八块腹肌。

顾烟不由得咽了一口口水：“那个，你，你穿上衣服。”

“衣服都打湿了。”

呃，好像是的，这也是她让他去洗澡的原因。

林漠慢慢地走向顾烟，顾烟不由得往后退了几步。腰抵住了桌子，退不动了。

“你，你……”

林漠笑而不语，手放在顾烟身体两侧，向前倾身。他的气息喷在顾烟的颈项，惹得顾烟不由自主地向后微仰。

“你脸红什么。”

林漠眸中含笑，然后起身，晃了晃刚刚从桌子上拿起来的充电器。

“你……哼！”顾烟又羞又气，狠狠地跺了跺脚，转过身子就想走。

一双温暖的大手将她拉回到一个温暖的怀抱，随后一个湿漉漉的头埋在她的颈项，瓮声瓮气地道：“我想你了。”

顾烟的心瞬间软得像棉花糖一样，试着挣扎了一下，腰间的双手却从背后抱得更紧。

这一刻，时间缓慢而又温暖。

窗外雨声哗哗，雨点打在窗棂上滴滴答答地响，顾烟突然无比地感谢这一场雨。她转过身，脸埋进林漠的胸口：“林漠……”

“嗯？”

千言万语在心头，最后却只是一句话：“注意安全。”

“无头无尾的，怎么突然说这个。”

顾烟踮起脚，吻在林漠的嘴角。林漠似乎愣了一秒，然后化主动为被动。

早上七点，窗外的雨势渐小了，有淡淡的亮光透过窗帘照了进来。

有温热的触感顺着顾烟的腰线往上，直到她的肩膀、脸颊。

顾烟闭着眼睛往前面躲了躲，娇嗔道："别闹。"

以前看书或者看电视剧的时候，每当看到女主角被男主角吻醒的时候，总觉得矫情。直到现在这一刻，她才知道，原来情到浓时很难自禁。

顾烟翻过身，用手细细地划过林漠的眉、眼、鼻，最后是唇。

"啊——"

林漠轻轻地咬了她纤细的手指一口。顾烟吃痛地想要收回手指，林漠却抢先一步，抓住她的手指，放到了嘴里。

"你……"顾烟想要抽回手指。

"别动。"林漠吻了刚刚咬过的地方，额头抵住她的脸，眼黑似墨，"对不起。"

微风吹了进来，窗帘轻动，传来外面街道上熙熙攘攘的声音。

这一刻，如果时间可以静止多好。

“我那天……”顾烟微微推开林漠，看进他的眼里，“说的都是气话。”

“哪天？”林漠用手肘撑住头，一脸认真地看向顾烟。

“就，就那天……”

“那天是哪天？”

“林漠！你装傻是不是！”顾烟翻身骑在了林漠的身上，看到他的眼里满是得逞之后的笑容，很灿烂，很干净，就像窗外雨后初晴的天空。

此刻，这双如水洗过的眼睛看着顾烟道：“我们在一起吧。”

顾烟的笑印在林漠的眼里，她俯身，吻上他的眼：“好。”

“蜜　　月”

第二天正好是周日。

林漠和顾烟在酒店里腻了一上午，接近十点的时候才出发回南雍县城。

和昨天相比，今天的雨势已经小了很多。车行半路，雨停了，天空露出了湛蓝，飘着朵朵白云，远远的天边竟有一道七色的彩虹。除了小时候，顾烟已经好多年没有看到过彩虹了，她兴奋地拿出手机一阵狂拍。

林漠笑得一脸宠溺，大惊小怪。

“你看你看！”顾烟拿着手机献宝，一回头便撞进了林漠的眼里。他的目光专注而温柔，让顾烟突然想到了昨晚的缠绵，她立刻拿起手遮住林漠的眼。

林漠无奈地抓下她的手：“顾烟，我在开车。”

“哦，对不起。”立刻道歉，却又“扑哧”一声笑了。

林漠目不斜视，抓过顾烟的手放在自己的右腿上：“笑什么？”

“笑你的表白，逊爆了。”

“……”

“你知道吗？我一直幻想你会在满月之夜的沙漠向我表白。你想想，一轮皓月当空，十里黄沙似雪，你手捧鲜花，单膝向我下跪……哎哎哎，林漠，慢一点！慢一点！”

到达县城的时候，已经一点多了。虽然刚刚下过大雨，但是地面温度仍然非常高，街面上并没有什么人。

“咕噜——”顾烟的肠胃提出了抗议。

“抱歉，饿了吗？”

“嗯。”顾烟可怜巴巴地点了点头，都怪他，早上“运动量”过大，再加上兰城的早餐她吃不太习惯，于是到现在确实有些饿了。

车子在县城七转八转，最后在一家面馆前停住了。面馆名字叫“小宝面馆”，店面大约就是十几平方米，收拾得挺干净，简单地放着五六张桌子。只见两个头发花白的老人正在门口靠着打盹。

“张叔，张婶。”林漠走上前去打招呼，顺手拿下张婶手中拿着的抹布。

“哦，小林，你来了。”张婶看着林漠，脸上的笑容立刻伸展开来。她身旁，林叔也站了起来。

“这个闺女是？”张婶打量着站在林漠身旁的顾烟，难掩激动的神色，“这是不是大伙儿说的小顾？”

“老婆子。”张叔拉了一下张婶的袖子。

“没事的，张叔，这位是我的女朋友，顾烟。”林漠拉过顾烟，“这是张叔、张婶。”

顾烟立刻走上前，微微地弯腰：“张叔好，张婶好。”

“好，好。”张叔嗫嚅着嘴，不知道说什么好。

“长得真好看！小林，你们吃饭了没？”

“不用麻烦了，我们……”顾烟话还没有说完，肚子里传来一阵“咕噜咕噜”的声音。

“不用客气了，你尝尝张叔、张婶的手艺，他们做的面非常好吃。”

“那，谢谢了。”

“来，闺女，这边坐。”张婶笑着拉过顾烟的手，让她坐在靠门的第一张桌子边。张叔拿着抹布，将桌子擦了又擦。

“老头子，下两碗肉丝面，多放青菜多加肉。”

“哎，哎。”张叔立刻走开了。

林漠道：“张叔，不用那么麻烦了，简单的一碗清汤面就成。”

“那可不成，这是你第一次带姑娘回来。”

第一次？

顾烟看了一眼林漠。林漠一副没有听到的样子，走到张叔身边：“张叔，我帮你。”

张婶拉着顾烟的手，絮絮叨叨地道：“真好，真好！林漠这孩子，从小就是个孤儿，转业到咱们南雍县，一干就是七八年。他满心都是工作，一点都不知道操心自己的事。我前几天还在和你张叔念叨，小林也该娶个媳妇了。咱们家小宝如果还在的话，也该……”张婶停顿了两秒，随后强撑着笑脸道，“小林终于有人照顾了。”

小宝？张叔、张婶的儿子？他和林漠是什么关系？

顾烟看向门外的林漠，他正在给张叔打下手，并没有听到这边的谈话。

临走的时候，张婶拿出一个红包，非要塞给顾烟。

这怎么像是第一次见公婆？还收见面礼。

顾烟死活不收：“张婶，我不能要您的钱。”

“闺女，拿着，快拿着。”

顾烟为难地看向林漠，林漠一脸坦然：“拿着吧。”

没办法，只好收下了。

“这就对了。闺女，下次有空再到婶这儿来吃饭。”

“好！”

车子已经走远了，后视镜里，张叔、张婶还在向他们挥手。

顾烟看向林漠：“怎么从来没听你提过，这两位老人是？”

林漠笔直地看着前方的路：“小宝是我的战友，他们是小宝的父母。”

“张婶说，小宝几年前过世了，他是怎么过世的？”

握在方向盘上的手一紧，林漠看了顾烟一眼。不知道是不是顾烟的错觉，她觉得他的眼里是一闪而过的悲伤。

林漠的老家，是在江都西山，可是他转业后的工作却是在甘肃偏远的南雍县，这一切大约是和他这个战友有关？

顾烟的手放在他的膝盖上，头也轻轻地靠在他的肩上。

“林漠。”

“嗯？”

“你现在有我了。”

“……嗯。”

“所以那些痛苦的、不开心的事，不要一个人扛。”

林漠没有回答，只是用脸颊蹭了蹭顾烟的发：“好。”

如果时间能够这样停滞该多好，即便前路漫漫，他们都在彼此的身旁，没有猜忌、没有争吵、没有LPT、没有监察大队。他们就这样，一路走到地老天荒。

脑子里的幻想还未散尽，顾烟的手机铃声便响起了。

“喂，你好。”

“顾姐，我是二胖，不好意思打扰了。请问林队和你在一起吗？他的电话一直打不通。”

顾烟坐直身子，看了一眼林漠：“是，他和我在一起。”

二胖松了一口气的样子：“林队前天冒雨去机场之后，电话就一直打不通，我们都快吓死了。”

一只大手从顾烟手中接过手机，林漠道：“有事？”

“林队，下个星期可是轮到你值班了，你啥时候回来？”

“我已经到了。”

“啊？”二胖有些诧异，随后八卦地道，“林队，你今天才回吗？你和顾姐，是不是那个……”

“喔喔喔！”对面响起一阵阵的怪叫声。

“哎哎哎，你们走开。林队，林队透露一下嘛……”

二胖尤自在电话里问东问西，林漠却已经挂掉了电话。

顾烟接过自己的手机：“他们为什么打到我这里来了？

你的手机呢？”

“关机了。”

关机了？大白天关机，这叫什么回答？

林漠看了顾烟一眼：“免得被打扰。”

笑意，不由自主地从嘴角蔓延开，直至顾烟的眼底。什么嘛，这么一本正经地撩妹。

林漠话音刚落，车子猛然一个拐弯，视线豁然开朗，漫漫黄沙出现在了他们的面前。

顾烟疑惑：“我们不是要回县城吗？”

林漠居然把车开到沙漠里来了。

“我们在沙漠里待一个星期吧。”

“什么？”

没想到，在沙漠深处的腹地，居然还有一个林业局监察大队的临时驻地。临时驻地实行的是轮岗制，监察大队每个人每个月都会在这儿值一个星期的班。

三十分钟之后，一栋白色的两层小楼出现在了顾烟的面前。

天高云阔，它静静地立在十里黄沙之中。

两个人下了车，林漠先去开门，突然想起来：“顾烟，将车后座上的袋子拿下来。”

“好。”

打开门，顾烟好奇地四处张望，一楼办公，办公区旁边有一间极其简易的厨房，其简易的程度，就是一个锅，几幅碗筷。二楼是队员们的宿舍，推开宿舍门，里面有一张床，靠窗的桌子上，还放着一些干粮和食物。

驻地地处开阔，站在阳台上，能清楚地看到四面八方的来人或者动物。

昔日，这是一个简单的、热烈的、安静的、平和的世界。

顾烟回过身，眼里满是笑意：“这里仿佛另外一个世界。”

林漠走近她，抱住她的腰，下巴放在她的头顶，目光看向眼前这一片烈烈黄沙：“每当我不开心的时候，我便会来这里。”

顾烟故意噘嘴：“你现在不开心吗？”

林漠吻了一下她的额头：“我忘记说了，太开心的时候，我也会来这里。”

“这还差不多。”

手机铃声响起。

“喂。”

“喂，林队……”

林漠按住手机：“你先休息一会儿，我去一下一楼。”

“好。”

顾烟回到室内，正在犹豫是不是要让林漠回监察大队拿一套干净的床单被套时，赫然看见刚刚林漠让自己提下来的袋子里，便是干净的三件套，打开一闻，还有阳光的味道。

这两天，他都和自己在一起，难道是……顾烟脸上有热气慢慢地冒了出来，难道是他出发去机场接她前，便已经带上了？

五天的时间，对于身陷热恋中的情侣来说，哪怕一分一秒，都弥足珍贵。

这世上一切的纷繁复杂似乎都与他们无关，这里，便是他们两个人的世外桃源。

这五天的时间里，除了林漠的工作时间，其他所有的时候，他们整天都腻在一起，看书、散步，或者在彩霞漫天时，他载着她，到大漠更深处，辨认各种有趣的植物，他告诉她如何在沙漠里寻找水源，哪里常有那些平常看不到的萌宠动物。

他们在晨光中等待，只为沙漠里盛开的第一朵花；他们在暗夜里流连，只为看在夜半时分才会出现的小动物。他们一起驱车到沙漠更深处，看那些无人看过的独特风景。

“沙漠是一个微型的世界，这里的动植物都有自己生活的套路。读懂它们，你便能和这片沙漠和平相处。”

“你读懂了吗？”

顾烟歪着头看向林漠，一头长发在风中飞扬。

“我在试图读懂。”林漠倾身吻了一下她，车子在广阔无垠的沙漠上留下一个大大的弯道。

最大的问题，便是用水。

沙漠本就缺水，饮用水还比较好解决，但是想要天天洗澡，便是个十分奢侈的愿望了。林漠还好，在南雍生活多年，已经习惯了用最少的水，来做最多的事。

但是顾烟却不行，且不说她轻微的洁癖，她已经三天没有洗头发了，每天洗澡也只是用一盆清水擦一下身子。她觉得自己全身上下，包括头发缝里，都沾着一粒粒的黄沙，经过烈日一照，便会分化出不知名的有毒物质。

可是，如果特地去县城，只是为了洗头洗澡，好像又有点小题大做了。

在顾烟第三次一脸嫌弃地闻了闻自己的长发时，林漠看了一眼时间，然后起身：“走吧，我们去一趟县城。”

顾烟眼睛亮了，随即又道：“可是，还没到你下班的时间。”

“嗯，我今天早退十分钟。准备一下，马上出发。”

“好。”

林漠去发动车子了，顾烟却有点头疼，虽然她很想找个理发店洗个头发，但是，他会不会觉得浪费？

“想什么呢？上车。”

“哦。”顾烟坐上副驾驶座，依旧有些苦恼。

突然，林漠的脸凑到自己的面前，顾烟连忙往后靠了靠：“那个，头发有味道……”

“咔嚓”一声，林漠拉下副驾驶座上的安全带，帮她系好。

“正好，我要去理发店理发。”

“太好了！”顾烟差点跳了起来，注意到林漠似笑非笑的目光，她道，“额，我的意思是，你的头发确实，确实该剪了。”

很快便到了目的地，从外观上看，这里是一家装修得十分好的理发店。林漠走在前面，推门进去，只听见一阵清脆的风铃声，顾烟跟在他的身后，刚进门，意外地感叹了一声，在十三线城市南雍竟能有这么江都的店子！

店子很大，店面装修得简约大方，主要颜色以白、蓝为主，非常有北欧风，顾烟瞬间有一种回到了江都的错觉感。

这个时间点，店里没有什么人，一个女人正弯着腰做卫生，听到响声回头，一见来人，眼里的笑仿佛要溢出来似的：“林队，你好长时间不来了……”

正巧，顾烟踩着她的尾音进了门，女人的目光转到她的身上，随后又看了林漠一眼，那眼里的笑便淡了下去，带了几分欲言又止地探究：“这位是？”

“抱歉忘记介绍了。”林漠将顾烟拉到他身边，“这位是顾烟，我的……”

女人的目光飞快地从林漠拉着顾烟的手上略过，然后笑着打断林漠：“我都听说了，这位就是住在林队宿舍的那位女游客吧？”她伸出右手，“你好，我叫沈宁，大家都叫我宁姐，是这家理发店的老板。”

沈宁身着一身烟雨色的格子旗袍，一根同色的发簪在脑后将头发固定成丸子头。她眉眼含烟似雾，带着一股江南女子的风情。

好漂亮的老板娘。

顾烟余光扫了一眼林漠，他居然给她惹桃花，但脸上依旧带着笑意伸出手：“宁姐，你好，我是顾烟，林漠的，”顾烟看了一眼林漠，又迅速地收回目光，“女朋友。”

沈宁愣了零点几秒。

两个女人的手微微碰了碰，便立刻各自收回。

顾烟的手还未彻底落下，一只温热的大掌便伸了过来，与她十指相扣，于是刚刚心底的那丝躁意便被熨平了。顾烟轻轻地摇了摇林漠的手，两个人相视而笑。

沈宁注意到两个人的小动作，拿着抹布的左手不由自主地抓紧，有水溢出，虽是盛夏天气，却依旧冷得沁人。

林漠推着顾烟的肩膀，将她按到一个理发椅上坐好："宁姐的手艺很好，你不用担心。"

这种情况下才更应该担心好吧？等等，顾烟回头："不是你剪头发吗？"

林漠俯身，在她耳边低声道："你坐在这儿等我——刚刚不是说你是我的女朋友吗？男朋友的发型美丑，我认为作为女朋友的你会很关心。"

顾烟打了个寒战，不由自主地缩了缩脖子，想不到看起来刚正不阿的男人说起情话来，也能这么撩动人心。

她对上镜子里林漠的眼，笑颜如花："宁姐手艺很好，我不担心。"

"是吗？"

林漠站直了身子，看向沈宁，眼神明亮："宁姐，帮我把头发剪短一点。”

“再剪短可就是板寸了。”

“板寸就板寸。”

“你……”沈宁欲言又止，随后负气似的道，“随便你。”

“顺便，帮顾烟洗个头。”

顾烟感激地看向林漠，后者却一脸“嫌弃”地道：“免得你的头发油到我的床单。”

沈宁的脸瞬间变得苍白。

十五分钟之后，看到林漠的板寸头，顾烟才明白了沈宁的那句“随你”是什么意思。

他的耳后，有很长一道疤，缝过针，像是一条丑陋的蜈蚣。

之前有头发的遮盖，看不出来，现在换了个发型，那块疤痕显露无遗。

八月的阳光，高调而又浓烈，顾烟站在这样的阳光下，却觉得浑身上下懒洋洋的。她微微仰头，看向他的耳后，然后，轻轻地环上他的腰。

林漠看了一下四周，脸上升起可疑的暗红，微微用力，想要挣开她的双臂。顾烟却不肯松手：“就让我抱一会儿，一会儿就好。”

“顾烟。”

“嗯？”

吞吞吐吐：“我没谈过恋爱。”

“不会吧，你这么帅，怎么可能……”顾烟还未说完，猛然明白了他话里的意思，因为没谈过恋爱，所以，不知道怎么对一个人好？所以才为了让她安心地洗个头发，而特意剪短了自己的发？

怎么办，顾烟的头埋进他的怀里，明明是刚刚开始，她却好像越来越喜欢他了。

一个星期的时间很快过去了，LPT的南雍项目组团队已经到了县城，林漠的夜班生涯也结束了，他们该回去了。

黄昏时分，彩霞漫天，站在二楼的阳台上，橘色的夕阳洒在金色的沙粒上，整个沙漠显得美得安静，而又惊心动魄。

顾烟留恋地抚摸着阳台上凹凸不平的纹路：“林漠，我们以后还有机会来这里吗？”

林漠走上前，从背后抱住她：“只要你想来。”

顾烟握住林漠放在腰间的手，看向更远的远方：“我小时候有一个梦想。”

“说来听听。”

“那你不许笑我。”

“我不笑你。”

“我有没有和你说过，我的家人。”

“没有。”

“那就对了，我没有家人。”顾烟苦笑，眼里满是寂寥。

“顾烟……”

“我的母亲嗜赌，我的父亲在决定离开我的母亲前病逝了。后来，我的母亲带着我，很快地再婚，然后生下了我那个可怜的弟弟。可是，平静的日子过了没多久，她又离婚，彻底抛弃了我和弟弟，不知所踪了。”太阳一点一点地落到地平线下，顾烟的声音格外的平静，“林漠，你知道吗？我有时候在想，我还不如从生下来便是一个孤儿。”

林漠转过她的身子，看进她的眼里：“即便如此，我依旧感激丈母娘，将你生了下来。”

顾烟耳朵一热：“别瞎叫。”

“好，不瞎叫。”林漠拥住她道，“你说你有一个弟弟。他人呢？”

“他天生不能与外界接触，只能生活在绝对干净的环境中。”

“医药费很贵？”

顾烟点头：“很贵很贵很贵。”

林漠吻在顾烟的发顶，所以，她才那么拼命地工作吗？觉得钱很重要，钱能改变人生？

“所以，你的梦想是想要一个家吗？”

“嗯。这一次，LPT会重新装修星海屋，星海机场也会按照要求整改……”

“顾烟，星海机场……”

顾烟转过身，举起右手：“你放心，星海机场我会按照《环境保护法》重新整改的，绝对不会未批先建，一定会先得到林业局的批准之后再……”

林漠打断顾烟道：“星海机场可以说是为星海屋私人订制的是不是？所以它的规模其实有限。”

“对啊。”

“如果，”林漠抓住顾烟的双肩，眼里发着光道，“如果星海机场可以成为南雍县和附近几个县的交通枢纽呢？”

仿佛有什么东西在脑子里炸开，顾烟猛地睁大了眼：“你是说……”

林漠点头，眼黑似墨：“对，南雍政府和LPT共建星海机场，双赢。”

这样的话，机场扩建后星海屋的游人数量也会增加，而南雍县和其他几个相邻的县，不仅加大了对外交通，也一定会吸引到更多的投资。

顾烟眼神瞬间亮了起来。

拆　迁

这一次，LPT南雍项目组来了有十来个人。

大家一入驻南雍，便立即进入了紧张的工作状态：星海屋的再装修，星海机场按照环保法要求部分再建，还有沙漠星海屋这个项目的前期策划宣传，等等。总之，一系列的事情让顾烟忙到脚不沾地。

而林业局监察大队那边，因为沙漠重金属偷埋案和偷猎案，也是忙到不可开交。因此林漠和顾烟两个人，同在一个县城，倒成了“异地恋”，只能抽空打打电话以解相思之苦。

LPT办公楼，晚上七点。

顾烟肩膀上夹着电话，问对面的林漠：“你吃了吗？”

电话那头传来“啪啪”的键盘声：“吃过了，你呢？”

看样子，他也在忙。

“还没呢。”

“还没？赶快去吃。”

二胖的声音跟着响起：“林队，检验科的报告出来了。”

“知道了。”

顾烟这边，“笃笃笃”，陈光敲门，身后跟着小美。

顾烟做了一个“进来”的手势。

“我先去忙了，你记得吃饭。”林漠在电话里叮嘱。

“你也是。”顾烟放下电话，缓了两秒才道，“什么情况？”

陈光难掩激动的神色：“顾总，关于星海机场，招商局负责申报、政府批准的拆迁文件已经下来了。”

顾烟站起身，嘴角也带着大大的笑意：“这么快！”

小美激动得都快哭了：“是啊，顾总，比我们想象中的快多了呢。”

“看来招商局比我们还着急。”陈光已经摩拳擦掌了。

小美又道：“可是顾总，我以前一直都听说，像这种文件都会下来得比较慢，为什么这次这么快？”

顾烟拿过陈光手中的文件，眼神发着光：“星海机场这个项目，现在是由LPT和当地政府各投入百分之五十建设，它的性质是半公半私。一旦建成，便是南雍县城的重要交通枢纽，甚至可以带动附近几个县的经济发展，当然是越快越好。只不过我没有想到，大老板居然这么爽快地就答应了我的建议。”

“虽然机场扩建，费用增加，可是南雍县政府也承担了一半，这样的好事，大老板为什么不同意？”小美撇了撇嘴，随后又是一脸向往，“等机场建成，到那时候，咱们的星海屋肯定会游人如织的！”

“那肯定了。”陈光看向顾烟，“不过，顾总，星海机场扩建，机场周边十公里都要拆迁加建。”陈光指着地图道，“这一片区域，还有这一片区域，因为相对偏僻，涉及的村民也比较少，所以政府将这两块区域划到了机场。”

这对周遭的村民来说，未必不是一个好消息，拆迁要赔偿，意味着他们可以将家搬到更热闹的县城。

“陈光，跟紧机场拆迁进度。”

“是。”

顾烟转头看向小美：“小美，星海屋重新装修的进度怎么样了？”

小美手握成拳，信誓旦旦地道：“顾总放心，我每天都盯在星海屋，一切都在按原计划进行，一定会在机场扩建前完成！”

“那就好。”顾烟嫣然一笑，笑得三分笃定，“星海屋重启，指日可待了。”

招商局的速度非常快，仅仅不到半个月的时间，便和拆迁户商讨好了赔偿事宜。接下来，便是拆迁办的工作了。

只是没想到，顾烟刚刚松了一口气，便出事了。

“顾总，不好了！”这天上午，陈光气喘吁吁地冲进办公室。

陈光甚少有这么慌张的时候，顾烟不由得也紧张起来：“怎么了？”

“拆迁……拆迁出事了！有一户人家坚决不让拆，男主人已经爬上房顶，说要自杀！”

自杀？

“走，去看看。”

顾烟万万没有想到，陈光口中所谓的钉子户，竟是张叔、张婶一家。张叔、张婶家的旧房子在机场扩建的范围内。

四周的房屋已经被拆得差不多了，到处都是已经倒塌成碎片的房屋。机器停在了张叔、张婶家旧房子门口，围观的群众和拆迁办的人正在争论着什么。

远远地，顾烟就能看到沉默寡言的张叔坐在一栋二层老楼房的楼顶上，神情激动，手里还拿着一把菜刀。

顾烟艰难地从人群中挤了过去，只见张婶正坐在地上痛哭。顾烟赶紧上前，想要扶起她："张婶，张婶您先起来。"

"我不起来！他们想要拆了我的老家，除非从我的身上碾过去！"

"老人家，您这说的叫什么话……"一旁的工作人员一脸为难道，"你们家之前不是已经同意拆了这栋老房子吗？连合同都签了，白纸黑字的，您可不能冤枉人。"

围观的邻居纷纷劝道："张叔您先下来。您这么大年纪，摔下来可怎么好。"

"是啊，张叔，你说小宝如果还在的话，看到您这个样子……"

一提到小宝，更是触动了两位老人的心，坐在屋顶上的张叔不由自主地落下了泪，张婶更是哭天抢地："小宝啊，如果你还在的话，别说一套房子，几套房子我也随他们拆去了。咱们家这套房子一拆，每年过年、忌日，你去哪儿找家。"

围观的邻居中，不少人是看着小宝长大的，也跟着拭泪。

“也难怪张叔、张婶不想拆，这可是他们家老房子，小宝就是在这栋房子里出生的。”

“可不是，后来小宝出事，老两口心伤透了，这才搬到了街上。”

……

顾烟黯然，原来如此。

太阳越来越大了，张叔身上的上衣已经被汗水打湿了，额头上也有汗水不停地落下，他的身形晃了晃，隐隐有些坐不住的感觉。

顾烟一把抢过工作人员手中的喇叭，焦急地喊道：“张叔！张叔！我是顾烟，您先下来好不好？”

“就是你，就是你要政府拆了我们家的房子！是不是？”张叔看向顾烟，神情激动。

不知怎么的，顾烟竟然有些不敢对视老人的眼睛。她往后退了一步，却不小心撞上一个胸膛。

“对不……”顾烟回头，竟是林漠。

他眉头皱得死紧，额头上满是汗，一看便知是接到消息匆忙赶过来的。他看都没有看顾烟，先是看了一眼张叔，然后径直走向痛哭的张婶，蹲在她的面前，扶住她的肩道：“婶。”

张婶看了一眼林漠，又想起自己的儿子，瞬间便是撕心裂肺地疼：“小宝啊——”

屋顶上，张叔也跟着落泪。

林漠扶着张婶的手微微地颤抖，背挺得笔直。顾烟只看得到他的侧面，见阳光打在他的睫毛上，似有着星星点点的水汽，低着头，额头的头发散落下来，挡住了眉眼，他深吸一口气，对张婶道：“婶，如果小宝还在，他也一定不愿意看到你和张叔这个样子。”

“我知道，只是这个家，”张婶环顾着四周，眼神惶恐，“这个家要是不在了，小宝，小宝以后可怎么回来。小林，我昨天晚上梦到小宝了，他说他找不到回来的路了，他说他迷路了。”

林漠的手在身侧紧握成拳，原来这就是他们临时反悔，坚决拒绝拆迁的原因。

房顶上，张叔的身子一歪，随即又死死地撑住屋檐。

“老头子！”张婶急得站了起来。她看向林漠，“小林，快，快把你张叔弄下来……”

底下围观的邻居发出一声惊呼：“张叔，下来吧！下来吧！”

有工作人员想进入老房子，但是人还未靠近，便被张叔发现了，拿着刀子大声道："别过来，再过来我就跳下去了！"

"好好好，大爷您别激动，我不过去，不过去。"那人连忙退开。

林漠观察了一下四周，前门不能进，就只能从房子背后爬上去了。

顾烟看了看林漠，他正耐心地安抚着张婶，察觉到他的目光，林漠回首，看向顾烟。顾烟挑了挑下巴，指向因拆迁被扔在一旁的木梯子。

林漠微不可闻地点了点头。

顾烟拿着喇叭，继续对张叔道："张叔，您先下来。我保证在您和张婶同意之前，您家的老房子绝对不会拆。"

张叔下巴颤动："真的吗？"

"您也说了，这房子是我让拆的，所以我说话肯定算数了。您先下来。"顾烟轻声细语地劝道，"下来之后，我们再看看这个事情怎么解决。但是您放心，您不同意拆，我们肯定不会私自拆的。"

"老头子，快下来。"

"好，好，我先下来。不拆，不拆。"张叔叔颤颤巍巍地站起身。

大概是因为太阳太大，又或者是他在屋顶坐了太久，张叔在站起来的一瞬间，脚下突然一滑，整个人不受控制地向后面倒去。

“张叔！”顾烟一声惊叫。

“啊！”所有人都一阵惊呼，大家立刻向屋后跑去。

屋檐倾斜，有一定的坡度，张叔又是头朝下栽下去，如果摔到地上，后果不堪设想。

老屋的第二层，有两扇后窗。万幸，林漠正想趁张叔不注意，从屋后爬上房顶。岂料，他刚刚爬上窗户，便看见张叔栽了下来。此刻，他一只手抓着窗户，另一只手拉着张叔，满脸的青筋都暴了出来。

“快快快，再找个长梯子！”

“找什么梯子！”顾烟回头，一双杏眼里满是焦虑，“挖掘机开过来！”

当张叔从挖掘机上下来的时候，一脸苍白。张婶立刻冲了上去，抱住张叔道：“老头子，你吓死我了！”

顾烟的心跳这才平缓下来，她看向林漠，背心全是冷汗。

顾烟走到林漠背后，轻轻地握住他的手。也许是刚刚太过紧张，用力过度，林漠的手微微发颤，他轻轻地回握住顾烟，愣愣地看向站在一片废墟中的张叔、张婶。

“大家都散了吧，散了吧，已经没事了，停工了。”

几个老街坊拉着张叔、张婶的手，嘱咐了好一会儿，才转身离去。

“顾总，这……”拆迁办的几个人看着顾烟。

“你们也先回去，有消息上面会通知你们的。”

人群纷纷散去。

张叔一手握住顾烟的手，一手握住林漠的手：“你们说的是真的吧？咱们老家不拆？”

林漠看了一眼顾烟：“叔，您放心，顾烟说有办法，就一定有办法。”

“是，叔，我今天就去招商局，看有没有其他的办法，我们争取能找到一个双方都能接受的方案。但是您放心，如果你们不同意拆，没有人会拆的。”顾烟再三地承诺道。

“那就好，那就好。你放心，拆迁款我们不拿，一分钱都不拿。”

“嗯，我知道。”顾烟鼻子一阵发酸。

顾烟看向后视镜，已近午时，两位老人相互搀扶着，背后是那栋二层小楼。他们的周边，已经拆得七零八落了，只剩他们站在那片废墟上，守着事关儿子的最后一点念想。

她以前一直以为，钱能解决这个世界上所有的问题，但是依旧还是有很多的情感，超越了金钱，甚至超越了生死。

“小宝家的老屋不得不拆，是不是？”林漠笔直地看向前方。

星海机场项目，当地政府是全力配合。此次拆迁，政府批示文件早已下来，各项赔偿事宜也和镇民们协商妥当，张叔、张婶临时决定不拆，确实可能性不太大。

顾烟沉默了两秒：“是。”

毕竟，已经开始拆迁了，不可能独留下那栋两层楼的老屋。

林漠半天都没有出声，好半天才道：“那你说的办法是什么？”

“我想将他们的房子挪一下。”

“挪一下？怎么个挪法？”

“张叔、张婶家的老房子，正好在拆迁范围地最边上，我想将老屋往南雍县城的方向平移一千米，一砖一瓦都不变——当然，这需要和招商局谈，看能不能给争取到一定的拆迁款。这样，他们以后的生活有一个保障，又能留住和儿子共同生活过的记忆。只是不知道，张叔他们会不会……”

“吱——”的一声，车猛地刹住了。顾烟的身体狠狠地往前一倾，随后又靠回到副驾驶座上。随后，林漠将车子熄了火，然后转过身，看向顾烟，眼里似夜半时分的大漠，宁静而又神秘。

“林漠，你干什么？”

顾烟话音刚落，林漠便向前倾身，随后一股树木的清香味包裹住了她。

他抱得她很紧，紧得她都要透不过气来了。

“林漠，咳咳，林漠，你放开我，你勒到我了。”顾烟试图推开他。

“对不起。”

“什么？”顾烟一愣，忘记了挣扎。

林漠微微松开拥抱她的力度，看向拆迁的方向：“你不用觉得愧疚。”

无头无尾的一句话，顾烟却瞬间懂得了他话里的意思。放在他身侧的手，缓缓地回抱在他的腰后。她这才觉得自己的鼻子有一点酸，刚刚的确是在害怕，怕张叔出事，怕张婶出事。虽然不知道林漠和小宝之间到底有过什么过往，但是从林漠特意带自己见两位老人，从两位老人第一次见面非要给自己红包上看，他们应该关系匪浅，甚至可以说是“一家人”的关系。

顾烟用力地眨了眨眼睛，使劲吞下鼻尖的酸意：他懂，他居然都懂。

她将头埋在林漠的肩头，低声道："谢谢。"

温热的大手轻拍在她的背上，随后她的发顶落下一个吻。林漠的笑声在头顶响起："傻瓜，不用谢。星海机场扩建，这个主意是我出的，要怪也得怪我，一切都和你没关系。"

胸口似乎有一点湿意，想要抬起顾烟的脸，可是她死死地抱住他的腰，头埋在他的胸口不起来，林漠无奈："顾烟……"

"我抱一会儿就好。"

这还是自沙漠腹地回来以后，他们两个人第一次见面。

午意正浓，有成群的牛羊从车外经过，发出一阵懒洋洋的叫声。

"中午想吃什么？"

顾烟坐起身，兴奋地看向林漠："你有时间吗？"

林漠突然觉得有些愧疚，这段时间太忙了，连陪她吃个饭，她都高兴成这样。他正欲开口，手机铃声响起了，宋重的名字在手机界面上闪动。

顾烟的神情一下子淡了下来。

林漠将手机丢到后座上，准备打火：“你昨天在电话里不是说想吃鱼吗，咱们今天……”

下一秒，手中的钥匙被顾烟抽了过去。随后，她欠过身，拿过后座上还在锲而不舍地响的手机递给他：“接电话是基本礼貌。”

说完，她打开车门，下了车。

“顾……”车门“砰”的一声被关上了。

林漠无奈地按下接听键，“队长……”

宋重的大嗓门通过手机传了出来：“林漠，你小子偷偷跑去哪儿了？赶快给我滚回来！重金属案有紧急情况。”

林漠立刻正襟危坐：“我马上回来。”

电话挂断，林漠立刻想要推门下车找顾烟，不想，手刚触到门，门却从外面被拉开了。

顾烟正眉头微蹙看着他。然而，还未等他开口解释，她便道：“挪过去。”

“啊？”

“啊什么啊，给我坐到副驾驶。”

林漠赶快坐到了副驾驶座上。

顾烟的目光从林漠的手上扫过，随即又很快地又转向前方，打火，出发。

他刚刚救张叔时，使那么大力气，虽然他不说，但是他的手多多少少应该受伤了。

她竟然开车送自己回队里。

一路上，林漠使出浑身解数，顾烟依旧一言不发。他们这次见面，距离上次已经有一个星期了，林漠不希望他们是在吵着架的状态下分开。

已经能够看到监察大队的办公楼了。

林漠叹了一口气道：“顾烟，我会一直这样忙，你也很忙。如果你接受不了这种……”

顾烟挑眉，打断他道：“我如果接受不了怎么样？”

“那，那我就尽量挤出时间。”

顾烟“噗哧”一声笑了。

终于好了。

车刚到办公室楼下，另外一辆车也刚好到了。车门打开，陈光从车上下来，和他们打招呼：“林队，顾总。”

“陈光，你怎么在这儿？”

“是我让他来的，不然我怎么回去。”顾烟白了林漠一眼，“东西带来了吗？”

“带来了。”陈光从后备厢里拿出一个小小的医药箱。

顾烟一把把医药箱塞进林漠的怀里：“你的手，晚上记得擦药。”

林漠抱住医药箱，刚刚拉过张叔的手还隐隐作痛：她居然知道。

“我走了，你去忙吧。”顾烟打开车门，坐了上去。

车子拐了个弯，一下子便看不到了。林漠犹自站着，看向顾烟离开的方向。小万从办公楼里跑了出来：“林队，抓到沙漠里埋重金属的那群家伙了！”

“太好了，走，去审审！”

分　手

但是没想到，还未等顾烟将张叔、张婶的房子挪走，那幢二层小楼便被拆掉了！

拆迁办趁张叔、张婶回面馆之际，直接开了一辆推车过去，将老屋给推倒了。等张叔、张婶回来，哪里还有老屋，只剩一堆堆冰冷的砖石水泥，于是张叔当场心脏病发，被紧急送去了医院。

顾烟得知这个消息之前，正在和招商局的徐局长通电话。

徐局长在电话里非常为难："顾总，不是我不体谅张叔、张婶。只是，剩下还有那么多家没有拆，如果此先例一开，别家都如此要求，那我们该怎么办？工作还要不要继续下去了？"

"可是徐局，张叔他们家情况特殊……"

"家家户户都有特殊情况。顾总，咱们要以大局为重啊。"

是啊，如果其他人都如此要求，机场扩建的工作势必会受到影响。甚至最后，这个项目都无法进行下去。

电话被挂断了，里面传来了“嘟嘟”的忙音。

顾烟正欲再打给县长时，陈光和小美一脸惊慌地闯了进来：“顾总！”

顾烟眼皮一跳：“又怎么了？”

“是张叔，老房子被拆迁办强推了，张叔心脏病发，被送去兰城医院了！”

顾烟猛然起身，桌上的玻璃杯顿时掉到地上，摔个粉碎。

“啊！”

玻璃杯里的开水泼到顾烟的手上，她的手背上顿时红了一大片。

“顾总，顾总你没事吧？”陈光上前，一把抓住顾烟的手。

小美看着陈光一脸的焦虑，已迈出的腿退了回来，同时心口一阵烦闷。

顾烟挣开陈光的手，摇了摇头：“没事，有点痛而已。”

张叔出事，相比林漠的痛，怕只会比这点烫伤更痛十倍吧。想到这儿，她怎么都坐不住了："我去医院。星海项目的事情，你们两人盯着。"

"顾总，恐怕你暂时去不了医院了。"

"怎么，又是村民扔垃圾进来了吗？"顾烟觉得头疼。

陈光摇了摇头，走过去，打开了阳台的门。

顾烟走到阳台上一看，不由得倒吸了一口冷气。

LPT办公楼的大门口，坐了十几个南雍县的居民。最前面那位满头白发的老者，顾烟认识，是上次堵县政府大门的许怀先许大爷。

小美噘起嘴："真是怕什么来什么。"

顾烟急匆匆地下楼。

"许大爷，您这是……"

许怀先拄着拐杖，站了起来："顾总，我代表南雍县居民，正式要求你们的星海项目停工。"

"可是许大爷……"

许怀先伸出手掌，做了一个"不用多说"的手势："如果顾总不同意，我们就坐在这里不走。"

"是，我们不走了！"

"你们这个项目做下去，我们县不知道要死多少人！"

"对！张叔也住院了，下一个轮到的不知道是谁！"

……

顾烟在这一刻终于明白了县长为什么不同意自己见许怀先了。他在南雍县，辈分长，有威信，他不同意的事情，大半个南雍县人都不会同意。

“顾总，要不要请林队过来？”

顾烟摇了摇头，张叔出事，林漠现在应该在医院。

最后还是县长赶了过来，好说歹说劝走了门口那群静坐的居民。

许怀先用拐杖拄着地面，对顾烟道：“顾总，今天这只是一个警告而已。如果再有南雍县的居民因为你们这个项目出事……”

接下来的话，他并没有说出来，但是顾烟已经听懂了，但是此刻，她已经顾不上这么多了。

“陈光，车钥匙呢？”

“这儿。”陈光将钥匙递给顾烟，“可是顾总，现在都已经几点了，你一个人开车到兰城的医院，这么远的路……”

车却已经发动了，转了个弯，消失在了苍茫的夜色中。陈光看着消失的车尾巴，狠狠地咬了咬牙。

偏远的道路，连路灯都没有，这个时间点，只有她一辆车，仿佛行走在黑暗中唯一的光。顾烟看着前方浓得化不开的夜色，心里一阵阵地发凉，如果张叔出事……

凌晨两点，她终于赶到了兰城医院。

找前台护士问清楚张叔住的病房之后，顾烟快步地向病房走去。但临到病房门口，她反而停住了，欲敲门的右手悬在半空中，迟迟未动。

“咯吱”一声，有人从里面打开了门。

顾烟吓得后退一步，对方也是一愣，这么巧，竟是林漠。

顾烟一脸疲惫，眼下一片乌青。林漠也好不到哪里去，下巴上的胡茬都冒出来了。

两个人一时无语。

还是顾烟先开口：“张叔没事吧？”

“暂时没事。”

“那就好。”

微开的门缝里，能看到张婶坐在病床边，握住张叔的手，一脸悲痛。

“我能进去看看他吗？”

“医生叮嘱说他不宜激动。”

无声地拒绝。

顾烟咬了咬嘴唇，低头道：“林漠，你在生气吗？”

一头长发挡住了她大半张脸，但依旧能看到她目光中的担忧。林漠轻轻地叹息一声："顾烟，要说生气，我也只是在生自己的气。"

"这件事情我真的尽力了，张叔出事前，我正在给招商局的徐局打电话，他……"

话还未说完，站在面前的人上前一步，手放在顾烟的颈项后，微微地用力，于是顾烟不由自主地向前两步，跌进林漠的怀里。温暖而安全的气息扑面而来，顾烟狠狠地捶了两下他的肩膀，随后抱住他的腰。

"顾烟，我只是在生自己的气。张叔是心脏病突发，医生要求他静养。"

"嗯。"

"你自己一个人开车过来的吗？"

"嗯。"

"以后不要做这么危险的事了。"

"好。"

走廊里，住了不少的病人。大约是重病一场，看淡了生死，竟没有人看向他们二人所在的方向。

林漠吻在顾烟的额头，疲惫道："顾烟，能不能陪我去一个地方？"

"去哪儿？"

“烈士陵园。”林漠的目光穿过遥远的虚空，好似看到很久之前的过去，“我想看看小宝。”

张小宝被葬在兰城烈士陵园。当时，部队征求张叔、张婶的意见，两位老人说小宝一辈子的心愿便是保国卫家，就让他和他的战友们在一起吧。

大约是没见过凌晨三点来陵园的，看门的老大爷再三和他们确认后，才放他们进去。

陵园里路灯昏黄，他们走过一个又一个的墓碑，但是奇怪的是，顾烟的心里一点都不觉得害怕，大概是知道躺在这片土地里的，都是一个个铁骨铮铮的军人。他们是英雄，是人民的守卫者。即便是死亡，他们留给世间的，也是无尽的敬仰和尊敬。

最终，林漠在一块墓碑前停了下来。

墓碑上，一个身着军装的小伙子正笑得见牙不见眼。很像张叔。

顾烟弯腰，将绕了半个兰城才买到的百合轻轻地放在墓碑前：“小宝，我是顾烟，很高兴见到你。”

林漠从怀里掏出两瓶白酒，将其中一瓶放在墓前：“小宝，今天哥哥陪你喝两杯。”

漆黑的夜空中，透着一点点的星光。

顾烟站在林漠身后。他的腰身挺得笔直，可是依旧掩饰不住他从内而外散发出的悲伤。他上前一步，用自己的酒瓶碰了碰墓碑前的那一瓶，在寂静的夜空中发出清脆的响声。

仰头，辛辣的白酒顺着林漠的嘴角、下巴往下流。喝到最后，他觉得喝下去的酒都已经到喉咙了，但是思绪却还是该死地万分清醒。

有微风吹过，凉意很重，地上都是空的白酒瓶子。林漠靠在墓碑旁，喃喃自语。

“我和小宝都是野战部队的，我们同一年进的部队，一直都在同一个班，我和他同吃同住，好得跟一个人似的。”因为回忆起往事，林漠脸上难得地浮现出笑容，“我们曾经一起在贵州驻扎过，那里风景优美，草木繁盛，小宝喜欢的姑娘便是那儿的人。但是后来，那里被房地产商看中，开发成了高尔夫度假景区。从那以后，那片地就被毁了，那块地上的人也变了，以至于当商业资源撤走后，那个地方曾经的绿水青山也回不去了。”

顾烟了然，难怪他一直都害怕星海屋过度开发。

林漠抚摸着墓碑上小宝的脸：“小宝是张叔、张婶的独生子，他以前一直说，退伍之后，要回到父母身边，要守护着家乡的绿，要保卫那片他热爱的沙漠和土地……”

顾烟低眉，原来林漠的愿望竟是小宝的遗愿。

凌乱的碎发间，林漠的眼睛通红，他朝顾烟笑笑，但那笑却像哭似的："小宝个子虽小，但是人却特别有劲儿。有一次，三连的傻大个骂了一句娘，小宝和他打起来，小宝硬是把高他一头的傻大个打得哭爹喊娘。"

"真厉害。"

"是啊，小宝一直都很厉害。这么厉害的人，"林漠笑了笑，可那笑却比哭还难看，"这么厉害的人，怎么就突然没了呢？"

"林漠……"

"顾烟，你知道吗，"林漠看向顾烟，笑中有泪，"死的应该是我，那天在靶场，是我打错了靶，小宝是为了救我才死的！"他狠狠地抹了一下脸，再猛灌了一口白酒，辛辣的白酒刺激着他的喉咙，让他咳嗽不止。

顾烟拍着他的背："你没事吧。"

林漠站起身："这么多年，我一直在想，我无父无母，在这个人世间，没有人在乎我，也没有人记得我，如果死的是我，不会有人伤心，也不会有人难过。为什么死的不是我？死的应该是我！"林漠双眼通红。

"啪"的一声，重重的一耳光落在林漠的右脸上。他头一偏，让顾烟看不清楚他的表情。

顾烟的心脏像被什么东西抓住一样，透不过气来。她的声音又快又急："谁说你没人在乎了？谁说没人记得你了？谁说你该死了？林漠，如果你真这么想，你就是个懦夫！小宝就白替你死了，你知道吗？"

林漠看向顾烟，好一会儿才道："我知道，我一直都知道，我不仅是为了自己活着，我更是要连小宝的那份也一起活下！顾烟，"林漠笔直地看向她，墨似的眼珠中是山雨欲来前的安宁，"我们，分手吧……"

顾烟眉眼一颤："为什么？"

林漠指着背后的墓碑道："我害死了小宝，我还差点害死了张叔，我不配拥有幸福。"

林漠的身后，天空一片漆黑，只剩几颗星星若隐若现。她张了张嘴，想说小宝的死不是他的责任，想说张叔出事与他无关，可在对上他的眼时却一个字都吐不出来。

顾烟当晚便回了南雍县城，到的时候已近天明。这是顾烟第一次看到凌晨时分的沙漠，平静而安详，但是顾烟知道，一旦太阳升起，这一片土地就会热烈而鲜活起来。

一个星期后，张叔在兰城医院病逝了。

顾烟得知消息的时候，好半天都没有说话。她知道，在南雍，最珍贵的东西，她已经失去了。

LPT给予了张婶一定的赔偿，可这对于张婶而言，又有什么意义。

在县长几次登门拜访之后，张婶终于同意县长的方案，同意政府重新建造一栋老屋。还好有老屋的照片，乡亲们一砖一瓦全都按照原样重新建造，虽然只是仿建的，但是好歹给张婶留了个念想。

张叔的葬礼，顾烟远远地跟在人群后，送了他老人家一程。林漠身着一身白衣，站在悲痛欲绝的张婶身边，为张叔披麻戴孝，给他送终。

南雍县的日子，似乎随着张叔的死，一下子一片灰暗。

林漠再也没有联系顾烟，所有人都小心翼翼地避开关于监察大队所有的消息。无人时，顾烟常常点开林漠的微信，那上面还留着他最后的温言笑语。

顾烟把所有的精力全部放在了星海屋和星海机场的项目上，张叔不能白死，星海项目一定要做起来！

一切都按照计划中的在进行，小美负责的星海屋的再装修已经接近尾声，星海机场扩建也在有条不紊地进行当中。

时光匆匆，转眼一个月的时间已经过去了。

顾烟在当地人的谈话中无意听说，最近监察大队破获了一起超大的重金属排放案。看样子，他也是忙得不可开交。

只是在去星海屋的路上，在去星海机场巡视的期间，顾烟总是不由自主地四处张望。可是，这个世界真大啊，大到连在一个县城里却想遇都遇不到。

南雍县林业局监察大队，凌晨两点了。

转个弯，宿舍楼就在眼前了。整栋宿舍楼都是黑黢黢的，只有林漠自己的房间，此刻正透着橘色的光。林漠皱了皱眉，难道是自己傍晚出来忘记关灯？不可能啊。等他走到跟前一看，门竟没有锁，轻轻一推便开了。

“谁……”

话音未落，眼之所见让林漠的心脏已经不受控制地狠狠地漏掉一拍。

是顾烟，他几天未见、几天没有联系的顾烟。此刻，顾烟正靠坐在床头，已经睡着了，手里拿着一本书，要掉不掉的——竟然是他放在枕边，这几天一直在看的《中华人民共和国环境保护法》。

才一个多月不见，她好像瘦了，下巴也尖了，脸色也不太好，即便是闭着眼，也是苍白中透着一丝疲惫。

林漠弯腰，想要拿过她手中的书，但手指刚碰到那本《中华人民共和国环境保护法》的时候，不想，“啪”的一声，书掉到了地上。顾烟一惊，缓缓地睁开了眼，惺忪的眼睛似夏日早晨阳光照射下的粼粼水面。

林漠忘了动作，只是愣在原地，心跳如鼓。

刚从睡梦中醒来，顾烟的神情还有些迷糊，她歪着头靠在床头，呆呆地看着眼前的人，似乎不懂他怎么突然出现在了自己的面前。他的脸距离她的脸非常近，她能从他的眼中看到自己的倒影，甚至能感觉他温热的气息喷到自己的脸上。

对视。

顾烟的目光终于彻底清明，她赫然起身："不好意思，等着等着就睡着了。"

林漠咳嗽一声，也站起身，后退了两步，昏黄的灯光打在他的头顶，他的脸在灯光下有些朦胧："你怎么进来的？"

"小万帮我开的门。"顾烟又加了一句，"是我让他不要告诉你的，你不要怪他。"

"怎么不打我电话？"

"手机忘记拿了。"

"哦。"

气氛一时有些尴尬，林漠借着转身给顾烟倒水问道：

“你找我，有事吗？”

顾烟咬了咬嘴唇：“我没事就不能找你吗？”

林漠将水放在桌子上，目光灼灼地看进顾烟的眼里。

顾烟心头一颤，踮起脚，遮住他的双眼：“林漠，不要这样看我。”

林漠任由她的动作，语气有些恻然：“怎样看你？”

“你的眼神告诉我，我们两个之间，没有明天。”

林漠拉下她的手，语气低沉：“顾烟，我……”

“嘘——”顾烟退后一步，做了一个噤声的动作，然后迅速地背过身子道，“林漠，我下面要说的话，想了好几天，你不要打断我。”

“……好。”

“林漠，张叔的死，是因为星海机场扩建，拆迁老屋所致。可是，这个责任在我，不在你，是我力劝LPT中国区总裁同意扩建星海，也是我向LPT和南雍政府强调机场扩建之后的好处，是我做的这个决定。而林漠你，只不过是提出了一个可能不会完成的设想而已，你听明白了吗？”

静夜无声，所以身后人靠近的脚步声才如此清晰。

一步，两步，她听着林漠身体慢慢地靠近，却又在离她最近的位置停住了脚步。

“顾烟，你哭了吗？”林漠的声音有一点嘶哑。

顾烟狠狠地抹了抹脸：“没有。”

灯光下，林漠的影子挺拔修长，他的手欲抚上顾烟的发，却终究是落了下来。退后两步，林漠苦笑：“顾烟，谢谢你。可是张叔的死，责任在我。”

“我怎么这么说你还是不明白！”顾烟转身，脸上泪痕犹在。

她想抱着他，想要和他和解，可是，张叔的死会永远横在他们之间，只要一看到顾烟，林漠就会想起张叔，想起小宝，想起张叔是因为自己提出要扩建机场的建议而死。

她没有错，他也没有错，可是张叔确确实实因为他们的关系去世了……更要命的是，他们从对方的眼里，都清楚明白地看到了这一点。

罢了，顾烟闭上眼睛，再次睁开时，眼神明亮，眼里带着微微的湿意，但依旧笑得一如第一次见面时的样子：“林漠，再见。”

林漠低着头。顾烟看不清他眼中的表情，他站得笔直，像是一棵挺拔的树。

顾烟不再看他，径直向门口走去。她的右肩轻轻擦着林漠，在错开的一瞬间，顾烟的右手却被林漠反手拉住。

橘色的灯光下，一高一低两个身影背对而立，但是手却牵在一起。

顾烟站在原地，倔强地没有开口。好半天，林漠才叹息似的道："手机没拿，钱包、钥匙也一定没有带。顾烟，你是走过来的吗？"

于是藏了一晚上的委屈，此刻排山倒海般地倾泻而出。

林漠回过身，轻轻地一拉，将顾烟拥在怀里，下一秒，靠近心脏的地方一片湿润。

顾烟的声音带着鼻音，从他的胸口处闷闷地传来："我一个人走了好远的路。"

"我知道。"

"我的脚好痛。"

"我知道。"

"你还不理我。"

"对不起。"

"你现在的样子，很棒。"

"你也是。"

"我喜欢你，比你喜欢我多得多，是不是？"

沉默了两秒。

"不是。"

顾烟笑了，双手环住他的腰，下巴放在他的肩膀，看向掉在地上的那本《中华人民共和国环境保护法》：“林漠。”

“嗯？”

“我们分手好不好？”

林漠的身体一僵，随后又一松开，好半天才沙哑着嗓子道：“好。”

人　命

继沙漠重金属排放案之后，监察大队的同事们都以为自己可以休息一段时间，哪里知道这种繁忙好似没有尽头。一天二十四个小时，基本上有二十个小时都在出外勤。先不说自己队里的陈年旧案，林漠连其他队里的案子都抢了过来，累得大伙是苦不堪言。

“哎，你们说，咱们林队是不是失恋了？要不咋突然这么‘变态’？”二胖看向林漠的方向，极其小声地道。

“是啊是啊，我好长时间没看见顾姐来我们这儿了。”

“先不说林队了，照这个样子下去，我都快失恋了。”

“你还失恋，我连我妈我都几天没有看到了。”

“咱们得找个人做代表，林队是孤家寡人，天天加班没事，我们可不行。”

“说得轻巧，谁去？你去啊？”

……

林漠扫了一眼窃窃私语地几位：“你们在说什么？”

众人你看看我，我看看你，然后全部默契地往后退一步，将二胖推了出去：“林队，二胖有话和你说。”

“哎，我说你们……”

林漠放下手中的地图：“有事？”

“说啊。”大家小声地催着二胖。

二胖看了大家一眼，咬咬牙，几步走到林漠面前：“林队……”他又回头看了大伙儿一眼，大家给他做了个加油的手势。

“林队，你看这沙漠重金属排放案之后，大家根本就没有好好休息过。现在又没有什么特别紧急的案子，能不能……”

林漠看向大家，一个个正眼巴巴地看着他：“能不能什么？”

“能不能加班不要加得这么频繁？当然，我们不是不想加班，但是……”

“不用说了。”林漠站起身，“抱歉，是我疏忽了，忽略了你们都有家有口的。”

“林队……”

林漠这么一说，大家又觉得心里特别不是滋味。

“林队，这是沙漠南区偷猎案的相关资料。”小万将一叠资料递给林漠。

林漠接过资料。

最近几个月，据居民举报，沙漠腹地靠近南区的地方，一直有零星枪声响起。但是这群偷猎者非常狡猾，虽然监察大队配合警方一直派人调查和蹲守，但是一直都没有什么实质性的进展。直到几天前，警方得到线报，今天晚上，偷猎者会再次行动，猎杀沙漠狐。监察大队由于熟悉当地的地形，要配合行动。

沙漠狐，国家一级保护动物，也是沙漠里特有的珍稀动物，可以说，它的全身都是宝。在黑市上，一只沙漠狐甚至可以卖到十万以上，更有说法称，它的某个器官可以治疗多种绝症。

“太好了！”林漠看向大家，“就辛苦今天一个晚上了。今晚，我们要活捉那批偷猎者！”

到底是年轻人，一听说追了这么久的案子终于要有结果了，一个个都摩拳擦掌。

林漠看了一下时间，偷猎者一般是在深夜出没：“大家准备一下，一个小时后，我们出发。”

“是！”

大半个小时后，大家都已经在办公室里集合完毕，只等出发了。

小万翻看着包里的东西，以确定相关东西都带好了。

“嗯哼！”一旁的二胖突然对着小万挤眉弄眼，小万看向林漠身后，也一副欲言又止的表情。

林漠头也未抬头：“想拉屎就去厕所，别一副便秘的表情。”

二胖急了：“不是，林队，是，是顾姐。”

资料纸张上立刻被牵出一丝褶皱。

林漠起身，然后转过身，却见一袭白衣黑裤的顾烟正站在办公室门口。他的眉头皱了起来，大半个月不见了，她好像又瘦了，不知道吃饭的吗？还是星海项目出了什么问题？

“林队，你和顾姐，你们先聊，我们去准备着。”

“好。”林漠声音低沉。

二胖他们纷纷出了办公室，在经过顾烟身边时都客气地叫了一声“顾姐”。

门外已是漆黑一片，只听得到一阵阵的虫鸣。

林漠舔了舔嘴唇：“你最近，怎么样？”

“还行。”顾烟靠在门边，抚了抚落在脖项的长耳环，“你今晚要去哪儿？”

林漠皱眉：“你怎么知道的？”

顾烟晃了晃手机：“你也不要怪他们，大家都当我是自己人。林漠，据我所知，最近在南雍活动的这个偷猎者团队，训练有素，且设备精良，不容易抓捕。”

“我知道。”

“你们队人数太少，等明天和其他队一起行动会更安全。”

“没有时间了，迟一天，便会有更多无辜的生命被猎杀。”

“你……”

就知道说不通，顾烟深吸一口气道，“随便你。”她转过身，侧脸在明亮的白炽灯下，似一幅让人惊艳的水彩画，“记得活着回来。”

“顾烟。”

顾烟的脚步停住了。

“谢谢你。”

“不用谢，我只是为了我自己。我可不想再闹出什么重伤人命。”顾烟微微偏头，嘴角带着完美的笑意，“不然，许老太爷又会将账算在我头上。”

当晚，凌晨一点，沙漠南区。

经过几个小时的埋伏，林漠他们终于等来了偷猎者。只不过，他们显然低估了偷猎者的实力，监察大队的同事们刚刚亮出身份，便被对方攻击了。

林漠追击其中一位带头人到了县城，在交手的过程中不慎被对方伤了手臂。

“砰砰砰！”

凌晨三点，一阵敲门声响起。

几分钟之后，理发店里，有灯亮起了。

“谁呀，这么晚。”屋里的人抱怨着，随后打开了门。一个高大的身影从斜里窜出来，差点撞到沈宁的身上。

“林漠？”灯光下，沈宁一脸诧异，她扶住林漠道，“林漠你怎么了？”

“我没事。”林漠靠在门上，右手臂上鲜血淋漓，隐隐可见白骨，“抱歉，这么晚来打扰你，得麻烦你送我去一下徐医生家。”

“你的手……我的天，怎么弄的？”沈宁满脸焦虑，欲碰林漠的手，可是却又不敢碰，“痛吗？这么多血，怎么办？怎么办？”

林漠微微弯腰，看着沈宁的眼睛道：“沈宁，沈宁，你冷静一点。”

“好，好，我冷静一点。”

“你得送我去一下徐医生家。”

“徐医生，好的，徐医生。”沈宁全身发抖，好半天才想起来，“可是，可是林队，我没有车啊。”

“你店里不是有个小三轮吗？用那个就成。”

“哦哦，好，好，你，你等我一下啊。”

大半个小时后，徐医生怒气冲冲地打开门：“谁啊？大半夜不让人睡……林漠？”

他的怒火，在看到林漠受伤的手臂时，顿时消失得无影无踪。

“你怎，怎，怎么弄得，这么严，严，严……”

“刀伤。另外，我被麻醉枪打了一枪——猎捕动物用的那种，虽然我很快拔掉了，但是我的意识还是受了影响。”林漠简短清晰地道。

这也是为什么他会找沈宁帮忙的原因，因为他离她的理发店最近。

“麻醉？”沈宁急了，难怪她刚刚一直感觉他怪怪的，似乎神智不是很清楚的样子。

“别，别慌。”徐医生戴上眼镜，拿来一个急救箱。

在灯光下，林漠的伤口越发显得触目惊心。林漠半靠在沙发上，沈宁则避开，根本就不敢看。

“忍，忍着点，痛，痛，很痛。”

“嗯。”林漠额头上冒出细密的汗珠，点了点头。

“麻，麻醉不能，不能再打了。”

“我知道。”

七八个瓶子摆在面前，一层一层的药水涂进了林漠的血肉里，最后再将那层伤口用针给缝了起来，就连看着都觉得疼。

但林漠硬是死死地咬住牙，一声没吭。

最后，徐医生绑了一层绷带在林漠的右手臂：“注，注意事项，不，不，不用我说了吧？”

“我知道。”从牙缝里挤出来的声音，还带着轻微的颤抖。

“这个时间，监察大队的门应该已经关了，你到我的理发店里休息一下吧。”

林漠觉得头非常的晕：“不用了，我在徐医生这里坐一会儿就好。”

“林漠！”沈宁的眼神里是一闪而过的讥诮，“你就这么怕和我扯上关系吗？”

“宁姐，你误会了。”

“我误会？”沈宁苦笑，“林漠，这么多年，我对你怎么样，你心里应该清清楚楚吧。我以为即便是我不说，你也会有看到我的那一天，可是没想到，冒出来一个顾烟。好，只要你喜欢，我也认了。可是，这才几天，你们就分手了，这说明她根本就不适合你！”

“宁姐，和她没有关系。”林漠打断她。

“你到现在还护着她。”沈宁的泪在眼眶里打转，却倔强地不肯落下来。她看了林漠一眼，转身跑了出去。

徐医生在一旁重重地出了一口气，刚才他一直都屏住呼吸，生怕打断了他们二人，哦不，沈宁的争吵。

“林，林漠，这……”

林漠闭上眼睛：“徐医生，帮个忙，你跟在宁姐后面把她送回去吧。”

“好，好。”徐医生看了一眼林漠，叹了一口气，打开门出去了。

第二天一大早，林漠刚到办公室，便被大伙儿围了起来。

“林队，你的手？”

“林队，你没事儿吧？”

……

“没事，我能有什么事，不过是点皮外伤而已。”

“林队，”小万在门口道，“队长在办公室等你。”

“好。”

刚推开宋重办公室的门，一只拖鞋便被扔了过来，林漠慌忙用左手接住。接着，一个茶杯朝他的右脸边飞过来，林漠本能地伸出右手，刚刚碰到茶杯，便疼到脸色苍白。

“啪”的一声，茶杯摔在了地上，摔得粉碎。

宋重不由得一阵心疼，看向林漠的胳膊：“怎么样？怎么伤得这么重？”

“我没事。”

宋重想起来自己还在生林漠的气，又道：“你当然没事了，竟敢自己一个队去堵偷猎队！我跟你说过多少次了，不要单独行动，不要单独行动，真出事了谁负责？”

“这不是没出事吗。”

“这还叫没出事，你小子是不是欠揍。”

……

林漠从队长办公室里出来的时候，已经是一个小时以后了。他叹了一口气，队长婆婆妈妈的属性好像越来越强了。

刚下楼梯，二胖便迎了上来：“林队，你的手，队长没强迫你休息吗？”

“我看你很想我休息的样子。我告诉你们，我休息之前也得把这偷猎案给结了！”

“不是不是，”二胖连连摇头，笑道，“我希望您永远都不休息。”

“哎，我说你小子说什么呢？”

走廊里，正在等待的小万便露出了万年迷弟的担忧：“队长，您的手真没事吧？”

“你看我像有事的样子吗。”林漠动了动受伤的右手。

“没事就好。”

“待会儿开个会，大家把昨天晚上的情报都通报一下，我就不信那群龟孙子能跑得不见踪影……”

一抬头，几米开外，顾烟正站在梧桐树下，树影重重，印得她的脸色不太分明。

下意识的，林漠右手搭上小万的肩，一阵疼痛传来，林漠这才意识到，他们已经分手了，他受再重的伤也不关她的事，他也不需要躲了。

顾烟的目光从林漠的胳膊上一晃而过，随后向他走来。

“你……”林漠正欲开口。

顾烟却与他擦肩而过。

“小万，你们队长在办公室吗？我找他有点事儿。”

“啊？哦，在。”

高跟鞋的声音慢慢远去，林漠还保持着原来的姿势。

身后，二胖轻轻地拍了拍林漠的肩：“林队，节哀，节哀。”

林漠一个横眉过去，二胖立刻闭嘴了。

“过来。”

二胖凑到他跟前：“林队，干吗？”

“顾总最近经常来找队长吗？”

二胖想了一想：“也不是经常吧，不过是刚好被你遇上了而已。”

这么巧？林漠看向顾烟的方向，正好看见一个背影堪堪地转过墙角。

虽然手受伤了，但是林漠始终关注着沙漠腹地的偷猎案。这几天，沙漠里并没什么动静。大伙儿也走访了沙漠周围的居民，大家最近也没见到什么陌生人在沙漠里出没。看来经过上次的阻击，偷猎团队似乎安静了一点。

林漠仔细地研究着墙上的地图，推算着那群偷猎者的下一个目标。

“林队，宁姐打来电话说，有两个奇怪的人刚刚去她的理发店理过发。”二胖气喘吁吁地跑了进来。

林漠赫然起身：“走！”同时接过二胖的电话，“到底怎么回事？”

沈宁小声道：“刚刚有两个彪形大汉过来剪头发，言语之中提到了‘偷猎’‘沙漠南区’‘小狐狸老值钱了’这些字眼，所以就立刻打给二胖了。”

“宁姐，你想办法拖住他们，我们立刻就到！”

“好。”

“宁姐。”

“什么？”

“注意安全。”

电话对面的人“扑哧”一声笑了：“我还以为你在生我气呢。行了，我知道轻重。”

可是等林漠他们赶到理发店的时候，理发店一片狼藉，桌子、椅子都被踢翻在地，到处都是镜子的碎片。沈宁正抱着头，蹲在角落里。

“宁姐！”二胖惊呼。

“宁姐，你没事吧？”林漠冲过去，将沈宁扶了起来。

沈宁摇了摇头：“没事，我躲在外面打电话时，被其中一个人听到了，所以……”

“他们走了多久了？往哪个方向走的？”来不及愧疚，林漠急忙打断她的话道。

沈宁一脸后怕地将手机递给林漠：“这是我趁他们不

注意偷偷拍的。他们走了才不到五分钟，往医院那个方向去了。”

手机上，模模糊糊有两个人影，虽然脸不是很清晰，但是衣服、发型却看得清清楚楚。

“追！”

南雍县城有各种小巷子，通向无数个出口，如果对方是当地人，便有无数条出路供他选择逃跑。

手机里，队员们纷纷回报。

“林队，这边没有。”

“林队，我这边没有。”

“林队，没有那两个人的踪迹。”

“林队，老乡说没有人从这边过。”

……

二胖狠狠地跺了跺脚：“五分钟而已！”

林漠看向远方，目光深沉：“收队。”

林漠一个人去了理发店，店里已经收拾得差不多了，沈宁正在捡着满地的瓶瓶罐罐。林漠蹲下身，帮她捡。

“宁姐……”

沈宁看着他一脸的愧疚，打断他道：“打住，可别说什么‘对不起’，那话怎么说来着，这是我们市民应尽的义务，是吧？”

“但是……”

“别但是了，你什么时候变得这么婆婆妈妈了。”沈宁站起身，“这里我收拾就行了，你先回去忙吧。”

林漠拦住她的手：“剩下的我来。”

“不用，我……”

“我来。”林漠目光灼灼。

沈宁站起身，看着林漠蹲在地上清理地板。这样的男人，这么好的男人，可惜他眼里从来就看不见自己。但她嘴里依旧道：“你这个脾气真是……”

一个多小时过去了，店里总算是收拾干净了。那些摔碎的镜子和摔坏的洗发水，林漠都折合成现金，悄悄地放在沈宁的包下面了。

理发店门口，林漠慎重地对沈宁道：“如果他们回来找你，记得第一时间打给我。”

沈宁笑了，一身的旗袍摇曳生姿：“放心，我知道的。再说了，这街里街坊还有这么多人呢，他们能把我怎么样？”

没想到，一语成谶。

三天后，早上八点半，林漠刚刚在办公室坐定，只见小万急匆匆地冲了过来：“林队，出事了，宁姐出事了！”

“怎么回事？”大家纷纷围了过来。

“宁姐，”小万上气不接下气地道，“宁姐要跳楼……”

林漠转身冲向自己那辆破皮卡：“在哪儿？”

小万跟在他后面，气喘吁吁道：“在县城最高酒店的顶楼。”

林漠眉头皱得死紧：“到底怎么回事？说清楚。”

“上次那两个人记恨宁姐，昨晚半夜趁没人，摸到了理发店，把宁姐给，所以，所以……”

一股怒气涌上林漠的心头，他恨恨地道：“混蛋！”

林漠赶到酒店时，下面已经围满了人，扬起头，沈宁正坐在楼顶的天台上，双腿掉在几十米的高空外。

不少人脸上带着各种兴奋的神色，议论纷纷。

“哎，你听说了没有？她以前在外面可是做过那种事呢。”

旁人露出隐秘的笑容：“是吗？我以前就说她来路不正，我家男人还不信。”

“可不是，不然她哪儿来那么多钱开那么大的店子。”

……

“让开！让开！”

酒店的老板正站在门口，看到林漠，一副看到救星的样子：“林队，林队，你可得把宁姐劝下来啊，不然我这酒店……唉！”

“报警了吗？”

“已经报了，警察还在赶来的路上。”

“小万，封住酒店大门，在警察来之前，不要让任何人进去。”

“是，林队！”

电梯里，林漠看着不停闪动的数字，嘴唇抿得死紧，心里似火烧一般地难受，又一个人因为他出事了。

“叮——”的一声，电梯门打开了，林漠急步冲上天台。一个背影听到声音转过身，竟是顾烟。她一脸的焦灼，在看到林漠时，顿时松了些许下去。

“是你打电话给小万的？”

“是。”顾不得其他的了，顾烟快速地解释道，“我今天正好在酒店吃饭，无意中看见沈宁神色异常，所以跟了上来。我已经报警了，消防官兵应该正在路上。”

“谢谢。”

他们之间竟生疏到这个地步。

沈宁正背对着他，坐在天台上。

她穿着一件自己最喜欢的旗袍，头发梳得干干净净的，挽成了一个丸子固定在了脑袋后面，脸上甚至还化了一点淡妆，显得格外的温婉。

“宁姐。”林漠轻轻地喊了一声，然后慢慢地朝着天台靠过去。

听到林漠的声音，沈宁身子颤动了一下，但是却没有回头，只是双手紧紧地抱住了自己：“林漠，你再往前走的话，我就跳下去了。”

语气很轻，但是话里的绝望却很深。

林漠停住脚步，轻轻地道：“好，我不过去。宁姐，那边风很大，你先下来。”

“宁姐。”沈宁苦笑，抬头眺望着远方，“你一直都是叫我宁姐，从来没有叫过我一声沈宁。林漠，你能叫我一声沈宁吗？”

“当然可以。”林漠慢慢地挪动着脚步，“沈宁。”

“别过来！”沈宁回身，神情激动。

“好好好，我不过去。沈宁，如果你不愿意上来的话，我陪你过去坐一坐好吗？”林漠轻轻地诱哄。

顾烟的心顿时提到了嗓子眼。

沈宁回过头，神情有一瞬间的放空，终于点头：“好。”

隔着不到两米的距离，林漠面色如常地坐在了沈宁的斜上方。

这里可是九层楼，想到这个高度，顾烟就忍不住头皮发麻。

“林……”顾烟忍不住开口。

“怎么？担心他？担心他你也坐过来啊。”沈宁看向顾烟的眼里是掩饰不住地讽刺和绝望。

“我坐过去，你就不会跳吗？”

沈宁笑了笑：“还真有可能。”

顾烟眼神微颤，咬了咬嘴唇，然后向着天台走去。

“顾烟！”林漠厉声回头，眼神里明确地写道：不要过来。

好高，仅仅只是一眼，顾烟都觉得自己有一点眩晕。她小心翼翼地挪过去，然后坐在了沈宁的另一侧。

楼底，有不少看热闹不嫌事大的人朝着上面喊：

“你到底跳不跳啊！”

“赶快跳啊！”

“三个人，要跳就都跳啊！”

……

下面有热心群众也是着急。

“不是报警了吗，警察怎么还不来？”

“呜呜呜——”警车声由远而近。

“来了来了！”

警察终于到了。

“让开，让开，大家赶快让开！”

消防员在楼下紧急布控，另外有两个人向他们所在的楼顶跑来。

“沈宁……”

“你别说话，听我说。”沈宁晃了晃双腿，底下的人群一阵惊呼，“他们说的是对的，我就是在外面待腻了才回来的。我就想找个好男人，守在南雍县，给他生几个孩子，踏踏实实地过完这一生。在第一次见到你的时候，我就在想，老天大约是看我前半生太苦，所以才让我遇见你。”沈宁微微侧身，“林漠，我不信你不知道我的心思。”

抓住天台边缘的手微微收紧，林漠对上沈宁的目光：“沈宁，你是个好女人。可是，感情的事，不能勉强……”

“林漠，别人说这话我不信，可是你说这话，我信。”沈宁打断林漠的话，“我只想知道，为什么我不可以，她却可以？”沈宁指向另一边强装镇定的顾烟。

两个人的目光对视两秒，随即，顾烟露出一丝苦笑，对沈宁道：“宁姐，你错了，我和林漠已经分手了。”

“那只不过是暂时的！”

顾烟的笑容停了一秒，随后依旧笑颜如花：“暂时？LPT的副总裁和偏远沙漠里的小小公务员，更别说中间还隔着……你觉得，我们有将来吗？”她看向林漠，“林队，你说是吧？”

楼顶的风很大，顾烟的眼里是林漠看不懂的半真半假。突然，他笑了，眼眸里有冷光闪过：“……是。”

顾烟避开林漠的目光。

沈宁的笑里似带着冬天的雨，冷得沁骨：“林漠，就算是也没用了，已经没用了……”

林漠和顾烟对视一眼，心里同时“咯噔”一下。

“沈宁，人活着才有希望，一旦死了，就什么都没有了。”

“希望？我这样的人，还有什么希望。”

天台上的门被打开了，两名消防员慢慢地靠了过来。

沈宁突然站了起来，白底青花的旗袍被风吹得簌簌作响，转过身道：“别过来！”

那两名消防员立刻止住了脚步。

“沈宁，沈宁，你不要冲动！”林漠红着眼，朝沈宁伸出手，“听话，把手给我！”

沈宁犹豫了两秒，她伸出右手，向林漠微微颤抖的大手递过去。

顾烟屏住呼吸，20厘米，10厘米，5厘米……还差一点就抓住了。岂料，在最后快要碰到的时刻，沈宁却突然缩回手。

“林漠，”她曾无数次在梦中叫过这两个字，每当叫这两个字的时候，心中便充满了痛苦的甜蜜，“谢谢你，陪我走完这最后一程。”

沈宁朝林漠笑了笑，然后纵身一跃！

逝　去

“沈宁！”顾烟尖叫。

不好！林漠就地在天台上滚了一圈，双手扒在了天台边缘上，任由大半个身子掉了下去，双腿下意识往下狠狠一捞，居然夹住了！他右手上的伤还没有好，此刻承受着两个人的重量，鲜血立刻就染红了纱布。

“林漠，林漠！”顾烟同另外两个消防官兵立刻冲上去，死死地拉住林漠的手。绷带上不断冒出的鲜血，让顾烟看得心惊肉跳。

底下的人群中，发出一阵阵奇怪而嗜血的叫喊声。

“林漠，放开我！”

手臂上的伤痛得撕心裂肺，林漠却咬紧牙关，脸上青筋暴出：“沈宁，千万不要放手。”

脚下的人越来越重，林漠能感觉到沈宁正在慢慢往下滑。他使出全身的力气，想要弓起双腿将脚上的人送上来，可都没有成功。大家想要够着沈宁的手，却因为距离问题够不到。

时间紧迫！

顾烟甩掉鞋子，趴在阳台上："同志，我体重轻，你拉住我，我去救她。"

"顾烟！"林漠感觉心脏一阵猛缩，分不清是因为手上的伤，还是因为担心顾烟。

"没事的，放心。"

于是，一名消防员死死地拉住林漠，另外一名消防员则死命地拉住顾烟。顾烟倾身向下，向沈宁伸出手，大声喊道："沈宁，手！把你的手伸过来！别傻了，死了就什么都没有了！"

"死了我就解脱了。"沈宁向顾烟笑了笑。随后，她狠狠地挣脱开了林漠的禁锢，"对不起了，顾烟。"

"沈宁！"

"沈宁！"

仿佛好久，也好似就一会儿，地上传来"砰"的一声。紧接着，人群惊呼一声，四散开去。

"啊！啊！"林漠愣了一会儿，然后看着楼下，疯狂地大叫挣扎着。

“林漠！林漠你冷静点，林漠！”

两名消防官兵和顾烟死死地抓住林漠的手，将他从天台上拉了下来。

沈宁死了，从南雍县城最高的楼顶跳了下去。

整整七天，林漠没有回单位，也没有回宿舍，更加没理会警方和宋队长说的“团队行动”。他等不起，于是一个人开着他的小皮卡，横穿整个沙漠，走访每一个沙漠沿线的山村。饿了，就吃两口干粮；渴了，便就两口矿泉水。

沈宁的死，动静闹得很大，整个南雍县城群情激奋。但是顾烟没有想到，这把火会烧到自己身上。县城先是有流言传出，说如果不是顾烟插足，沈宁即便出事，也不会一心求死。接着，更是有人将南雍今年的暴雨归结到LPT重启星海屋的项目上。当然，还有张大爷的心脏病发。一切似乎都朝着一个不可控的方向走去。

可是开弓已没有回头箭，即便再艰难，也得咬牙向前。

一辆车在星海屋门前停住了。

星海机场奠基仪式迫在眉睫，整个施工团队都在加班加点。顾烟一身轻便的运动装，拿着安全帽下车。

陈光从驾驶座上探出头道：“顾总，还是我陪你看一下机场扩建进度吧。”

“不用了，星海屋那边不是很忙吗？你去帮小美吧。”

“那你小心点，有事第一时间给我打电话。”

顾烟不由得笑了，当年一直跟在她身后喊“姐”的小伙子，似乎真的长大了：“行了，这里还这么多工人呢。再说大白天的，能出什么事？去吧。”

“那我走了。”

施工队的人看到顾烟，纷纷和她打招呼。

“顾总。”

“顾总。”

顾烟一一地笑道：“你们好，辛苦了。”

“顾总，需要我带您看看吗？”

“不用，你们忙，我自己转转就成。”

机场扩建的进度不错，大部分的基础设施已经建造到位了，看来在奠基仪式之前完成没什么问题了。顾烟站在刚刚铺就的水泥地面上，想象着在不久的将来，这里将会人声鼎沸，心里的那块石头不由得松动了一点。

“刚刚还看到她在这儿的呢，怎么一下就不见了？”

“再找找看。”

身后的拐角处，有一个陌生的声音传来。他们说的应该是她吧。顾烟正欲开口，却听见对方又道：“今天这么好的机会，可不能让她跑了。”

心中一凛，顾烟立刻停住脚步，背过身，紧紧地靠着墙。

“她应该就在这附近。你们几个分头找。”

“好！”

完了。

顾烟手心里全是汗，这些人不知道是什么人，为什么要找她？

更要命的是，她刚刚一个人转到了北区。北区已经修好，施工队在南区作业，也就是说，就算她喊破喉咙，也不一定有人来救她。

脚步声越来越近了，似乎距离她只隔一个九十度拐弯的距离。顾烟小心翼翼地拿出放在挎包最里层的小刀，那是林漠在沙漠腹地送给她的。

她当时还笑话这把刀小：“这么小的刀，切水果都不够用，怎么用来防身？”

“你不要小看它。”当时，林漠打开那把中指长宽的小刀，对着一块枯木轻轻地一挥，枯木顿时劈成两半。

林漠当时叮嘱她，不到关键时刻，不要用这把刀，现在看来，她以为不会碰到的“时机”到了。

一只皮鞋的脚尖已经露出来了，那个人只要再往前一步，就能看到她了。顾烟深深地吸了一口气，将刀握在自己手心里。

“你们这是在干什么？”一个熟悉的声音道。

那个皮鞋退回去了。

顾烟顿时松了一口气。

“许大爷，您来了。”

是许怀先大爷的声音？他怎么会在这儿？顾烟悄悄地探出头。只见许怀先一身黑衣黑裤，正拄着拐杖，面对着自己，他对面站了四五个五大三粗的壮汉。

“我问你，你让小杰把我带到这儿是想干什么？”

小杰？几年前死在星海机场的那个老石的儿子？

大家你看看我，我看看你，最后道：“我们就是想请您老做主，教训一下那个顾烟。”

“是啊，如果不是她，咱们南雍今年能出那么多事吗？”

“人呢？”见人不答，许怀先再次厉声道，“我问你们，人呢？”

“明明刚刚还看到她在这儿的。”

“糊涂啊！”许怀先用拐杖狠狠地捶着地，“谁出的这个主意？”

其中一个男人站了出来：“我！”

许怀先狠狠一拐杖打在他的身上，连顾烟都能听到“啪”的一声。

“爷爷！”年轻人捂着自己的手臂，退后了两步。

领头的竟是许怀先的孙子！

“您不是很不喜欢顾烟吗？也不喜欢他们重新启动星海屋项目。再说了，沈宁……”

“沈宁的死，”许怀先的拐杖狠狠地打在地面上，气咻咻地道，“沈宁的死，你们都是帮凶！人家顾总还上去救人了。你们呢？你们做了什么？”

顾烟一愣，随后心里一阵钝痛，那天的情形再度在她面前重现。是的，她一直都认为那些人是帮凶，如果不是那些在楼下喊着“跳下来”的人，沈宁会不会听了他们的劝，最终好好地在南雍开着她最大最潮的理发店？

那些人，拿着不见血的刀，把沈宁拉了下去。可人情对于这样的帮凶，却觉得无可厚非。法律对于这样的帮凶，也没有应有的惩戒方法。

“许大爷……”

“顾烟和前几年来的那批人不一样，她不会滥砍滥伐，也不会过度开采，她的血是热的……你们不准随意骚扰她，听见没有！”拐杖落在水泥地上，发出沉闷的重击声。

心底有一暖流喷涌而出，顾烟的全身都颤抖了起来，她一直都以为，许怀先不喜欢她，没想到，他在背后竟会这样地维护她。

“爷爷，可是……”

“没有什么可是的，还不快给我滚！”

“是！”几个人转身就跑。

“等等。”

“爷爷，还有事吗？”

“沈宁走的当天，在楼下喊着让她跳下来的人，警察虽然治不了他们的罪，但是他们依旧是有罪的。去，让那些人去沈宁的坟前磕头认错。”

“是，爷爷。”

他竟然……他竟然做到了这样。顾烟捂住嘴，突然有点想哭，那天听到那些人喊着“跳下来”时那种愤怒而无助的心情，仿佛在这一刻，才真正得到了释放。

人跑远了，许怀先叹了一口气，正欲拄着拐杖离开时，顾烟放重了脚步声，从拐角处走了出来：“许大爷。”

许怀先转过身，并不意外：“顾总。”

“许大爷，您是长辈，就叫我顾烟吧。刚刚，谢谢您。”

“你都听见了？”

“是。”

许怀先叹了一口气：“他们年纪轻，比较冲动莽撞。回头，我让他们亲自登门道歉。”

顾烟摇头：“不用了，他们也没有真的伤害到我……”

许怀先花白的胡子抖动着：“做错了事，不只是看结果，从有那个错误的念头开始，就必须接受惩罚。更何况，他们已经付诸了行动。只不过他们运气好，没有造成实质性的后果。顾总，你就不要推辞了。”

“……是。”

“那你先忙，我回去了。”许怀先拄着拐杖转身，走得极慢，却极稳。

“许大爷。”顾烟喊住他。

老人家转过身。

“我一直以为，您不想我们重启星海屋项目。”

空旷的机场大厅里，是许怀先颤颤巍巍的声音：“顾烟，你是经过考验的人，请善待星海沙漠。”

顾烟再欲问时，许怀先的身影已经越走越远，直至拐弯不见了。

大约是沈宁的死动静太大了，那群偷猎者暂时避风头躲了起来，林漠跑遍整个沙漠，都没有找到有关他们的一点踪迹。

顾烟终于明白了沈宁那一句“对不起了”是什么意思——她会永远地存在于林漠的记忆里，会永远在林漠的心中占据一席之地。

第七天的早上，顾烟正在和团队开会，有敲门声响起。

陈光起身去开门。

顾烟继续指着大屏幕道：“过几天便是机场的奠基仪式，很多细节性的地方……”

大家纷纷看向门口，顾烟也不由得回过头。

只见一抹金色的朝阳斜斜地射进门口，几天不见的林漠一脸风尘仆仆地站在那一缕阳光里。他身上的衣服已经脏得看不出颜色，整个人也瘦了一整圈，胡子不知道多久没刮了，往日那双清亮沉稳的眼里仿佛被蒙上了一层薄薄的雾，让人看不分明。

他咧嘴笑了笑：“不好意思，我实在太饿了。”

等顾烟意识到的时候，同事们都已经走光了，整个会议厅就她和林漠两个人。

顾烟将林漠带到楼上自己的房间，给他放好洗澡水，递给他一套男士的衣服。

“这是……”

“新的。看见好看就随手买的。”

顾烟掩上门。

LPT的临时办公大楼是有厨房的，只不过平时大家都不怎么用。

顾烟亲手做了两菜一汤，菜的分量都不多，且都是素菜。

“我进来了。”

推开门，将饭菜放在桌上，只听见洗手间里传来淙淙的流水声，门没有关，顾烟走过去，双手抱胸靠在门边。林漠已经洗完澡，正对着镜子用左手费劲地刮着胡子。

天蓝色的上衣，黑色的西裤，穿在他身上正好。

顾烟走了过去，站在林漠的面前，然后接过剃须刀，小心翼翼，一点一点地帮他刮着胡子。林漠的气息喷在顾烟的脸上，她的手甚至能感觉到脉搏的跳动。

他终于回来了，活生生地站在了自己的面前。

“好了。”顾烟满意地看着他光滑的下巴，“出去吃……”

从背后突如其来的拥抱，打断了顾烟的话。林漠死死地抱住怀中的温暖，抱到顾烟都感觉到疼了。

“林漠……”顾烟挣扎了一下。

身后的双手终于慢慢松开，他的脸颊窝在顾烟颈项中，惹得她一阵痒痒。

“饿了吗？吃饭吧。”

林漠拿起桌上的食物，一声不吭地吃了起来。阳光透过窗户照了进来，才短短一个星期，却已经有了一种物是人非的感觉。

放下碗筷，好半天，林漠才开口：“今天是她的头七。”

“我知道。”

“我想去看看她。”

“我陪你去。”

林漠没有拒绝。

沈宁父亲早年过世，母亲后来改嫁他乡，她是跟着奶奶长大。沈奶奶将她和她的父亲葬在一起。至少，他们还能彼此做个伴。

墓碑上，沈宁笑颜如花。这是顾烟第二次陪林漠看望故人，这一次和看望小宝的心情不一样。沈宁毕竟是她认识的人，她曾亲眼看见过她的笑，也是亲眼看着她放弃了自己的生命。

“是我害了她。”

“不是。”

“我总在害人，小宝是，张叔是，沈宁也是……”

“林漠……”

林漠捂住眼睛：“是我害了他们……”

顾烟第一次觉得，语言如此苍白。她知道所有安慰人的话，此时此刻对于林漠来说都没有用——他从心底就觉得是他自己的错。

……

临走前，林漠站在墓前行了一个标准地军礼：“沈宁，我一定会抓到那两个混蛋，将他们绳之以法！”

顾烟蹲下身子，抚了抚墓碑上沈宁盛开的笑颜：“宁姐，保重。”

山路崎岖往下。

林漠走在前方，顾烟不远不近地跟在他的身后。突然，前方，林漠停下脚步：“顾烟，谢谢你。”

“谢我什么？”

林漠回过身，眼里带着一丝疲倦：“那天是，今天也是，都谢谢你。”

顾烟看了他一眼，随后笑了：“朋友之间，应该的。”

林漠看了顾烟一眼，没有回答，只是转身，朝山下走去。

陷　阱

星海机场的扩建工作已经完成，奠基仪式定在了第二天上午九点。

办公室里，顾烟和团队成员正在再次确定最后的流程，查看是否有错误或者纰漏。

陈光道："顾总，已经再次确认过了，没有任何的遗漏。"

小美在一旁道："是啊，顾总，您就放心吧。"

"那就好。"

可是不知道为什么，顾烟总觉得心里有点不安，总之，希望一切顺利吧。

当天晚上，顾烟做了一个很长很长的非常真实的梦。

她梦到自己和林漠走在一条弯弯曲曲的山石小路上，天色很暗，两边是影影绰绰的高山。那条小路很长，长得看不到尽头。林漠走在她的前面，两个人一前一后，顺着那条弯曲的山路向前走，什么话都没有讲。

即便是在梦中，顾烟都能感觉到自己的难过和压抑。

顾烟醒来的时候，才凌晨四点。房间里黑漆漆的，只有床头的一盏小夜灯，发着淡黄色的温馨的光。

顾烟拿出手机，打开了林漠的微信。这个时间，他应该在睡觉吧。想了想，她还是发了一条微信过去：我梦到你了。

等了两分钟，没有回应，顾烟拍了一下额头，不由得笑了，都这个点了，难道指望别人秒回吗？

顾烟刚刚躺下，准备继续眯一会儿，今天要举办机场奠基仪式，将会是非常忙碌的一天。

几秒钟之后，微信提示音响起，林漠回道：还没睡？

顾烟惊讶：刚醒。你呢？

在忙。

顾烟皱眉，这个点还在忙？她问道：今天机场奠基仪式，你来吗？

没有回音了。

顾烟也不知道自己是什么时候再睡过去的，被闹钟叫醒时，发现自己还拿着手机，手机停留在和林漠对话的微信界面上，他后来一直都没有回复。

上午九点，奠基仪式正式启动，前来围观的群众很多，现场也布置得非常热闹。

今天不仅来了非常多的政府要员，顾烟还邀请了同行业内不少知名人士，力争未演先热，将星海屋的影响力做到最大。

县长紧紧地握住顾烟的手，激动地道：“顾总，我代表南雍县，感谢你！”

“县长，您客气了。”

“不不不，南雍县工业发展没有优势，若说旅游业，也只有一个沙漠。顾总，是您替我们南雍县找了一条新路！”

招商局徐局长也走了过来，道：“顾总，时间是不是差不多了？”

顾烟看了一眼手机：“还真是。徐局，您请。”

按照流程，首先是南雍县县长发言，之后是各个重要领导发言，最后是顾烟代表LPT发言。

顾烟站在台上，台下是南雍县各级领导和部分居民，背后是广阔平坦的飞机场。不久以后，这里将会有川流不息的游客往来，这些游客将会带来许许多多的商机，将会有不少南雍县的居民因为这个项目而摆脱贫困，富裕起来。

这里可能会形成一个良性的、小型的商业圈，年轻人可能会慢慢回归，老年人和小孩可以不用再成为留守者，青壮年可以留在家乡，留在父母孩子身边……天高云阔，漫漫十里黄沙中，有世外桃源般的民宿，它会满足旅客所有避世的梦想，它会给当地人带来改善他们生活的丰富的物质。

这个县城，将会因为星海屋，一点一点地变好，变得更好。

“谢谢大家。”

台下，掌声雷动。

林漠的脸意外地出现在了台下的人群中，顾烟看向他，笑容里多了一丝感动，她以为他有事不能来。

林漠看了一眼小万，小万看向顾烟，神色有些不自在。随后，他走到音响师面前，让音响师关掉了所有的音乐和麦克风。

现场一片哗然，台上台下，大家面面相觑，不知道发生了什么。

林漠一步一步地走上台，站到了顾烟的面前，神情肃穆。顾烟心里顿时涌起一股不安，刚刚的那股热气现在一下子变得冰凉。她抚了抚长发，笑了：“看样子，林队不是来参加奠基仪式的。”

小万和二胖他们都来了，出事了！只是，会是什么问题？

林漠的眼里映着大漠天空里特有的蓝：“顾总，有人举报机场隔离带出现了巨大的污水池，请你配合调查，跟我们走一趟。”

机场隔离带？

顾烟立刻看向身后的陈光，陈光上前一步，肯定地道：“林队，你们是不是搞错了？所有可能存在的问题，我们昨天都一一检查过，包括机场隔离带。”

徐局长上台，看着林漠，对县长道：“监察大队的？”

“是，监察大队副队长，林漠。”

“小林啊，这是诬告，没有的事。你们先回去，回头我亲自和你们队长交涉。”

林漠站得笔直，寸步不让：“徐局，我们接到实名举报，人证物证都有。”

县长将林漠拉到一边：“小林，就算真的有问题，你看，能不能通融通融，今天是机场的奠基仪式……”

“县长，对不起。”

“刚刚陈光也说了，昨天都已经检查过了，顾总不可能犯这种低级错误的。”

“县长，我们只相信证据。”

“你……”

林漠看向顾烟："顾总，请吧。"

陈光一步挡在顾烟面前，目光坚定："我看谁敢带走顾总！"

林漠往前一步，附在他耳旁，声音很低："你这是在害她，你知道吗？"

陈光一把抓住林漠的衣领："我只知道为了这个项目，顾总付出了多少心血！我不能让你在这个时候带走顾总！"

小美在旁边都快吓哭了："陈光，林队……"

二胖和小万上前，一边一个架住陈光道："你这是妨碍执法！"

LPT其他的同事也赶紧上前。

……

现场一片混乱。

隔着互相推搡的人群，顾烟看向林漠，他笔直地看向她的眼里，毫不退缩。突然，顾烟笑了，那笑似昙花一现，盛到极致。

她径直走到林漠的面前："林队，走吧。"

陈光一把拉住顾烟的手："顾总！"

"松手。"

"顾总！"

顾烟叹了一口气，拍了拍陈光的肩：“陈光，这一大堆烂摊子还得你收拾呢，打起精神来，好好安顿各位赶来的嘉宾。再说了，我只是去接受一下调查，马上就回来了。”

“姐……”

顾烟坐上了监察大队的车走了。

人群议论纷纷。

星海机场奠基仪式，就以这样一种方式结束了。

最近，网上有一段视频非常火。

在西北某机场奠基仪式上，该机场负责人因有违法行为被当地环保部门当场带走，因事出突然，当时还引起一阵骚动。

很快，便有眼尖的网友发现，这个美女竟是几个月前非常非常火的西山救人者、网友口中的天仙姐姐、LPT的副总裁顾烟。

网络一下子爆了，大家纷纷在LPT的官博谩骂，以至于LPT不得不关掉了评论功能。

追风的雨：先前还以为是个仙女，现在看来就是个白莲花！她当初救人，我看也是不怀好意。

罗卜头：现在看来，之前西山救人，肯定另有隐情！

绿色绿色我爱绿色：破坏环境的人，祝她下辈子投胎成畜生！

追风陈先生：这种垃圾，怎么不去死！

社会我求哥：吃着人血馒头，赶紧去死！

……

不到一天的时间，已经有人“人肉”出顾烟的真实家庭背景，并将它发到网上。

一个叫柠檬萌萌的网友发文：顾烟本尊的家庭背景，拿走不谢。

监察大队办公室里，大家看着网上的新闻，正小声地议论着。

“原来顾姐身世这么惨啊。”

“是啊，看不出来，她父亲早年过世，母亲三婚，居然还有个弟弟生病了，靠她在养。靠，这完全就是当代的杨白劳啊！”

“什么杨白劳，明明就是白毛女！”

“难怪她……”

“林队！”

大家立刻站起身，小万整个人挡住电脑屏幕。

林漠目不斜视地坐到自己的位置上，还是二胖忍不住凑上前道：“林队，我总觉得顾姐不会做这种事。机场隔离带的污水池，这错太明显，顾姐那么聪明的一个人，不会犯这种错误的。”

“是啊，是啊。”其他人纷纷点头。

“是什么是？你们没事做了是吧！”林漠抬眼，目光里乌云一片。

“有事做，有事做。”众人纷纷坐回自己的位置。

林漠皱眉。

隔离带污水池的案子，确实有点奇怪，但是告发者是南雍县德高望重的许怀先许大爷，而且人证、物证都有。这个案子看似没有任何疑点。

将皮卡停在LPT办公大楼前，林漠站在院子门口，正欲敲门，却见里面的门被打开了，星海项目团队的几个人拖着行李箱，鱼贯而出。紧接着，陈光和小美从里面跑了出来。陈光满脸怒意地对他们道：“事情的真相还没有调查清楚，你们怎么能在这个关键的时刻走？”

“陈光，我们也知道顾总这个时候很艰难。可是，总部已经停了顾总的职，而且这个项目，我看多半也是成不了，我们留在这里还有什么意义。”

“是啊，这么个偏僻的地方，当初如果不是总部高薪派我们过来，我们谁会过来。现在顾总被停职不说，努力了这么久的项目都有可能黄了，我们留在这里，不是浪费时间吗？”

小美拉着其中一个人的手道：“周哥，这个项目对顾总非常重要，你留下来帮帮顾总吧。”

对方甩开她的手：“小美，对不起。”

一个年级稍微大一点的中年人语重心长地道：“陈光，小美，我劝你们和我们一起离开。”

小美还未开口，陈光便已愤愤地道：“我不会丢下顾总不管的！”

“陈光，顾总已经有心上人了，你……”

“滚！”

“好心当成驴肝肺。我们走。”

打开院门，他们看到林漠正站在院门前，几个人面上有点不好看，匆匆和林漠打了个招呼，便离开了。

林漠推开院门进去。屋内，电话铃声响起，小美擦了擦眼泪，跑了进去。陈光则愣愣地站在原地，看着二楼顾烟的房间发愣。

“林队，你来了。”陈光并未回头。

“你怎么知道是我？”

“我听得出你的脚步声。”

多少次开会，只要门外响起林漠的脚步声，顾烟的嘴角便会露出笑意，虽然那笑极浅，且稍纵即逝，但却极其耀眼。

“顾烟她……”

“不是很好。”陈光回过身，目光里写满了担忧，“LPT星海项目爆出环境污染的问题，现在影响非常坏。LPT总裁李淮南先生为了逃避责任，将所有的错全都归给了顾总。总部已经将顾总停职了，再加上网上的那些攻击，”陈光看向二楼，“她现在的心情非常不好。”

“我去看看他。”林漠向前走去。

“林队，你相信顾总吗？”陈光追问道，“如果我说，隔离带污水的事情，我们完全不知情，你会相信我们吗？”

“陈光，我是一名执法者，我只相信证据。”林漠回身，目光坚硬如铁。

“可是，你还是有私心的是不是。你在奠基仪式上带走了顾总，而不是在机场正式运行后——这两个的罪名不一样。”

林漠没有回答，只是转身朝门内走去。

“林队，谢谢你。”

林漠脚步顿了顿：“不用。顾烟，我来保护。”

刺目的阳光下，陈光的脸上却似欲下雨前般阴沉。

林漠在顾烟的房间门口停住了。

距离上一次来这儿，还不到半个月。林漠苦笑，上次是他因为沈宁的事，心情不好，这一次倒是反过来了。

林漠的手刚放到门上，正欲敲时，门一下从里面打开了，顾烟穿着简单宽松的T恤，头发全都绑到脑后成一个马尾，看起来气色似乎还不错。

“你在门口是要站成化石吗？”顾烟回身，坐在了电脑前。

“你……”

她和自己想象中的反应不太一样。

“我怎么样？现在应该痛哭流涕吗？”顾烟白了他一眼，“有这个功夫，还不如找出在背后给我下黑手的那个人。”顾烟冲着林漠笑，笑得林漠背后有一点发寒，“比起‘成王败寇’，我更爱‘报仇雪恨’。”

林漠隐隐地松了一口气，拉了一张凳子，坐到顾烟的身边：“怎么样？你觉得哪里有问题？”

“一个是时间点。正好卡在机场奠基仪式的前几个小时举报，对方明显是有备而来。”顾烟指着电脑屏幕上的机场示意图道，“第二个是位置。你看，机场隔离带正好在监控范围死角处，且污水带的下水道和附近其他几个工厂有公用的管道……”

电脑屏幕上的示意图太小，林漠整个人凑得很靠前，他的脸和顾烟的脸仅仅隔着几厘米。

“你看这里……”顾烟指向电脑上的某一处，回头看林漠，嘴竟扫过一片柔软，不小心碰上了林漠的脸颊，愣了一下，眼一下子瞪大了。

林漠却似乎毫无察觉，犹自仔细地看着电脑上的图纸。

顾烟扶住桌子，轻轻地推了一下椅子，两个人滑开了一定的距离。

但在顾烟看不到的地方，林漠轻轻摸了摸刚刚被顾烟碰到的地方，笑了。

机场排污案调查起来并没有想象中的简单。整整一个星期过去了，还是毫无头绪，网上对顾烟的谩骂声越来越重，无数的人嘲笑曾经的救人英雄今天竟然吃着人血馒头！

甚至有人已经“人肉”到了LPT南雍办公楼的地址，给顾烟寄了一些乱七八糟的东西过来，不过都被林漠和陈光事先处理掉了。

“您好，您的快递，请签收一下。”快递员将一个半人高的包裹递给林漠。

这么大？

“谢谢。”

林漠接过包裹，眉头皱得死紧，这已经是今天收到的第五个包裹了，现在的网友都这么闲了吗？之前的四个包裹，要么是动物的尸骨，要么是枯死的植物……至于这一个，应该也是类似的吧。

林漠刚想把包裹处理掉，身后传来顾烟的声音："林漠，寄给我的吗？是什么东西？"

"没什么。"林漠试图挡住背后半人高的纸盒子。

林漠非常不擅于说谎，一旦说谎话，便会有一些不自觉的小动作，比如此刻的摸鼻子。

顾烟双手抱在胸前，一声不吭。

对峙。

林漠叹了一口气："事先声明，我也不知道是什么东西，但是，我提醒你一下，不要害怕。"

不要害怕？

林漠放倒盒子，然后小心翼翼地打开。刚刚打开一半，一个真人比例大小的、带血的娃娃头突然出现在他们面前！

"啊！"顾烟尖叫一声，后退了好几步。几秒钟之后，她脸色苍白地道，"林漠，今天你们一直都在收这种东西？"

"顾烟……"

"为什么不告诉我？"顾烟的声音有些颤抖，"你们是觉得我负不起责，承受不了这些吗？”

林漠还未回答，顾烟便一言不发地转身上楼。

顾烟将自己关在房间里，不开门了。

第一天，林漠一日三餐将做好的饭菜放在她的房门口，可根本就没有动过。

到第二天的时候，林漠忍不住了，直接敲门：“顾烟，你身为LPT副总裁，走过多少危险的线路，一个带血的娃娃就把你吓住了吗？”

没有回答。

第三天傍晚，林漠弯腰，依旧将餐盘放在她的房门口：“今天有糖醋里脊，我自己做的，有点煳，凑合吃吧。”

说完，他背靠着门，坐在了地上。

卧室内，顾烟手抚着门，随后也靠着门坐在了地上。

“我有没有和你说过，我是孤儿。我小时候，日子可苦了。人家的小孩有爸爸、妈妈、爷爷、奶奶，有吃有喝。我呢，什么都没有。我小时候是吃百家饭长大的。那时候有一条流浪狗，一直跟着我，我跟它说，我没有吃的，它也一直跟着我。后来，我就习惯了它的陪伴。”林漠用手敲了敲门，“真的，它能听懂我的话。你别不信，我偷别人家水果的时候，都是它给我放哨的。可是后来，它被人打死了，我抱着它的尸体在大雨中哭了几个小时。当时我想，如果我有一条狗链，它就不会乱跑，以至于被别人打死。再后来，我就明白了，生活中的恶意只有靠我们自己的抵抗，没有人能帮自己。只有我们自己够强大，才能保护自己。”

正预备站起来，门“吱呀”一声打开了，林漠一时不备，躺倒在地板上。

顾烟一身白衣，面无表情地看着他，小小的脸尖了一圈，越发显得明眸皓齿，只是目光仿佛被蒙上了一层薄薄的雾，让人看不分明。

顾烟蹲下身，然后慢慢地向林漠的脸凑近。

顾烟倾身靠近时，一股香味侵入林漠的鼻息，他不由得屏住了呼吸。岂知她继续往前，然后弯腰，拿起地上的餐盘。

“摔傻了？”顾烟起身，轻踢一下林漠的肩。

林漠一下子跳了起来，不料起来得太急，头不小心撞到了门上，叫了一声：“哎哟。”

“我不是被吓的。”

“什么？”

“你刚刚说的。”

林漠这才想起来：“哦。”他等着顾烟继续往下说，顾烟却没有再开口了。

她拿起地上的食物，然后进了房间，一声不吭地吃了起来。她吃得越来越快，因为几天没有进食。吃到喉咙间的食物不被肠胃接受，她“哇”的一声，立刻冲到了垃圾桶旁，下一秒刚刚吃进去的食物被吐了个精光。

“顾烟！”林漠冲了上去，半蹲在她身边，顺着她的背道，“你没事吧？”

顾烟摇了摇头：“没事。”

她面色苍白，看了一眼桌子，林漠立刻将桌子上那个粉红色的杯子递给她。

顾烟喝了两口水后，轻轻地靠在林漠的膝盖上。

“顾烟……”

“嗯？”

“你想去看一眼星海屋吗？小美将它重新装修过后，你一直都没有时间去。”

“……好。”

十里黄沙，安静如夜半的深山，只听得见阵阵虫鸣，应和着天空中点点星光，仿佛另外一个世界。

天已经完全黑了下来，明亮的车灯下，星海屋就在眼前了。

“下来吧。”林漠朝着顾烟伸出手。她犹豫了一下，跳下车。林漠突然伸手，遮住了她的眼睛。

“林……”

下一秒，四周一片大亮！竟是星海屋四周的墙壁上所有的灯光都被打开了。透过林漠的指缝，顾烟能够看到，在灿烂的灯光下，星海屋美得仿佛世外桃源一般。

“漂亮吗？”

顾烟拉下林漠的手，径直往星海屋里面走去。

进门的大厅，两边的花房，后面的住房、健身房……这里所有的一砖一瓦，一草一木，无不是她的心血。

在机场奠基仪式前，在顾烟的主导下，她和小美将整个星海屋修葺了一遍，并且通了电和水，为第一批到来的游客做好万全的准备，只是现在都用不上了。机场污水案丑闻一出，之前顾烟好不容易争取来的单子都被退掉了。

没想到，有现代化的加持，晚上的星海屋居然如此的漂亮。

最高的楼也不过三层，在三楼餐厅外的阳台上，陈光远远地向顾烟招手：“姐，我们的星海屋美吗？”

这几天，顾烟一直都没有哭过，但是这一刻，也许是灯光太美丽，也许是他们太用心，顾烟的心突然软得一塌糊涂，眼里盈满泪水，点头笑道：“美！”

小美也大声喊道：“顾总，我爱你！”

陈光双手放在嘴边，大声道：“这么美的风景，能变现才不亏啊！”

“噗嗤”一声，刚刚心里的那点感动一下消失殆尽，顾烟回头看了一下林漠，眼里满是询问。林漠看了一眼远处的陈光和小美：“联合策划而已。”

“林漠，谢谢你。”顾烟笑颜如花，突然踮起脚，抱了一下林漠。林漠身体一僵，随后放松了下来，声音里带着笑意：“不客气。”

他们身后，大漠黄沙中，唯一的古镇亮如白昼。

顾烟在林漠的耳边，吐气如兰：“林漠，我只是被自己吓到了。”

林漠花了两秒钟才反应过来她说的什么，缓缓地伸出双手，正欲回抱顾烟时，顾烟却已然离开他的怀抱，歪着头，看向矗立在沙漠夜空中的星海屋。

“我在房间里关了三天，我看了网上关于机场排污案所有的评论，我还逼着陈光给我看了大家寄过来的那些东西，我突然明白了，”顾烟回眸，“明白了你对这片沙漠的坚守。”

林漠眉心一动，清晰地听到了自己越来越快的心跳声。

“我以前一直都以为，钱能够解决世界上大部分的问题。我做旅行，做高端定制，做的每一个项目都可以带动当地经济的发展。可是我从来没有想过，我其实也是在掠夺当地人对绿水青山的渴望。林漠，我一直以为自己做得很好，”顾烟转头看向他，眼里印着星海屋璀璨的光，“可是，我可能，真的错了。”

有一股热流从心底涌起，一直涌到他的喉间，林漠突然很想紧紧地抱住面前这个人：“顾烟……”

顾烟突然对他伸出手：“手机。”

“啊？”

顾烟性子急，已经上前一步，直接从他口袋里掏出手机。她的气息从他的颈下划过，手隔着衣服，留下一瞬间的温度，很暖。

顾烟拨通陈光的电话，目光闪亮：“陈光，打给夏天夏总，让她帮忙调查一下江远扬。另外，给小美买明天最早的机票，我需要她先回LPT帮我调查一些事情。”

不远处，陈光似愣了一下，然后脸上浮现出一个大大的笑容：“收到！”

顾烟将手机还给林漠：“机场隔离带污水案，很有可能和LPT有关。”

“江远扬？”林漠挑了挑眉，似乎并不意外。他转身，边走边发微信给陈光，“关水关电，我们先走了。”

林漠打开车门，坐了上去。顾烟坐上副驾驶座，有些疑惑：“你早就知道？”

林漠一踩油门：“一点点。”

“一点点？”顾烟继续追问，“那你是怎么知道江远扬的？”

“查到的。”

“怎么查到的？”顾烟追根究底。

林漠踩住刹车，无奈地侧身道：“顾烟，我们还有很多时间。”

“现在不就有时……”

在他们背后不远处的星海屋，刚刚明亮异常的灯光，此刻一盏接着一盏地慢慢地暗了下来。

顾烟话音未落，在最后一盏大灯暗下的同时，林漠的气息已经充满了她的心肺，温热的唇落在她的唇上：“现在的时间，只属于你和我。”

顾烟一愣，随后嘴角有笑意涌起，睫毛也似两片微微颤动的翅膀慢慢地闭上了。

告　别

电视新闻里，主播正在播报星海机场隔离带污水案。

画面镜头里，LPT副总裁江远扬，LPT最大竞争公司——NPT旅行公司的执行董事谭啸峰，以及东坝化工厂相关涉事人员纷纷被逮捕。

谁都没有想到，事情的真相居然牵扯到了国内最大的两家旅行公司——LPT和NPT。

机场的隔离带排放管和南雍几家大型工厂是公用的，其中有一家便是东坝化工厂。东坝化工厂的厂长利用自己的排污池，在机场奠基仪式的头一晚排放大量的超标污水到隔离带，造成隔离带排污的假象。同时，该厂质检人员第一时间实名举报顾烟。

而东坝化工厂背后的人，便是江远扬和谭啸峰。江远扬和谭啸峰是中学同学，只不过一个是寒门贵子，一个是NPT总裁的私生子。两个人的人生轨迹不同，自然少了联系，再见面的时候，一个是LPT的高管，另外一个是NPT的高管，于是一拍即合。

手机铃声响了，顾烟按了一下遥控器，电视画面停在江远扬和谭啸峰被抓的一幕。

“夏天。”顾烟整个人陷进沙发里。

“顾烟，我们成功了。”

“是，我们成功了。”顾烟看向窗外，心情有些沉重，“我一直以为，江远扬打压我，只不过是为了上位而已，没想到他会勾结外人。”

“他和谭啸峰是中学同学这一层关系，很少有人知道。现在看来，VTRM雨林计划，就是江远扬和谭啸峰联手做的一个局，目的一是将你赶出LPT高层，二来则是利用南雍这个项目，制造一系列的负面新闻，从而达到迅速拉低LPT市值的目的，从而……”

“低价收购LPT。”顾烟不由得捂住嘴，“江远扬的野心居然这么大！”

夏天一声冷笑：“只是他们百密一疏，没想到你居然真的可以走到最后一步。说起来，你真得感谢一个人，如果不是他，这件事情恐怕没有这么快能查清楚。”

顾烟明知故问：“谁？”

“你说是谁？我都迫不及待地想见他了。好了，不和你说了，我得去开会了。”

“好。”顾烟顿了一顿，“夏天，谢谢你。”

“我们之间，不必言谢。”

电话挂断了。

真相一旦曝光，所有网友对于顾烟的评论也是一边倒，甚至有一个网友发起了一个“向天仙姐姐道歉”的帖子，一时之间，跟帖者无数。

爱飞的鱼：天仙姐姐，对不起！对不起！对不起！请收下我的诚挚的膝盖！

你爱我像他：天仙姐姐，对不起，前段时间也跟风骂你了。以后我看新闻时，一定会带上自己的脑袋。

小小君子：哈哈哈，我一直坚信姐姐不会做这种事，果然反转了吧。

呼噜娃：楼上的，注意队形。

……

顾烟还收到了一封手写的道歉信，字写得歪歪扭扭，可是语气却很真诚——是那个寄大头娃娃的网友寄过来的。

南雍县林业局监察大队里。

二胖：“我就说顾姐没有问题吧？可怜她还被网络暴力

那么久，差点被那个大头血娃娃吓死。”

队员甲（心有戚戚）：“这些大公司内斗太可怕了，我还是老老实实待在南雍吧！”

队员乙：“得亏顾姐洗脱罪名了，不然林队的脸不知道要黑到什么时候。”

队员丙：“是啊是啊。”

小万最后总结：“主要是林队厉害，调查出了真相。”

众人纷纷拿起桌上的东西丢向小万：“你这个万年迷弟！”

小万头一偏，那些东西好死不死地纷纷砸到了刚进门的林漠身上。林漠闭上眼睛，一声不吭。

众人顿时作鸟兽散，一个个从办公桌后探出头道：“林队，你不去看看顾姐啊？”

“是啊，林队，你们到底什么时候和好啊？”

林漠拿起东西丢回去：“你们很闲是不是？”

“哎哎哎，林队，君子动口别动手啊。”

……

顾烟到监察大队的时候，正好看到林漠和他们闹成一团。她很少看到林漠有这么活泼的时候，他似乎永远都像一棵树，站得笔直，迎接着所有的风和雨。

“顾姐！”

“顾姐！”

队员们一个、两个探头向顾烟打招呼。

“顾姐，你是来找林队的吧？”

顾烟笑了：“我是来找你们的。”

“找我们？”

“今天晚上，南雍大酒店，我请大家吃饭。”

“南雍大酒店！”

“那可是咱们这儿最好的酒店！”

大家顿时兴奋起来。

“是啊，这段时间大家为了我的案子，帮了不少忙，我请你们吃饭，就当谢谢你们了。”

“顾总，可带家属吗？”

“当然可以。”

“谢谢顾总！”

二胖可怜兮兮地凑近林漠：“林队，那，咱们今天能提前一点下班吗？我好回去接我媳妇儿，她一直吵着要吃南雍酒店的菜。你也知道，咱们这点工资，我哪有闲钱带她去……”

“是啊是啊，林队。”

林漠看了一下大家充满期待的脸：“今天提前半个小时下班。”

“耶！”

顾烟看向林漠，眼里似有星辰闪耀：“宋队说他去了，你们不自在，就不去了。不知道林队长肯不肯赏光？”

林漠笑了：“顾总这么大方‘放血’，我当然去。”

“耶！”

当晚七点，南雍大酒店。

二胖刚刚进门，便凑到顾烟的身边，神秘兮兮地道：“姐，我们刚出队时，不知道二科的苏辰哪里知道的消息，死活要跟来，被我们队长给赶回去了。”

苏辰？顾烟一时对不上这个名字。哦，是了，是那个给她送书的小伙子。

一只脚不轻不重地踢在二胖的屁股上，林漠冷着一张脸进来：“你小子不准备吃饭了是吧。”

“吃吃吃。”二胖捂着屁股跑远了。

顾烟看着林漠，似笑非笑。林漠咳嗽了一声，避开她的眼神，朝着一旁的陈光打招呼。

陈光给他们带路：“林队，这边请。”

顾烟要了南雍酒店最大的一间包间。

这是顾烟第一次和这群大小伙子吃饭。虽然刚来南雍时，在监察大队的宿舍里，也算“借住”了不短的时间，但是那个时候因为脚伤，每天都吃食堂，也没机会和他们深入交流。今天和他们同席才发现，这群大小伙子和江都的普通青年一样爱笑爱闹。

吃得差不多了，顾烟拿了一杯红酒，站在了阳台上。她背后的房间内，二胖他们正闹着给陈光敬酒。陈光在业务部跟了顾烟那么几年，已经是老江湖，自然不肯轻易喝，于是整个房间闹哄哄的。

夕阳西下，从这个位置看过去，沙漠一片金黄，星海屋在阳光的照射下，充满了世外桃源般的诱惑。

一个沉稳的脚步声传来，随之一股熟悉的气息靠近她。下一秒，林漠高大的身影站在她的身旁：“从这个角度看过去，沙漠真美。”

“是啊。”

两个人似是被眼前的美景所震撼，好久都未曾开口。

顾烟拿起酒杯晃了晃，喝了一口：“林漠，这次的事情，谢谢你。”

林漠微微倾身，双手撑在阳台栏杆上：“你也救过我。”他看了一眼她手中的红酒，“少喝点酒。”

“我酒量很好的。”

“那也不许多喝。”

不许，很霸道、很暧昧的话，可是顾烟很喜欢。

傍晚的风起，顾烟的长发被吹起，发梢轻轻扫过林漠的手臂，带着微微的痒意。风落，那一头长发又慢慢地落回到顾烟的肩上，如一朵收拢的花。

有一缕发落在她的额边，林漠很想将它顺到顾烟的肩后。可是刚抬起手，顾烟已经转过身，明亮的灯光下，她的眼睛很亮：“偷猎案有进展了吗？”

“还没有。”

“总有抓到他们的一天。”

“嗯，我一定会抓到他们。”

他们从对方的眼里，都能够看到彼此对沈宁的愧疚和思念。那个喜欢穿旗袍的女人，那个在南雍开着最大理发店的女人，再也回不来了。他们能做的，便是抓到伤害她的人，让罪犯接受法律的制裁。

活着的人需要公平，逝者也同样需要。

太阳已经完全落在地平线下了，远处的天边彩霞满天，那种带着橘色的火红，让人感到异常的温暖。

“顾烟……”

“林漠……”

两个人同时开口，却又同时笑了。

顾烟斜靠在阳台上：“你先说。”

“女士优先。”

顾烟笑了：“那好，我先说。”她将酒杯放在一旁，右手抚了抚耳环，眉眼低垂，似是在考虑怎么开口。

林漠脸上的笑意慢慢地消失了，每当她有心事的时候，便会习惯性地抚弄自己的耳环。

最后一缕霞光打在顾烟的脸上，她的神情带着一股朦胧的距离感：“林漠……我要回江都了。”

刚刚还带着一丝笑意的眸子瞬间黯淡了下来，林漠张了张嘴，缓了两秒才道：“那你，还回来吗？”

“……不知道。”

“好！”房间内一片叫好声，原来二胖猜拳输了，得一个人喝一整瓶啤酒。

“愿赌服输，快喝快喝。”

“我来替他喝！”二胖的媳妇一马当先。

“你会喝酒吗？我来！”二胖拉开自家媳妇。

整个世界都黑了下来，从这个高度看下去，南雍县城万家灯火，已星星点点地亮了起来。就连顾烟和林漠背后的这一场热闹，也只是这群年轻人的，与他二人无关。

林漠避开顾烟的目光，看向那浓得化不开的深黑处：“那这个项目……”

“LPT总部对这个项目进行综合评估，觉得现在时机不太成熟，决定暂停这个项目。再加上江远扬被抓，很多工作需要我去做，所以，”顾烟看向林漠，在灯光的照耀下，她的眼神微微闪烁着，“我被调回江都了。”

“恭喜。”林漠眼神微敛，拿起顾烟放在一旁的酒杯，一饮而尽，“原来今天是散伙饭。”

他说完，转身朝房间内走去。

顾烟叫住他：“林漠。”

风很大，她觉得自己的背心一片冰凉，但是看向林漠的眼和脸却又是热的。

林漠停住脚步，只是微微侧脸。灯光下，他侧面的线条还是好看得惊人，一如顾烟第一次见他的时候。

“你刚刚，想对我说什么？”

林漠似是笑了一下：“没有了。”

不是“没什么”，而是“没有了”。

顾烟抱住双臂，突然觉得心底唯一的暖意也被这凉风吹散了，落到了十里沙漠的漫漫黄沙里。

寻　　爱

顾烟回到了江都，再次坐在LPT二十二楼的办公室，一切似乎和以前一样，又似乎不一样了。她在LPT的劲敌江远扬也已经不存在了，可以说，她距离LPT中华区总裁的位置，仅仅一步之遥了。

大家都担心顾烟回来以后会大洗牌，尤其是以前的财务部，在江远扬的授意下，经常和项目部对着干。但是让人意外的是，在人员上，顾烟竟然没有进行太大的调整，只是将陈光和小美提拔为自己的副手。

而之前，南雍项目组的人，在某一个阳光灿烂的午后，一起相约敲开了顾烟办公室的门，集体九十度鞠躬给顾烟道歉。

彼时顾烟正在签一份文件，平日两秒都不用，今天似乎是签得格外的工整，居然花了五秒钟的时间。

“不用道歉。”顾烟抬起头，“在当时那种情况下，你们选择自保，我可以理解。”

站在她面前的几个人顿时松了一口气。

“但是，却不能接受。”

正准备挺直腰的几个人在听到这几个字时，又惶恐地弯了下去。

“不过，你们也给我提了一个醒，在以后的工作中，一定要有不能被放弃的自觉和实力，这样也就不会给人带来选择的困扰和愧疚。”

“顾总……”

顾烟，好像变了，变得更有自信和魅力了。可是，到底是原谅他们，还是不原谅他们?

几个人你看看我，我看看你，最后还是年纪最大的周哥道：“顾总，那我们可以继续留在项目组吗？我们，还是想跟着您。”

“当然，我只看成绩，不纠过往。”顾烟嫣然一笑，“不过我要纠正一点，你们不是跟着我，而是跟着LPT，跟着我们高端定制的旅程和服务，能做到最好吗？”

“能！谢谢顾总！”

“去忙吧。”

这十年来，她拼命想要的东西，已经触手可及。可是，顾烟突然觉得一点都提不起劲儿，感觉自己对江都这座一线城市好像水土不服了。她怀念大漠的绿水青山，怀念二胖、小万，甚至怀念宋重。

可她最怀念的，还是林漠。无限怀念在月色似水的沙漠中，在你来我往的争执和试探里的时光。

“顾总，有您的电话。”秘书小艾打进内线电话。

顾烟一边看着这个季度的项目策划，一边道：“我说过了，不是特别重要的电话，不要打进来。”

“对方是NPT财务总监任总，他说会一直等到您见他为止。”秘书的声音有些为难。

微微一愣。

顾烟道：“他现在在哪儿？”

“楼下大厅。”

任光年在人群中向来都非常耀眼，让人平白地心生好感。好看的剑眉下，一双单眼皮看人时永远都似桃花含情。一米八的身高，修剪得体的发型，再配上温润如玉的气质，永远都给人一种谦谦君子的感觉。

想当年，顾烟也是这样爱上他的吧。以为他的目光只会看向她，以为他眼中的星光只为她闪耀。

任光年抬头，一眼便看到站在电梯出口正在出神的顾烟。

她变了，以前刻在骨子里的那份精明高调，现如今被一种恬淡的气质所代替。她看上去，低调了很多。

顾烟一步步走向任光年，到了他的跟前，像一个老熟人一般地打招呼：“好久不见。”

任光年笑得温暖如昔：“小烟，你回来了。”他张开双臂，“这么久不见，不拥抱一下吗？”

顾烟看了他一眼，墨似的眼珠里透着一丝疏远，双手抱在胸前道：“沈青的肚子应该很大了吧？”

任光年的脸上有着一闪而过的尴尬，随后镇定道：“她没有怀孕。她当时是骗我们的。我和她也没有结婚，当时只是我妈逼得我太狠……”

顾烟诧异地抬头，可明亮的眸子里除了这一瞬间的诧异，便没有多的情绪了。这些话，如果他在自己刚离开江都的时候讲，自己也许会无比庆幸，甚至会狂喜落泪。可是现在，她好似听着一个不相干的人，在说着不相干的话。

她平静地道：“光年，我以为我上次已经说得很清楚了。”

“那只是你单方面决定的。”任光年似有些难过，“小烟，就算我们不是情侣，我们也是认识很多年的朋友了。你经历这么多的事情再回LPT，我来看你一眼，约你吃个午餐，不可以吗？”

眼前的任光年，毕竟在一起经历了好几年的时光，那些鲜活的记忆像一串串璀璨明珠，只要她回想起来，便会无比地感恩有他陪伴的那段时光。

“光年，你知道我的，我说我们还是朋友，那只是客套话。”

“那如果，”任光年看向顾烟，漆黑的眼珠中满是顾烟的身影，“我们重新做回情侣呢？”

顾烟看了任光年一眼，正欲张嘴，任光年却突然打断她：“你不用现在就答复我。”

“光年……”

“只要你没有结婚，我就有追求你的权利。小烟，我们是因为误会分开的，你当初甚至没有找过我求证那件事情，你不能就这样判我死刑。”

四周，已经有不少员工往这边看了。

“任总！”夏天拿着一份文件夹，远远地走了过来。走到顾烟身边，她揽住顾烟的肩，对任光年笑道，“任总真是稀客。”

听懂了夏天话里的意思，任光年道：“我以后争取常来。”

顾烟看向他：“你不是还有事吗？”

“哦，对，我还有事，那我先走了。”任光年看向顾烟，“小烟，我说的话，你好好考虑一下。”

任光年转身离开了。

“谢了。”

顾烟转身欲回办公室，夏天一把拉住她：“都这个点了，直接去吃饭吧。”

顾烟笑了，难怪她刚刚看到不少同事下来，原来已经到了午餐时间了。

两个人去了以前经常吃的一家餐厅。

坐在靠窗的位置，看着外面人来人往。天空很蓝，云层很薄很透，顾烟不由得想起大漠的万里晴空、十里黄沙，想起了二胖，小万……还有林漠。

夏天边看菜单边道：“都这个点了，也不知道请我们吃个饭，我看这个任光年是欠收拾了。”

顾烟转回目光，看向夏天，笑了：“夏天，你不用给任光年说好话。”

夏天看向菜单，一副“吃完再说”的架势：“我吃西餐，你呢？”

“和你一样就好。”

夏天收起菜单，按下点餐铃，随后才靠进椅子里，认真地看向顾烟：“任光年是个不可多得的丈夫人选。”

“我知道。”

“江都土著，还是一富二代。更难得的是，他还不是那种混吃等死的富二代，能力虽说赶不上你吧，但是比起一般人也是绰绰有余了。”夏天往前倾身，右手托住下巴，“虽说他人是‘中央空调’了一点，但是经过沈青那个‘诈和’，以后应该也不会这么轻易上当了。最最重要的一点，人家对你可是一往情深。这种又帅又有钱的主，你上哪儿找去。”

服务生上来了饮料，顾烟将夏天的饮料推了过去：“喝点水，润润喉。”

“别给我打马虎眼，你到底是怎么想的？你是不是在怪VTRM项目时，任光年没有提前透漏信息给你？”

顾烟喝了一口柠檬汁，又酸又甜的味道，让她想起了大漠的清茶。她摇了摇头：“夏天，我和任光年不可能了，我们的时间不对。”顾烟用吸管搅动着柠檬汁，“他进的时候，我一直在退，我只想着靠自己的努力出人头地。他被沈青冤枉的时候，我更是直接逃到了南雍大漠。夏天，”顾烟抬起头，“我和任光年，没有谁对谁错。他给了沈青暧昧的信息，可是我同样也没有给过他信心。”

“完了。”夏天泄气，“任大帅哥算是彻底没戏了。”

已近秋天了，江都的天气慢慢地转凉。街面上，爱美的女人们依旧是薄裙短衫，看起来热闹而靓丽。

“顾总，”小美敲门进来，“您的花。”

顾烟头也未抬：“丢垃圾桶。”

“别啊，顾总，这花得多贵啊！”小美有些犹豫，她还从未收到过如此贵的花呢。

顾烟起身，接过花，将里面的卡片抽出来，然后将花递给小美：“送给你们插瓶吧。”

小美做了个鬼脸，笑了，原来顾烟都知道了。NPT的任总已经连续给他们顾总送了两个月的花了，而且这花还天天不重样，顾烟每次都直接丢在垃圾桶，大家觉得浪费，便时不时地捡两支插瓶。

“谢谢顾总。”

顾烟笑了：“去吧。”

如果是林漠看到，大约也会说自己浪费吧。这么好看的花，被扔在垃圾桶，可不是浪费。

几分钟后，手机微信响起。

花收到了吗？

嗯，办公室的小姑娘们表示感谢你。

两秒钟之后，任光年的电话打了过来，他带着一股抱怨的口气道：“小烟，你还没原谅我吗？”

顾烟边用胳膊夹住电话，边在文件上签字：“光年，当时那件事，咱们俩谈不上谁对谁错，你固然有错，但是我也有不对的地方。”

手机里一片沉默，几秒钟之后，任光年的声音传来，透着一丝寂寥：“顾烟，我们是不是……回不去了。”

原本写着字的手停顿了一下，随后，顾烟抬眼看向窗外，长长的睫毛似蝴蝶般轻轻颤动：“光年，我们只不过是退回到了好朋友的距离。”

“可是我……从来都只想站在离你最近的位置。”

电话被挂断了，传来了一阵“嘟嘟”声。顾烟站在窗前，望着这十里繁华，突然觉得胸口的一块大石头落了下去。

时间很快，也很慢。顾烟将自己的时间安排得非常满，满到没有任何一点时间去想别的人或者事。

LPT的员工们发现，即便在凌晨十二点给自家BOSS发邮件，也能在十几分钟之内收到回复。后来，有几个小年轻还做了个实验，分别在凌晨十二点半、一点半、三点、三点半给顾烟发邮件，结果居然都收到了回复。

第二天，公司的小群里炸了锅——高层不在这个群里，几个凌晨收到顾烟回复的员工将邮件和时间截图发到群里。众人纷纷感叹顾烟的勤勉，以及自己的懒惰。

“不是吧，女神这么晚还在工作！”

“天啊，别说两点半了，我十二点半都睡着找不到北了。”

“身居高位，真是拿命在拼啊。没法比，没法比啊。”

“太拼了吧。”

“顾总简直就是我的偶像！那么优秀，居然还那么拼命！”

……

群里刷屏的速度超快，大家多是在感叹顾烟的拼命度，以及好奇她是怎么保持身材的。

陈光盯着电脑屏幕，有一下没一下地点着鼠标。

大部分人都有拖延症，但也有少数人自律而高效，顾烟就是后一种。除非事出紧急，她很少熬夜，因为她曾说，熬夜对皮肤不好。

她这么晚还在工作……按着鼠标的手指停了一下，应该糖醋排骨、青椒肉丝、水煮鱼肉，还有一个清炒时蔬，都是顾烟喜欢吃的。

“我哪有瞎说，”顾烟跟在他身后，拿着一盘菜出来，“几年前，有一个大眼睛的美女，叫，叫……”顾烟想了半天，却依旧想不起名字。

“赵苏。”常河在前面温柔地道。

“对对对，赵苏，她当时还以为你喜欢我，还特意来找过我，你忘了？”

忘？他怎么会忘。常河微微弯腰，将手中的鱼汤放在桌子上，一个不稳，滚烫的汤汁一下泼到他的手上。

“嘶——”

“你怎么了？”顾烟放下手中的菜，目光落在常河的手上，只见他食指和中指已经红成了一片。

“烫到了。疼不疼？”顾烟一把抓住常河的手，眉头皱得死紧。

“还好。”

顾烟将常河拉到厨房，将他的手指放在水龙头下猛冲，冰凉的触感缓解了他手指和心底地焦灼。

“你说说你，都多大的人了，还不知道小心一点。你这……”

时候，就像现在。

十点……十一点。顾烟的电话依旧没有人接。

“小伙子，我看你也不像坏人。你直接进去找你女朋友吧，说不定人早回来了。”

林漠起身，拍了拍有些发麻的腿：“谢谢。”

28栋2单元702，很好找。

门铃响了半天，依旧没有人应，看来她还没有回来。

“我自己上去就好……”

一个熟悉的声音，不远不近地传来。林漠回过头，距离他十几米的地方，昏黄的路灯下，顾烟身着一身青灰色的衣裙，面容精致，脸上略带疲色，正和身边一个高大的男子说着什么。

林漠呼吸一窒，才几个月不见，她似乎瘦了很多，也憔悴了许多。

大约是感觉到了前方的目光，顾烟朝林漠所在的方向看过来。她先是惊愕地张大嘴，随后便有惊喜的笑意从心底涌起，直到眼底眉梢。

他黑了，也瘦了，连胡子都没有刮，穿着一套墨绿色的工作服，看起来好似几天没有休息好。

两个人站在原地，竟半天只知道傻笑。

常河顺着顾烟的目光看过去，一个高大挺拔的男人正站在28栋门口，一脸风尘仆仆的样子。他心中一动，看来，这就是顾烟失眠的原因。

顾烟向前走了两步："林漠……"

林漠目沉似水："你别动，等我过去。"

一步，两步，三步……

昏黄的灯光打在他的侧面上，他的眉，他的眼，他英挺的鼻梁，在路灯的照射下，带着浓墨重彩的阴影。她第一次觉得，她是如此思念着这个男人，她全身的骨血都在大声地叫嚣着：走过去，拥抱他。

终于，他站在了她的面前，依旧是高出她一头的最佳身高差。

顾烟伸出手，想要拥抱。不料，林漠却一把揽过她的肩膀，将顾烟拉到自己身旁，然后看着常河道："这位是？"

目光对视，彼此都从对方的眼里看到了敌意。

顾烟好笑地看向林漠英挺的侧面，他该不会是吃醋了吧？

常河已微微欠身，伸出右手道："你好，我是顾烟的发小，常河。"

"你好，林漠。"

顾烟补充道："常河还是江都非常有名的心理咨询师……啊！"

放在她左肩上的手暗暗用力，顾烟不由得叫了一声。

"没事吧？"常河关切地道。

顾烟瞪了一眼林漠，这才对常河道："没事没事。"

常河苦笑，神色黯然。

林漠却视若无睹，邀请常河道："上去喝一杯？"

这占有欲十足的口气。

常河的目光从顾烟的肩上滑过，也任由一丝凉意在心底散开。他轻轻地叹了一口气，再抬起头时，目光里依旧是一片淡然的温柔："不了，已经这么晚了，我先回去了。"

"嗯，路上小心。"

"嗯。"常河走了两步，又回过头，"小烟，明天记得……"

他的话音停住了，路灯昏黄，那两个身影似乎融到了一起。那一吻，一定极美。

顾烟踮起脚尖，双手轻放在林漠的肩。林漠则微微低头，双手紧紧抱住顾烟的腰，额头的碎发挡住他的眉眼。常河知道，他们一定是笑着的。

林漠在江都待了三天。

LPT项目组的人发现，最近他们的副总裁顾烟的心情好到飞起：请假，OK；迟到，注意一点；早退，下不为例。而且，这几天，也没见她加班了。她每天上班都是最后一分钟踩点进办公室，而且还未到下班时间，便见她已经在做下班的准备了。

“哎哎哎，你说顾总是不是谈恋爱了，气色这么好？”

“那还用说，肯定是啊！”

“好好奇是什么样的男人能够降服我们的女神啊。”

……

陈光从茶水间门口路过，微微一笑，林队到的真快。但下一秒，心底却有一层极浅极快的涩意涌起：这样就好，能够远远地看着她快乐就好。

“陈光，你去哪儿了？我找你半天了。”小美不知道从哪儿冲出来，拉住他的胳膊，“快帮我看一下电脑，刚刚的资料都不见了。”

陈光挣开她：“电脑坏了找陈工啊，我又不负责维修电脑。”

小美立刻就做出一副欲哭未哭的样子：“陈哥，你忘记我们出生入死的友谊了吗？你忘记在南雍，是谁陪你到最后吗？你忘记……”

“行了行了，我去。姑奶奶，我去还不行吗？”

林漠来得不太是时候，因为，顾烟很忙，忙到分身乏术。

首先，自江远扬被抓之后，项目组，甚至包括财务部，每天一堆的行程和问题等着找顾烟。另外，顾烟一直在争取星海屋项目的再度启动。由于曾经在这个项目上投入了极大精力，因而其善后的事宜，顾烟都不愿意假手于人。所以，她下班之后的时间就尤为珍贵了。每天晚上，他们几乎是足不出户，要么是一起做饭，要么是腻在一起看一部老电影，或者是干所有热恋中的恋人都会干的事情。

直到第三天傍晚，林漠正在厨房里将一条新鲜的鲈鱼丢进油锅里，小万的电话就在这个时候打过来了：“林队，我们有那几个偷猎者的消息了！”

一滴热油炸到林漠的手上，瞬间一阵尖锐的灼烧感传来：“盯紧了，我马上回来。”

与此同时，在顾烟和南雍政府的努力下，星海屋项目最后的决定也下来了。

“因为在南雍项目中，被污染的沙漠隔离带短期内无法修复，经过我们和南雍当地政府的协商，星海机场项目暂时停止。至于何时可以重启，需要配合当地环保部门，修复之后再行决定。但是，在我们的努力下，当地政府决定修建一条高速公路，缩短兰城和星海沙漠之间的交通时间，我们的星海屋还是可以正常开业……”

“耶！”陈光和小美兴奋地抱在了一起。但是，三秒钟之后，似乎便意识到了抱着的人是谁，两人一脸嫌弃的同时推开了对方：“切！”

“顾总，那星海屋，不，”小美吐了吐舌头，“星海民宿，什么时候可以正式营业？”

“等兰星高速修好，很快了。”

很快，她便可以再度见到那片大漠了。

七点半，顾烟提着大包小包打开门，身后是坚持要跟来看看林漠真人的夏天。

“我回来了！”

迎接她的，却是一室清冷。

“他可能出去了。夏天，你先坐会儿。”顾烟将菜分类放到厨房或者冰箱里，“鱼你想吃什么样子的，清炖还是红烧？豆腐呢？不过豆腐我不大会做啊，要等林漠回来……”

“顾烟。”夏天靠在厨房门边，拿了一张纸条递给她，“我看你的林大帅哥已经回去了。”

这是顾烟第一次看到林漠的字，字迹凌厉，力透纸背，像他的人一样，虽然看似平稳祥和，但是固执起来，八匹马都拉不住。

偷猎案有进展，我已回南雍。勿念。林漠。

他走了？他居然就这样一声不吭地就走了！

厨房里，刚刚买的黄骨鱼犹自在水池里跳着，拍起一层细细的水花。

顾烟拨通林漠的电话。电话接通了，但是一直都没有人接，顾烟脸色苍白，突然觉得心跳得厉害。

“喂，只不过是暂时的分开而已，你没必要这么……”

夏天话音刚落，电话通了。林漠带着一点点沙哑的声音从电话里传出来：“抱歉，刚在取票。”

“为什么留字条？你要走，也得提前和我打个电话吧。”

听出了她话里的不开心，对面沉默了两秒，随后道：“顾烟，我担心听到你的声音，便不想走了。”

客厅里，夏天正翻看着杂志。

顾烟突然觉得心底最柔软的地方被撞了一下，貌似无意地扯下了发圈，散乱下来的长发披散下来，若有若无地挡住自己的眼。

“你……”顾烟本来有很多话想要和他说，但所有的话在脑子里打了个转，最后说出口的却只有“注意安全”四个字。

“我知道，顾烟。”林漠似是停住了脚步，“你放心。”

自从沈宁出事之后，顾烟便一直在暗暗担心。她既恨不得马上抓到那群偷猎贼，还沈宁一个公道，但是又担心在这个过程中，林漠会被打击报复——沈宁的死，便是最好的前车之鉴。

顾烟深深地吸了一口气：“嗯。”

“不要经常加班熬夜，平时注意休息。”

“嗯。”

“每天都要按时吃饭，不准再因为想念我而失眠了。”

“臭美。”顾烟笑了，就没见过这么自恋的。

“顾烟，没有你，LPT不会垮，但是，如果你生病了，我怎么办？”

顾烟顿时面红耳赤，心跳加速，但是内心又有一股奇异的安全感升了起来。以前，她是弟弟的依靠；后来，她是下属的依靠。从来没有人告诉她，她不需要无坚不摧、刀枪不入，她也是重要的，是有人可以依靠的。

“好。”她轻声回答。

这是夏天第一次看到这样的顾烟，即便当时和任光年在一起时也从未有过现在这样的表情，平和而又温柔，就仿佛大漠黄昏里的一株草，软弱，却又有了自己的底气和依靠。

顾烟挂掉电话，思索了一阵道：“夏天，星海屋，我想它尽快开业。”

“不急在这一时吧。今天董事会上不是决定等兰星高速通车后，再正式开业。”

“那段路距离并不是很长，修起来也不会花费太多的时间，我只是想要尽快结束这件事情。”

结束之后呢？夏天没问，顾烟也没有说。

林漠回到南雍，立刻便投入到抓捕那群偷猎者的行动中。可是那群人太狡猾，监察大队的人总是落后他们一步，差不多把整个沙漠都跑遍了，也未曾抓到那群偷猎者的踪影。

顾烟在工作空隙，习惯性地看一眼手机。微信界面上，林漠被她置顶了。他已经两天没有给她发微信了。最近的一条朋友圈还是两天前的凌晨：守候。

这条朋友圈难得地配了一张图，大约是因为那是沙漠驻地，顾烟和他热恋过的地方。

屏幕暗了下来，倒映出顾烟模模糊糊的脸，大约是抓捕不太顺利吧。

敲门声响起。

“请进。”

陈光推门进来，一脸的笑意：“顾总，我刚刚得到确切消息，兰星高速半个月之内便可以修好。”

“真的吗？”顾烟脸上露出微笑，估算和确定的时间还是有区别，一旦时间确定，很多工作便可以做到前面，比如星海屋的开业典礼。

盛　景

林漠和顾烟的再次见面，是在十五天后。

改名为星海民宿的星海屋正式开业了。开业仪式，南雍县林业局监察大队的所有人都参加了。就连许怀先大爷，虽然没有亲自来，但也让人送了个花篮过来，这倒是意外地肯定了。

顾烟依旧作为LPT的代表上台剪彩。

招商局徐局长拍了拍林漠的肩道："小林，这一次，你没有理由带走顾总了吧？"

"如果顾总涉及违反相关的环保法律，我依旧会按照法律法规办事。"

徐局长哭笑不得，一旁的县长道："怎么样，我说监察大队的小林不错吧？"

"嗯嗯，不错不错。"

似是想到了上次星海机场奠基时的乌龙，台上台下的两个人相视一笑。

“下面我宣布，星海民宿正式开业！”

台下，掌声经久不息。

县长和徐局长都擦了擦额头上的汗，松了一口气：“终于平安结束了。”

“县长，这边请……”

“徐局长，这边请，我带您参观一下我们星海民宿……”

……

这次，星海民宿的开业典礼，对LPT项目组来说，既是福利，也是工作。他们提前三天到星海民宿，做即将开业的相关准备工作。同时，这对他们来说，也是一个假期。当然，他们都很好奇，在这一片荒芜的沙漠上，是怎么建造出一座适合旅游的小镇来的。

虽然提前到来，但是林漠一直在忙着监察大队的事情，今天才在开业典礼上见到顾烟。

会场外，天空蓝得仿佛一擦便能掉下颜色，大漠黄沙似金，星海民宿就建在这样的天空下，这样的黄沙中。

在不久的将来，星海高速公路将通到南雍。南雍将会游人如织，也许会成为一个闻名全国的旅游景点。这会大大地改变南雍人的生活，甚至改变他们的生活方式。

身后，一双大手从背后拥住顾烟，林漠的下巴放在她的发顶，连声音都透露着思念：“你在想什么？”

顾烟抚上林漠的手：“我在想，星海民宿最后会变成什么样子，它会给大家带来怎样的转变。”

“顾烟。”

“嗯？”

“对不起。”

顾烟欲回身，林漠却紧紧地抱住她，不让她动：“你别看我，看我我就说不出来了。”

“林漠……”顾烟突然有些担心，林漠的语气似乎有些沉重。

“以前我似乎对你很糟……”

顾烟松了一口气，回身抵住林漠的额头，看进他墨黑的眼里，笑了：“那你以后对我好一点。”

“好。”

“林队。”远远的，二胖笑嘻嘻地朝林漠招手，“县长找你。”

“我马上过来。”林漠吻了顾烟一下，“站在这儿等我。”

“好。”

顾烟按住被风吹得乱舞的头发。不远处，站着一个头发花白的老人，正拄着拐杖默默地看向星海民宿的方向。老人的身边有三个孩子，大的不过七八岁，小的大约才两三岁。大的正领着另外两个小的，蹲在她的身边玩耍。三个孩子很安静，并没有像其他孩子那样打闹着。

从一大早，顾烟到这里时，那位老人便站在那里了。到现在，顾烟看了一眼时间，不由得皱眉，已经过去三四个小时了，她依旧站在那里，像是一颗古老却坚硬的树。

顾烟走了过去，微微弯腰，对老人轻声地道：“奶奶，您想要进去看看吗？”

老人看了顾烟一眼，眼神浑浊：“你是谁？”

“我是顾烟，这家民宿是我们公司……”

“你，你……”老人嘴唇颤抖着，眼里的光却突然明亮起来，像是一把锋利的刀。随后，她突然举起拐杖，狠狠一下，打在了顾烟的右臂上。那三个孩子见状，虽然不明白发生了什么，但是都纷纷地抓起尘土，扬到顾烟的身上。

一阵火辣的疼痛顿时延伸至全身。

顾烟又惊又痛，后退两步道：“奶奶，你干什么？”

“我干什么？你害死了我的儿子！”

“什么？”

老人举起拐杖，还欲再打时，顾烟左手抓住她手中的拐杖。老人想要抽出来，却怎么抽都抽不动。

“奶奶！”

“奶奶！你放开我奶奶！”

几个小孩子抱住顾烟的腿，那个七八岁的女孩更是试图从顾烟的手里将奶奶的拐杖抢下来。

老人看着三个孩子，不知为何，悲从中来，丢下拐杖，竟坐在地上哭了起来。三个女孩顿时都围在了奶奶身边，大约是感受到了老人的痛苦，都纷纷地抹起了眼泪。只有最小的那个，咿咿呀呀地道：“奶奶，不哭，不哭，奶奶。”

顾烟急了，也顾不上胳膊上的痛了，蹲在老人面前道：“奶奶，你打我一下我还没哭呢。你看，我手臂都青了。”

顾烟掀开衣袖给她看。

老人这才停住哭泣，满脸愧疚地道：“对不住了，闺女。”但随即，她又狠狠地指向民宿的方向道：“但是，这都是它的错！”

顾烟站在她身旁，学着她的样子看向民宿会场。那里，人声鼎沸，所有人的脸上都喜气洋洋的，仿佛看到了新生，看到了无限的希望。

“奶奶，您愿意告诉我，您为什么不喜欢民宿吗？”

老人捡起拐杖，指向之前机场的方向：“我家，原本住在那儿的。”

那一片是政府规划的机场拆迁区。

“你们所有人都说拆了好，拆了好。要我说，拆了一点都不好！”老人用拐杖狠狠地捶打着地面，“这荒郊野外的，拆迁能补多少钱呢？可我那个傻儿子，这辈子都没见过那么多钱，他疯了一样，没日没夜地赌啊，赌得家都散了，赌得命都没了!”老人的泪落在衣襟上，马上把衣襟打湿了一大片，“好好的日子他不过，非把自己的小命都作没了。我的儿啊——”

心上好似被尖刀划过，顾烟问道：“您儿子……”

“赌博输了太多的钱，还不上，自杀了。”老人抹了一下眼泪，最小的那个女孩懵懂地擦了擦她的眼泪：“奶奶不哭。”

老人一把搂住贴心的孩子 ：“好好，奶奶不哭，奶奶不哭。”

可是那泪却落得更凶了。

顾烟想要安慰老人，但是她知道，所有的安慰在丧子之痛面前都是苍白无力的。她蹲下身子，看着面前几个穿着破烂的小女孩，对最大的那个小女孩道：“小朋友，你妈妈呢？”

小女孩黑白分明的眼珠里透着一丝悲伤和一丝恨意：“我妈妈跑了。”

另外一个小一点的小女孩木木地道：“我妈妈不要我们了。”

一股又苦又涩的味道从心中升了起来，她太知道没爹没妈的孩子是什么滋味了。即便有爷爷、奶奶的照顾，他们也会被别人欺负，在别人的歧视里长大。甚至成年后，还会背着原生家庭的阴影。就算生活得再光鲜亮丽，心中某个地方依旧是缺失的。

她曾经以为，她带给南雍县所有居民的，是光明，是一条通往富裕的捷径。星海民宿的启动背靠LPT这棵大树，南雍县的人只会越来越好，老有所依，幼有所养。他们的人生，将会随着外来资本的注入，从此变得不一样，变得色彩斑斓。可是现在看来，突然到来的、轻易获取的财富，交到一些意志力软弱的人的手上，他们未必有正确的判断力和自制力，他们会迷失方向，放纵自我，甚至会将原本虽然贫穷，但是健康平安的人生统统毁掉。

就像这位老奶奶的儿子一样。

她到底是对，还是错？

顾烟后退一步，退到一个坚硬的胸膛上，林漠的气息扑面而来。

林漠拍了拍她的肩，然后扶起老人家：“李奶奶。”

几个小女孩也抱住林漠的腿：“林哥哥。”

“哎。”林漠摸了摸她们的头，“哥哥送你们和奶奶回家好吗？”

“可是奶奶说，我们没有家了。”中间五六岁的小姑娘看着林漠，一脸稚气地说道。她的姐姐一脸的木然。

朝阳正好，云层薄得仿佛能看得到无比的高远。

顾烟看着孩子们懵懵懂懂的眼神，觉得内心一片冰凉。

林漠蹲下身子：“那是奶奶伤心了才这么说。”他摸了摸小女孩的头，“有爱的地方就是家。”

“爷爷奶奶很爱我们，所以我们有家。”小女孩有模有样地道。

林漠点了点头。不想最大的那个女孩却愤愤地道：“不对！没有爸爸妈妈，我们就永远没有家了！”她看向顾烟，目光里的仇恨因为单纯而显得更加的厚重，“就是因为你，我的家没了！”

在那样单纯目光的逼射下，顾烟居然说不出一句反驳的话。

说完，女孩转身跑了。

“大妮！”老人欲跟上去，但是又担心剩下的两个孩子。

林漠一手抱起一个，对着李奶奶道：“奶奶，上车追！”

匆忙之间他回过头：“不要瞎想。等我回来。”

“嗯。”

他们走远了，远远的，可以看到林漠开着车，不紧不慢地跟在大妮的身后。沙漠里，烈日正浓，晒得人头皮发麻。终于，在僵持了一段距离之后，大妮上车了。

星海民宿的开业典礼非常的成功。

前期关于这个项目所有的负面消息，现在都成了最好的广告。不少人自发地开始关注这个项目，以至于刚刚开业，LPT的电话已经打爆了，不少人想要订制这个项目。

林漠到达南雍民宿的时候天已经黑了。

白日的喧嚣褪去，宁静的大漠中，灯火通明的南雍民宿仿佛一个会发光的梦幻水晶球，赶走了所有的黑暗，让人只想向着那片光亮前行。

沙漠中的桃花源。

林漠突然明白了顾烟对星海民宿的定位。

推开门，南雍古城超大的露天庭院里，喧嚣声一片。

开业典礼已经顺利完成，大部分的嘉宾都已经离开，整个民宿留下的多半是LPT总部的员工。他们此次来南雍，最重要的任务已经完成，剩下的便是真正地度假了。

见惯了大城市的钢筋水泥，在这星海沙漠里，大家在院子里升起了篝火，举办起了热闹的篝火晚会。

天空很高，刚好一轮皓月当空，银色的余晖洒向整个沙漠，梦幻得不似人间。大家仅仅留下几盏灯照明，就着这清凉的月色，围着火红的篝火，坐成一团。

“我说，咱们来玩个游戏吧，击鼓传花？轮到谁，谁就表演一个节目。”

“咱们这儿也没鼓啊。”

“笨，手机里不就有。咱们就手机自动定时，鼓声停止时，花传到哪个人手里，哪个人便表演一个节目。”

“好！”

所有人都存心想要看顾烟表演节目，小美更是偷偷地和负责音效的同事打好了招呼。于是，在前面几个人表演过节目之后，估摸着时间，鼓声在花落在顾烟手里时停止了。

一群人跟着起哄：“顾总，来一个！顾总，来一个！”

顾烟笑了：“你们想看什么？”

“顾总，你表演什么我们都爱看。”

“顾总，来一个！顾总，来一个！”

“小舟，把吉他递过来。”

人群将吉他传了过来。

顾烟伸手拉下“马尾”，顿时一头瀑布似的长发披到腰际。然后，她朝着众人魅惑的一笑，清亮的眼神里似有星光闪耀。她脱掉了白色的衬衣，露出里面的黑衣吊带，再配上一身修身牛仔裤和一双银色细高跟鞋，好身材暴露无遗。

拖过一张凳子。

摆头，扭腰，提胯，摆臀。

众人一片尖叫欢呼声，气氛达到了顶点。

这是林漠第一次看见顾烟跳舞。平日里看她，多是标准的都市丽人，没想到居然还有这么性感魅惑的一面。

热舞最后，顾烟扶着椅子，一个旋转，坐到了椅子上，然后跷起二郎腿，抱着吉他。一头乌发披散下来，明亮的篝火照在她的脸上，带着一股朦胧的雾气，是与平日不一样的，另一种陌生而又熟悉的美。

吉他声响起来。

她唱的是一首老歌，在场多是90后的小年轻，估计没多少人知道。但是刚刚好，那是林漠非常熟悉和喜欢的一首歌。

是迈克尔·杰克逊的《Earth Song》，翻译成中文，叫作《地球之歌》。

顾烟抱着吉他，浅吟低唱。

What about sunrise

林漠用中文小声地跟唱着：日出呢？

What about rain

雨呢？

What about the things

还有你说过，

That you said we were to gain

我们会得到的一切呢？

What about killing fields

土地在减少呢？

Is there a time

有没有结束的时候？

what about the things

还有你说过，

That you said was yours and mine

属于你和我的一切呢？

……

吉他最后一个尾音停落，顾烟看向站在门边的林漠，吟唱着最后一句：What about death again，Do we give a damn。

目光对视间，仿佛时间、空间都已经不存在了。

众人愣了两秒钟之后才鼓掌。

“我去，原来顾总唱歌这么好听！”

“顾总，咱们去参加选秀吧，你一定会拿冠军！”

“我要给顾总当经纪人！”

“哎哎哎，咱们LPT可不能缺少顾总啊，你少在这儿瞎出主意……”

顾烟却依旧抱着吉他看向门边。

顺着她的目光看过去，看到了林漠，众人纷纷起哄：“噢——”

顾烟站起身，将吉他递给身旁的同事：“你们继续玩吧。”

她随后向林漠走过去，边走边将头发束起来。

明明只是短短十几米的距离，林漠却觉得，她似乎走了很久，才走到他身旁。

“来了多久……”

顾烟话未说完，便被林漠狠狠地拉到自己的怀里。

不远处，热闹非凡，灯火通明，大家围着篝火跳起了舞。而现在，她就在他的怀里，踏踏实实的，他一伸手就能碰到，真好。

林漠拉下顾烟刚刚束起的发，一头乌丝又凉又顺，顺着她优美的肩线缓缓落下。月光朦胧，她的眉梢眼睑精致得好似工笔画就的。

顾烟将下巴搁在林漠的肩上，笑出了声。

“你笑什么？”

“我想起上一次你帮我绑头发。想不到，今天你又帮我披头发。”

“那个时候绑起来好看，今天披下来好看。”

顾烟看着他，轻轻地凑上去，吻向他的额头。

篝火旁，陈光收回目光。他在大学的时候，就听过关于顾烟的传奇。这位学姐是异常努力而勤奋，年年拿着高额的国家级奖学金。但同时，她也是热烈而性感的。那一年的年会，她以一曲压轴性感热舞，名闻全校。

从那以后，他的目光就一直追随着她，甚至放弃了更好的工作机会，跟着她进了LPT。他知道任光年和她不是一路人，想等自己慢慢变得强大，强大到足以配得上她。可是，林漠出现了。她看向林漠时的眼神，她在林漠面前才能放下盔甲，流露出的软弱，让他心甘情愿将她放在心中，成为他的白月光。

“看什么呢？吃吗？”小美塞给他两串烤串。

陈光愕然：“哪儿来的？”

“篝火上烤的啊。这么大的火，多适合烧烤啊。”小美理所当然地道，“你试试嘛，真的很好吃的。”

陈光试了一口，居然很意外，真挺好吃的。

大门外，那两个人已经不见了。

林漠将顾烟拉到门外，然后脱下外套，披在她的肩上：“以后不能这样了。”

“怎样？”

“在别人面前这么唱，这么跳。”林漠比画着。

“你不喜欢？”

“嗯，这种样子，你只能给我看。”

顾烟笑了起来：“醋王。”

“走，我带你去转转。”

月光下，一辆摩托车停在不远处，是上次的那一辆，顾烟惊喜道：“是它！”

“嗯，是它。”

上车，疾驰。

身后那一片光亮和热闹的喧嚣声越来越远，慢慢听不见了。

一轮明月，始终不远不近、不疾不徐地走在他们前方。

顾烟抱紧林漠的腰，四周尽是无边的黄沙，耳旁是疾驰的“呼呼”风声。夜凉如水，十里大漠，万籁俱静，只有眼前的这轮明月，寂静地陪着他们前行。

不知道开了多远，等到林漠停下来的时候，只见眼前一大片的树林，清冷的月光下，守护着这一片孤独的大漠，为沙漠带来绿色，带来生命。

顾烟下车，看着眼前的这一片参差不齐的树林，有些不敢置信：“这是……”

“这是胡杨树。”

“这么多，都是你种的？种了多久？”

林漠爱惜地看着眼前的这一片树林：“这几年，只要是我有时间，我都会来这里种几棵树。当然，最开始没经验，也死了很多树苗。后来，我看了很多有关植树造林技术方面的书，也请教了南雍当地有经验的老乡，知道在什么地段，什么时间，应该种什么树，怎么种树，所以，才有了现在这一片小树林。”

“辛苦吗？”顾烟看向林漠。这么一大片树林，还长得这么旺盛，他得花费多少的时间和精力。而且，还有一个最关键的水的问题。

林漠往前走了两步，轻轻地抚摸着一棵树的叶子：“植物不会亏待你，只要你花费了时间和精力，就一定能够得到回报，你付出了多少，便会得到多少，所以……”

一个温热的怀抱从背后抱住了他，打断了他接下来的话。

林漠抚着腰间的手，沉默了两秒才道：“顾烟，我不辛苦。”

顾烟没有抬头，却将面前的人抱得更紧：“世界上从来就没有不劳而获的事情，这一大片树林……”

这一大片树林，不知道他要花费多少的时间和精力，运了多少次的水，才能将它们抚育成今天这个样子。如果有现代化的机器加入的话……

月光明亮，微风拂来，树叶飒飒作响。

“星海民宿不是已经开业了吗。南雍通往省城的高速也开通了。过几年，星海机场一定会重新启动，南雍的经济一定会慢慢地变好。到那个时候，沙漠的绿色植物的覆盖率一定会更高，我们可以采用现代化的灌溉和种植，可以用大数据来统计怎么才能加大沙漠的绿化覆盖……”

“林漠……”

“顾烟，我一直欠你一句，”林漠转身面对顾烟，站得笔直，凝视着她的眼，“对不起。”

“不用……”

“你听我说完。”林漠的呼吸急促起来，双眼闪着亮光，“你说得对，只有经济发展了，环保才能更好地跟上。就比如这一片树林，仅仅靠我一个人的话，我可能得种一年，两年，甚至三年。可是，如果可以规模化的种植，我相信，不久的将来，这里便可以绿荫一片！”

“林漠，谢谢你。你放心，星海民宿绝对不会过度地占用沙漠。它所产生的污水和垃圾，也一定会遵照你们环保监察大队的要求，严格地处理。”

两个人站在这一片绿色之中，互相拥抱着，好半天没有说话。

“顾烟，”林漠轻轻地将她脸颊的发理到额后，“今天大妮的话，你不要放在心上。大妮爸爸的死，不是你的责任。”

顾烟看向面前这片安静的胡杨林，叹了一口气：“我知道，像他这样意志力薄弱的人，即便不是遇到拆迁，拿到一大笔钱，只要他手中有钱，也会控制不住自己。可是……”

林漠打断她：“顾烟，没有可是，你不要钻牛角尖。”

“林漠，我不同情这样的人，但是，我没有办法忘掉大妮充满仇恨的眼神。”

“大妮还小，她只能看到简单的表面原因，觉得就是拆迁害得她家破人亡。”

“我懂。”顾烟觉得鼻子有一点酸，“人性中的小恶一直都被大家压抑着。只不过，有些人有那种定力和判断力，知道取舍。可是还有些人，却只能任由心中的恶念吞噬自己，由着它牵着自己往前走。”

“既然你都明白，那你为什么还如此难过？”

“我只是不懂。”

“不懂什么？”

“大妮的爸爸明明有世界上最珍贵的东西，有一个家，还有三个那么可爱的女儿，为什么不知道珍惜？”

她的眼前，始终浮现着大妮、二妮、三妮的脸。最后，那三张迷茫的脸，化成了大妮那充满仇恨的目光，死死地盯着她。那三个女孩子，她们的人生还未开始，却已经失去了这个世间对她们最温柔的庇护。要多坚强和勇敢，她们才能过好这一生，做到不怨不恨，不卑不亢，懂得取舍，知道如何前行？

也许，她们会像生活在这片沙漠中的万千少女一样，到了适当的年龄便稀里糊涂地嫁了，更稀里糊涂地过完这一生。

“物质匮乏并不是真正的可怕，真正可怕的是心灵的迷失。”

真正贫穷的人，不是靠金钱能拯救的，而是要拯救他们迷失的心灵，让他们找到自己的方向。

银色的月光洒满整个沙漠，异常好看，顾烟靠在林漠的肩上：“明天，我带LPT所有的同事来种树可以吗？”

“当然可以。”

“那我们是不是还得带上浇树的水？”

“当然了，你以为我们监察大队设备有那么先进吗？”

顾烟目光微闪，信心十足地说：“你们马上就会有了。”

“嗯。”

两个人静静地依偎着，看着面前这一片小小的树林，心中都升起一股奇异的平和感。

好半天之后，顾烟道：“星海民宿会有专人接手。这边的事情也处理得差不多了，我明天就要回江都了。”

林漠没有问她回不回来，也没有问她，他们两个算是怎么回事。

他只是轻轻地吻了吻她的额头：“我明天有事，就不送你了。”

“是偷猎案吗？”

“是，配合公安的行动。放心，不会有危险的。”

“嗯。”

余　　生

顾烟的辞职很突然，在LPT，甚至在整个行业内，都引起了很大的轰动。谁都没有想到，曾经的拼命三郎居然放弃近在眼前的LPT合伙人资格。

“顾烟，你这个时候离开，很可惜。”李淮南看着顾烟的眼，话里的含义不言而喻。

顾烟的腰挺得笔直，笑容得体：“江山代有人才出。李总，总会有合适的人上来的。”

“不再考虑一下？”

“不用了，李总。”

李淮南惋惜地叹了一口气，站起身，朝她伸出手：“任何时候想回来，LPT的大门永远为你敞开。”

“谢谢李总。”

顾烟刚刚下到二十二楼，一大群人围了上来。

“顾总，您真辞职了？”

“顾总，您别走啊，您走了谁带我们做项目啊。”

“顾总，您再考虑考虑？”

“顾总，您到底为什么辞职啊？”

“顾总……”

顾烟看了一下大家，笑道：“干嘛都苦着脸，我也不是立刻就走了，交接还要一段时间呢。”

“顾总！”

顾烟示意大家安静下来：“我只是想去做我想做的事情了。”

“可是将高端定制做到极致，不是一直以来您最想做，也一直在做的事情吗？”

顾烟环视四周，发现每个人的眼光都聚集在自己的身上。

“随着人的不断成熟，每个人想做的事情都会慢慢地发生改变。我现在就是发现了另一件更想去做的事情。LPT的高端定制，在国内，甚至在世界同行中，都已经走在了前列。你们都是这一行的佼佼者，有信念，有经验，也有行动力。在这条路上，即便没有我，你们也会继续走下去，而且将会走得更远更好——所以，接下来，我想做一些更有意义的事情。”

在说这一段话的时候，顾烟的眼里放着光，那种光亮是当年她将高端定制作为自己下一个阶段的人生目标时才有的兴奋和感慨。而现在，她即将走上另外一条路了。

接下来的一个月，顾烟非常忙，各种交接和聚餐，似乎每天都在吃所谓的散伙饭。她和林漠的联系也就是局限在手机上。甚至有时候两个人太忙了，几天不联系也是有的。

顾烟离开LPT的那天，特地选在了星期天，初来LPT时无人知晓，那么再见时也不需要夹道欢送。

抱着纸盒子，走到门口，门卫身体站得笔直，给她敬礼：“顾总，再见！”

“再见。”

站在LPT办公楼下，看着这栋金光闪闪的大楼。顾烟从二十岁出头便一直仰望着它，它是她的梦想、她的标杆。后来，她终于走进了它，也终于站到了它的金字塔尖上。可是现在，她又重新地回到了地面上。

转过身，夏天正站在前方不远处，依旧一身的职业套裙。深秋的阳光透过茂密的树木斜射下来，打在夏天的身上，半明半暗。她的背后是江都最热闹繁华的一条街，正值周日，人声鼎沸，人来人往，不时有人朝着LPT的办公大楼看过来，目光里露出艳羡。

“顾烟，你是不是疯了。”夏天轻轻巧巧地开口，却是一针见血的真诚。

从顾烟提出辞职以来，有人挽留，有人可惜，有人窃喜，但是夏天却从未说过一句话。顾烟一直在等着她开口，没想到她竟等到她离开的最后一刻才说。

隔着几米的距离，顾烟笑了，眼里明媚似五月的花：“你又不是第一次见我疯。”

夏天愣了两秒，然后苦笑：“倒也是，LPT哪一个大项目不是靠着你这股疯劲才拿下来的。”

夏天一步一步地朝顾烟走来。这么多年了，在LPT，也只有她，一步一步，就像此刻这样，打破她的盔甲，走近她，走进她，从同事慢慢地变成朋友，最后成为闺蜜。

“新公司的offer接到了吗？”

“嗯。”顾烟点头，“顺丰刚刚成立了一个公益基金。”

夏天睁大眼睛：“顺风？”

“嗯。”

顺风可是国内物流界的龙头老大，顺风的总裁宋博才四十多岁，但是一直神龙见首不见尾，就连媒体也只拍到过他一两张露脸的照片。顺风这些年一直都在默默地做着公益活动。夏天前几天才得到消息，顺风刚成立了一个公益基金CFD（Caring for the desert，关怀沙漠）。

“你的意思是，宋博为了挖你，特意成立了CFD？”

“怎么可能？”顾烟白了夏天一眼，“只是正好想法一致而已。哎，你怎么知道我今天会来公司？”

“你提辞职已经有一段时间了。前天，所有的工作都已交接完，但是私人的东西却没拿走。”

“那我也可能昨天走。”

“昨天有人加班，以你这种害怕告别和麻烦的个性，肯定会选择今天。”

顾烟笑了，这么多年了，若说谁最了解她，大约是夏天了。

夏天上前一步，抱住她：“可是顾烟，我真的很佩服你。人到中年，你还能有这样的勇气和魄力，将事业归零，重新出发。顾烟，我发自内心地佩服你。”

“谢谢。”顾烟回过神，推开她，“什么叫‘人到中年’？我还是少女，少女懂不懂！”

“好好好，少女少女。那么，我这个中年人请你这个中年少女吃个践行饭好不好？”

夏天挽着顾烟的手往前走，远远地有声音隐隐地传来：

“你说清楚，什么叫‘中年少女’，我就是一枚名副其实的少女！”

……

顾烟重回南雍县城的时候，是一个阳光灿烂的星期天。这个小县城如当初她第一次来的时候一样，安静，祥和，但是也有不一样的地方，路边冒出了一些新的商店，街面上的人流量也多了许多。

下了大客车，她到处张望。几个小时前，林漠答应来接她的，都已经超过约定时间半个多小时了，怎么还不见他的人影。正当顾烟四处张望时，背后一个熟悉的声音道：“顾姐。”

顾烟转身，竟是小万。

“小万，你怎么在这儿？”顾烟皱眉，“你们林队呢？”

“林队刚刚和公安一起去沙漠腹地抓捕那群偷猎者了。他没有时间来接你，所以特意让我来接你。”

抓捕行动不会有危险吧。

大约是看懂了顾烟眼里的担忧，小万道：“顾姐，你不用担心。这次证据确凿，只是去抓人，而且还有公安的同志在，不会有什么危险的。顾姐，上车吧。”

现在担心也没有用，只能先上车。

“顾姐，林队让你先住他的宿舍，没问题吧。”

“当然没问题。”

车行一路，窗外风景飞逝，一切似乎和以前一样，又似乎和以前不同。大半个小时之后，监察大队的门遥遥可见了。只不过，门口似乎站了好些人。

“小万，门口怎么那么多的人？”

“我也不知道。”

车缓缓地停了下来，顾烟打开车门，一群人涌了上来。其中有一些是她认识的，比如李奶奶、小杰他们，还有好多都是她不认识的，见她下车，都一股脑地把她围住了。

“顾总！”

“顾总！”

……

顾烟有一些疑惑：“你们……”

小杰不好意思地回答：“顾总，大家都是来接你的。”他为当初在县政府门口打了顾烟十分地不好意思。

“来接我？”

另一位不认识的大婶道：“是啊，林队说你要回来了，大家高兴坏了，非要来这儿接你。”

“这个，大家太客气了吧？”

“要的，要的，你可是为我们南雍县做了件大好事！”另外一位中年妇女快人快语地道，“我们现在的日子，好过多了！”

“是啊，我男人啊，就在民宿找了份工，我们一家再也不用分离了。”

“每天好多人来这里旅游呢……”

……

真好。

顾烟的鼻子有些酸。星海民宿的财务报表，她在LPT总部早已看到。每天都有上百人要求订制这条路线，它的发展势必会带动南雍县的经济发展，一切都在走向好的一面。

“哒，哒，哒。”一阵拐杖的声音慢慢靠近，这声音是……顾烟赶紧回头，果然是许怀先大爷。

“许大爷，您来了。”

“顾烟，欢迎你回来。”

“嗯！”顾烟笑了，笑容似大漠的蓝天，清澈而又灿烂。

众人送给她的礼物堆满了林漠的房间，虽然都不值钱，大多是当地新鲜的吃食，但是礼轻情意重。

房间里终于只剩她一个人了。

看着熟悉的房间，顾烟有一瞬间的恍惚。半年前，她初次来到南雍，要赖住在这间宿舍。房内布置依旧，林漠连摆设都没有换，她当时买的一个小小的简易衣柜还安静地立在角落里。

这个房间里，到处都是林漠的味道。林漠……想到林漠，顾烟便觉得思念成狂，不知道他什么时候回来。

当晚，顾烟照旧在监察大队的食堂里吃的晚饭。打菜的大婶看到顾烟，激动坏了，硬是给她多打了一勺子糖醋排骨。

八点，顾烟拨通了林漠的电话，不过没人接，顾烟想大约他在忙。

九点，顾烟站在宿舍门口张望半天，林漠没有回来。

十点，顾烟趴在书桌前睡着了，林漠依旧没有回来。

十一点，顾烟无聊地玩着手机游戏，企图分散自己的注意力，可林漠还是没有回来。

十二点，顾烟在床上翻来覆去，盯着手机发了半天的呆，依旧没有林漠的消息。

凌晨一点，就当顾烟迷迷糊糊还在做梦的时候，一阵激烈的敲门声响起，伴随着小万的声音：“顾姐！顾姐！”

顾烟立刻翻身坐了起来，三步并作两步去打开门："小万，怎么了？"

小万满脸的焦虑："林队，林队他……"

"林队他怎么了，你快说！"

"林队他受伤了，现在正在兰城医院抢救。"

一阵眩晕传来，顾烟身子晃了晃，小万立刻扶住她："顾姐，你没事吧？"

"林漠他受伤严重吗？"

"我不知道。我也是刚刚接到二胖的电话，让我赶快带你过去。"

顾烟咬了咬牙："走，去医院！"

夜幕深沉，仅有一盏一盏的路灯照亮前行的路——因为南雍民宿，兰星高速公路早已通车，从这条路上到兰城医院比以前快很多。

顾烟的脑子里一片空白，她死死地抓住安全带，只觉得心跳得厉害，沈宁跳楼时的场景不停地在她的脑海中回放。那些亡命之徒会不会伤他伤得很重？他如果出事了怎么办？他不能出事，他一定不能出事！

"顾姐！顾姐！"

小万在车门边喊了几声，顾烟才回过神来："啊？"

“到了。”

到了。顾烟抬头，正对面就是急救中心，急救中心门口还停着几辆救护车，十来个穿着白大褂的护士正几人一组地推着几个病人急匆匆地往里面跑，地上隐隐能看到鲜红的血迹。

“顾姐，走吧。”

“哦，好。”

顾烟跟在小万的身后进了急救中心，已经是凌晨两点多了。急救中心像是打仗一样，医生护士来来回回，还有三三两两的家属互相搀扶着，时不时有刺耳而绝望的哭声传出来。

“刚刚发生了一起连环车祸。”小万小声地解释道。

拐了个弯，终于到了手术室。

宋重和二胖，另外还有一位穿警服的中年男人——想来应该是公安部门的，都一身狼狈地坐在手术室的门口。

“顾姐。”看到顾烟，二胖立刻站了起来。他右脸上全是黑红色的血痂，左裤腿上也磨破了一大块。宋重也没有好到哪里去。

“到底，到底怎么回事？”顾烟觉得自己全身都颤抖得厉害。

“我们跟着警察同志去抓那群偷猎者。本来抓捕行动很顺利的，我们都已经准备回去了，但是我们刚刚驶离沙漠北区，便看到夜色中有两个人偷偷摸摸的，那两个人，那两个人……”

小万急了，催道：“那两个人到底怎么了？”

顾烟眉心一跳：“正好是强暴沈宁的那两个人？”

“是，所以我们就下车准备抓捕，但是我们没有想到，他们会，”二胖抹了一把眼泪，“他们会有枪。”

“林队受的是枪伤？”

顾烟的心里也是“咯噔”一下，枪？林漠受的竟是枪伤？

“是，那两个人手里有猎枪。顾姐，林队是为了救我才受伤的，他是为了救我……”

“哭什么哭，林漠那小子福大命大，能有什么事！”一直沉默不语的宋重走过来，拍了拍顾烟的肩，“你也不要太担心，里面是兰城医院最好的心肺科医生。他一定会没事的。”

“嗯。”顾烟只知道拼命点头，却一个字都说不出来。

时间一分一秒地过去了，宋重开始焦虑地走来走去。小万和二胖也是一脸担忧，时而站起，时而坐下。

凌晨三点半，距离林漠进手术室已经一个半小时。突然，手术室的门打开了，一个护士急匆匆地跑了出来："谁是林漠的家属？"

大家赶快围了上去："我们是。"

"这里有一个病危通知，需要家属签字。"

大家都看向顾烟。顾烟脸色苍白，手抖得不成样子。

护士急了："快啊，里面还等着抢救呢，到底谁是病人家属？"

顾烟强撑着拿过笔："我是，我是他未婚妻。"

一笔一画，顾烟在病危通知单上签上自己的名字。

二胖眼巴巴地跟着护士："护士，里面情况……"

"砰"的一声，门被关上了。

凌晨四点半了，林漠依旧没有出来，顾烟像是一尊石化的雕像，一直沉默地坐在手术室的门口。

她上一次在医院里面对生离死别，还是多年前，父亲过世的那天。那天，医院的长廊也是像昨夜那样吵闹，人来人往。没有一个人疑惑，为什么那个不到十岁的小女孩，独自一个人，在医院的长椅上坐了一整晚。也没有人知道，她就在那一晚，失去这个世界上她最后的依靠。

从那一天开始，顾烟便很不喜欢医院，有个感冒发烧什么的，吃个药扛扛就过去，因为每次一看到那一片刺眼的白，她便会想起那一天，不到十岁的自己被全世界所抛弃。

“叮”的一声，手术室的灯灭了，医生出来了。

大家都冲了上去。顾烟想上前，但腿却害怕得迈不动，只得扶住椅子，拼命抵制住内心的恐惧。

宋重急切地道：“医生，怎么样？”

“手术很成功，病人已经度过了危险期。放心吧。病人现在在ICU，观察几个小时，没问题，便可以转入普通病房了。”

“谢谢，谢谢医生！谢谢医生！”

“应该的。”

顾烟心里的那块大石头一下子落了下去，她腿一软，差点坐在了地上。

“顾姐！”小万和二胖冲回去扶住她，“你没事吧？”

顾烟摇了摇头，笑了，可那笑里却又有泪：“林漠没事了，林漠没事了！”

“是啊，林队没事了。”

毕竟是年轻的大小伙子，因为抢救及时，林漠恢复得非常快。子弹从他的心脏左侧穿过，距离心脏仅毫厘之差。

顾烟下楼去食堂买了份汤，再回来时，便听到病房里闹哄哄的。监察大队的同事们都过来看林漠，二胖正在里面吹牛：“想那天晚上，月黑风高，我和队长、林队，配合公安部门的同志行动完后，正欲凯旋，岂料……”

顾烟推开门，大家纷纷站了起来：“嫂子！”

顾烟强装镇定，但是耳朵上的红色却出卖了她：“别瞎叫。”

大家看向林漠，一起起哄：“林队，嫂子让别瞎叫。”

“看完了吧，看完了都给我滚回去上班！”

“那我们走了啊，嫂子。”大家故意加重最后两个字的音量。

很快，病房里就剩下他们两个人了。

这是一间特护病房，就林漠一个病人。此时正值中午，强烈的阳光透过玻璃带着炽热的温度，射进病房。

自从他清醒之后，顾烟一直就是这样一副样子，板着脸，不声不响，不说话也不笑，只是默默地照顾着他。他知道她是后怕。

“顾烟。”林漠拍了拍病床，让她坐过去。

顾烟不理，给他拉开病床上的饭桌，将饭菜放了上去。

“顾烟。”

顾烟将筷子递给他。

“你不坐到我身边，我就不吃。”

“你不吃拉倒。饿的是我？”顾烟似笑非笑。

林漠拉了拉她的衣袖：“生气了？我吃，我吃还不行吗。”

“这还差不多。”

顾烟将筷子递到林漠的手上。却不料，林漠一使劲儿，顾烟竟软软地跌进了他的怀里。她既怕碰着饭菜，又怕碰到林漠的伤处，只能窝在他的怀里不动。

“放开我。”

“不放。”

“你放开我！”顾烟才微微用力，林漠却已经叫了起来：“哎哟！”

顾烟立刻紧张起来，浑身僵硬地道：“没碰到你伤口吧？”

林漠拉过她的手，放在胸口：“碰到了，这儿疼。”

“啊？护士……”顾烟着急，欲起身又未起身时，林漠一把抱住了她：“顾烟，对不起。”

顾烟顿时知道他是装的了：“你！”

林漠用自己的脸颊磨蹭着她的脸，很软，很嫩：“对不起，你回南雍的那天，我没有去接你；对不起，我没有对你说实话；最对不起的是，我将自己陷入了险境，差点……”

一个吻，封住了他接下来的话。

好一会儿之后，顾烟用额头抵住他的下巴，轻声道：“那天，我很害怕。”

“我知道。”

“我怕你回不来了。”

“我知道。”

“我都想好了，万一是最坏的结果，你回不来，我也不会嫁人了。”顾烟笑了，眼里带着微微的泪花，像雨后初晴的天空，清澈透亮，“我这一生，再也不会遇到你这样的人了，仅仅只是对视便会让人怦然心动，一旦离开又会思念得痛彻心扉。林漠，哪怕只是想一想，你可能会回不来，除了恐惧和悲痛之外，我便已经做好了一个人过一辈子的准备。我会继续前行，会带着你的愿望活下去。我会活得很好，活得很精彩，即便是在没有你的未来。可是，林漠，这样的未来应该会非常寂寞吧？只要想一想，每天早上没有你的亲吻，每一个午间没有你的电话，每一个晚上没有你的拥抱，没有人给我打气，没有人可以让我撒娇，没有人将我视为这个世界上唯一的珍宝，从此以后，我便是一个普通人，没有人与我生死与共、白头到老，没有人在意我快不快乐、痛不痛苦。只要我一想到这些，我再也不能软弱了，再也没有怀抱会随时迎接我的时候，我就在想，这样的余生太长了。”

林漠的吻轻轻地落在顾烟的发顶，他沙哑着道：“顾烟，你是在求婚吗？”

“你现在才听出来吗？”顾烟抬头，直视林漠双眼，“那么，你愿意吗？”

林漠微微倾身，吻上她的眼：“我愿意。”

医生来查房，说林漠恢复良好，再观察两天便可以出院了。

这天中午，顾烟刚打开门，准备去打开水，正好碰到有一个人来看林漠。顾烟觉得那个人有点眼熟，想了半天才想起来，那人便是林漠出事当晚，和宋重一起等在手术室外面的那个中年人，事后顾烟也没想到去问，现在想来，他应该是公安系统的同志。

“程队！”林漠紧紧地握住中年男人的手。

“怎么样，好点没有？”

林漠拍了拍心口：“好多了！再抓几个偷猎者也没问题。”

程队哈哈笑着，转身对顾烟道：“顾小姐，又见面了。林漠的受伤，是我们的疏忽，实在是不好意思。”

“客气了，你们聊。”顾烟提着开水瓶出门。

等她回来的时候，程队还没有走，两个人似乎在争论着什么。顾烟不方便进去，便安静地等在门口，但是他们的声音太大了。

林漠：“程队，您是我的老首长。我谢谢您的好意，但是我不想去公安系统。”

程队：“为什么？当年野战部队那么好的机会……”

“程队……”

“好好好，不提当年，不提当年。那这一次呢，这个机会这么好。经过这次的偷猎案，南雍县公安局已经同意你作为特招进入公安系统，无论是收入还是前程都会比你在监察大队好很多，你为什么不愿意去，能告诉我原因吗？”

林漠似乎犹豫了一会儿，两秒钟之后，他的声音再度响起。

“程队，有些人从事某种职业是为了养家糊口，有些人从事某种职业是因为它水到渠成，还有一些人选择了某种职业是因为喜欢。是，环保局监察大队这份工作不仅辛苦，钱也不多。南雍是个小地方，我晋升的机会也不多。可是，程队，我就喜欢这片沙漠。每天只要看到这片黄沙，我就心里踏实。我得守着它，守着生长在里面的一草一木，还有那些可爱的动物。程队，你也知道我是野战部队出身，军人就该保家卫国，就得死在战场上。现在，南雍县就是我的战场，而我的任务，就是守好这片蓝天阔土，让这里的人和动物呼吸着清新的空气，让这里的绿色只增不少，让生活在这里的动植物能原始而健康地成长。”

林漠的声音虽然平静，但是却非常真诚，非常地铿锵有力。

程队半天没有出声，最后只是拍了拍他的肩：“以后如果有需求，希望你们监察大队还能和我们合作。”

“一定。”

程队站起身：“那我先走了。林漠，你好好休息。”

“好。”

在门口，顾烟和程队打了个招呼。进去的时候，林漠看着窗外，不知道在想什么，正出着神。

顾烟咳嗽一声，他这才转过头，笑了。

顾烟原本很想问他，这么好的机会可不可惜，可话到嘴边又咽了下去。这世上，哪有什么可不可惜，从来就只有值不值得，愿不愿意。

林漠出院的第一站，便是去看沈宁。

此时阳光正好透过密密的树叶斜斜地洒了下来。林漠弯腰，将一束百合放在沈宁的坟头。墓碑上，沈宁脸上的笑容平静而又安详。

时值深秋，下山的路曲曲折折，两旁的树木都染了一层秋意。山路两旁开着零零星星的野菊花。阳光透过黄绿不均的树叶照下来，在地上打下一片一片浅淡不匀的影子。顾烟在那半明半暗的光线里回头，脸上的笑意似大漠的万里晴空，明亮而又恣意。

她朝着林漠伸出手，林漠用力抓住那精致的五指，好似抓住了余生的幸福。